USA TODAY BESTSELLING AUTHOR
DALE MAYER

De la Fauche dans les Capucines

Jolis Jardins Maudits 14

Fauché dans les capucines : Jolis Jardins Maudits, tome 14
Beverly Dale Mayer
Valley Publishing Ltd.

Copyright © 2021

Traduit de l'anglais par Emma Valieu et Valentin Translation

Il s'agit d'une œuvre de fiction. Les noms, les personnages, les lieux, les marques, les médias et les incidents mentionnés sont le produit de l'imagination de l'auteur ou utilisés de manière fictive. Toute ressemblance avec des événements, des lieux ou des personnes, existant ou ayant existé, est entièrement fortuite.

ISBN-13 : 978-1-773368-53-5
Format Print

Résumé du livre

Un nouveau polar « cozy mystery », par Dale Mayer, auteure de best-sellers au classement du USA Today. Suivez les aventures de Doreen Montgomery, jardinière et détective en herbe, et de ses adorables assistants (un chat, un chien et un perroquet) dans leurs enquêtes criminelles dans la jolie ville de Kelowna au Canada.

Du luxe à la misère… Le chaos ralentit peut-être… Seul un nouveau meurtre survient… L'orientant de nouveau vers la mauvaise piste…

Quelques semaines difficiles ont passé depuis que Robin et Mathew, l'ex-avocate et l'ex-mari de Doreen, sont revenus dans sa vie.

OK, bon, peut-être que Robin n'est plus là pour causer du tort, mais Mathew, oui. Et il ne prévoit pas de laisser tranquille Doreen de sitôt, même si, heureusement, il est retourné chez lui pour un moment. Le fait qu'il essaie de la récupérer paraît louche à Doreen, alors qu'un jardinier du coin est kidnappé pendant qu'il cueillait des capucines pour son dîner.

L'affaire s'envenime quand la nièce de l'homme disparu apparaît sur le seuil de Doreen, pour solliciter son aide et lui demander de l'accompagner au poste de police.

Pas du tout certaine de ce qui arrive, mais souhaitant épauler quelqu'un dans le besoin – particulièrement après avoir été elle-même suspectée –, Doreen la suit, désireuse de faire sa bonne action du jour.

Mais aucune bonne action ne reste impunie, et, quand Mathew appelle, Doreen reçoit plus que ce qu'elle avait prévu, y compris tous les suspects habituels : l'amour, la jalousie et… la cupidité. Cela implique toute son équipe de créatures à plumes et à poils pour la maintenir en vie, tandis qu'elle creuse une nouvelle folle affaire jusqu'au bout…

Inscrivez-vous ici pour être informés de toutes les nouveautés de Dale !
https://geni.us/DaleNews

Prologue

Quelques jours plus tard...

DOREEN CONTINUAIT DE se chouchouter, plusieurs jours plus tard, en restant simplement chez elle, à faire un puzzle que Ritchie lui avait prêté et qui provenait de leur réserve abondante à Rosemoor. Elle avait tout étalé sur la table de la cuisine, et cela lui avait procuré un amusement abrutissant, mais agréable, qui ne réclamait pas de pensées abstraites. Elle voulait s'ennuyer, pour changer, et simplement se relaxer. Elle avait un peu jardiné, s'était préparé un sandwich, avait progressé sur son puzzle puis était retournée à son jardinage. Et c'était là la majeure partie de ses journées.

Après avoir entendu une portière de voiture claquer et des bruits de pas, elle sourit en voyant Mugs courir jusqu'à l'entrée en remuant la queue. Quand la porte s'ouvrit, elle passa la tête hors de la pièce et lança :

— Hé, Mack !

Il entra avec des courses et lâcha à son tour :

— Partante pour un dîner ?

— Si je n'ai absolument rien à faire, totalement !

Il s'approcha et fronça les sourcils en la regardant.

— Vous ne vous sentez pas encore très bien ?

— Ce n'est pas tant que je ne me sens pas *bien*, répliqua-t-elle. Je suis simplement fatiguée.

— Dans ce cas, quelques jours de détente supplémentaires vous seront profitables.

— Si vous le dites, répondit-elle en souriant. J'étais en train de penser qu'il était temps de trouver quelque chose digne d'intérêt, mais jusqu'à présent, rien ne m'a vraiment attirée.

— Tant mieux. Peut-être que vous resterez en dehors des ennuis, pour changer.

Doreen rit.

— Il n'y a rien pour que je puisse avoir des ennuis. Vous avez enfermé tout le monde.

— Oui, c'est pas faux.

— Je pensais jeter un œil aux dossiers de Bob Small, mais aucun détail ne m'a sauté aux yeux pour le moment. Je n'ai pas trouvé quoi que ce soit qui déclenche mon intérêt. Il faut que je regarde ceux de Solomon, mais pas tout de suite…

Mack la dévisagea avec surprise.

— C'est une assez sale affaire de tueur en série, en ce qui concerne Bob Small. Il ne sera pas question d'un seul crime.

— Non, mais on ne l'a jamais attrapé, si ? Il n'était qu'un suspect.

— Et nous ignorons s'il est responsable de tous ces meurtres.

— L'un d'eux a eu lieu à Vernon. Une jeune femme, une mannequin, retrouvée dans un verger. On a d'abord pensé qu'il était le coupable, mais ils ont attrapé le tueur. Alors, ils ont résolu cette enquête-là, n'est-ce pas ?

Mack hocha la tête.

— Oui, ils l'ont résolue. Ce n'est donc pas une affaire

pour vous.

Doreen s'étira, se détendit le cou et reprit :

— Il y a forcément quelque chose d'intéressant en ville, n'est-ce pas ?

— Je croyais que vous aviez dit vouloir faire une pause quelques jours ?

— Je l'ai dit et je vais m'y tenir, mais comme vous le savez, nous venons de conclure l'affaire du *Meurtre dans les Soucis.* (Mack s'immobilisa, la regarda fixement, et elle se mit à rire.) Quoi, le nom est adéquat !

— Alors, c'est quoi la suite ? demanda Mack, exaspéré.

— Aucune idée… ce pourrait être n'importe quoi.

Sur ce, le téléphone de Mack vibra. Il posa les yeux dessus et fronça les sourcils.

— Je vais devoir remettre le dîner.

— Pourquoi cela ?

— Nous avons un enlèvement, répondit-il en courant immédiatement vers la porte d'entrée.

— Quoi ? Quel genre d'enlèvement ?

— Un jardinier, annonça-t-il en la regardant. Un jardinier a été enlevé pendant qu'il s'affairait dans son jardin.

— Attendez… Vous savez quel type de fleurs il avait ?

Mack plissa le front, secoua la tête et rétorqua :

— Quelle différence ça fait ?

Doreen haussa les épaules.

— Aucune, sans doute.

Il baissa les yeux sur le message de son portable.

— Des capucines. Des fleurs de capucine pour préparer une salade.

— Oh ! un jardin de ce genre-là… s'extasia Doreen en tapant dans ses mains, ravie. Les capucines sont très bonnes à manger.

Mack la regarda fixement.

— J'y vais.

Et tout à coup, elle sentit toute sa fatigue s'envoler. Elle fit un pas sur le terrain de devant et dit :

— Appelez-moi quand vous en saurez plus.

— Vous pouvez toujours rêver ! Retournez à votre puzzle !

— Non, je préfère le vôtre !

Elle lui adressa alors un énorme sourire et un signe. Elle espérait que le rictus sur son visage avait illuminé son humeur puisqu'il s'inquiétait pour elle, et elle était clairement bien plus ravie maintenant.

Se tournant vers ses animaux, elle leur dit :

— Visez un peu ça… Nous avons un nouveau cas à étudier. Ce n'est pas une affaire classée, mais ça reste une enquête ! *Enlevé dans les Capucines !*

Chapitre 1

D OREEN TRAVAILLA DUR pour tenter d'être à l'affût de l'actualité, mais ne trouva aucune mention du jardinier enlevé dans le lit de capucines. Son imagination avait été chatouillée suffisamment pour le surnommer de cette façon même si elle connaissait peu ce pauvre homme ainsi que sa famille… Ou cette femme ?

Ce qui n'était pas cool, c'était l'attitude de Mack visant à maintenir Doreen hors course, quelle que soit la victime. Mack aurait pu lui faire gagner tellement de temps dans ses recherches sur Internet ! Après coup, Doreen se demanda si la garder chez elle, coincée sur son ordinateur, n'était pas son intention réelle… Peu importait ; après ses investigations, elle sortait toujours de toute manière.

Elle cessa de s'interroger sur le fait qu'il s'agissait d'un jardinier ou d'une jardinière. Personne ne précisait jamais si la personne kidnappée était un homme ou une femme. Et est-ce que *kidnappé* voulait dire la même chose qu'*enlevé* ? Elle n'en était pas si sûre… Peut-être que la victime était en train de voler quelque chose et que quelqu'un l'a pincée pendant l'acte ? Elle ne savait pas non plus ce que cela signifiait… Dans tous les cas, elle était en quête de n'importe quelle couverture médiatique, mais jusqu'à présent, celle-ci était très mince. Mais cela lui rappela les autres affaires en ville qui n'étaient toujours pas résolues.

Et si quelqu'un avait été pris en flagrant délit, mais qu'après avoir été emmené pour être interrogé, il avait par la suite disparu ? Ou peut-être que quelqu'un était supposé se faire attraper, mais qu'il ne s'était jamais montré pour commettre le crime pour lequel la police avait des soupçons ? Ou peut-être que quelqu'un a été kidnappé et n'a jamais été retrouvé ? Tous ces scénarios tournaient en boucle dans sa tête et, bien évidemment, la ramenaient à la pile d'articles de journaux concernant l'affaire de Bob Small.

Elle finit par cesser de faire semblant de ne pas s'y intéresser, se leva, sortit la corbeille et tria les articles. Nan avait dit que son amie avait collecté ces coupures et qu'elle avait eu une sérieuse passion pour ce loisir. Doreen ne savait pas exactement ce qui avait motivé celle-ci à suivre de près Small, mais un rapide SMS à sa grand-mère lui apporterait quelques réponses, avec de la chance. Cette dernière l'appela immédiatement à la place. Dès qu'elle répondit, Doreen précisa :

— C'était une simple question, Nan.

— Pourquoi ? demanda cette dernière, complètement surexcitée. Tu es sur une nouvelle affaire ?

— Je pensais seulement étudier le panier rempli des coupures de journaux que tu as obtenues de ton amie.

— Oh oui… Cela te prendra un certain temps pour tout trier. Tu es sûre d'en être capable ? l'interrogea-t-elle d'un ton inquiet. Il y en a beaucoup !

— Je vais bien. Je me rétablis doucement.

— Peut-être, oui, mais tu as subi beaucoup de pression dernièrement, et je ne veux pas que tu en fasses trop.

— Ouah… souffla Doreen dans le combiné. Tu es certaine de ne pas avoir discuté avec Mack ?

— Non, il s'inquiète aussi pour toi ? questionna Nan, l'air encore plus surexcité.

— Bien sûr que oui, marmonna Doreen. Il se soucie toujours de moi. Même quand ce n'est pas nécessaire.

— Évidemment qu'il s'inquiète. Il tient à toi, et quiconque tient à quelqu'un s'en soucie. Alors, tu devrais vraiment t'efforcer de ne pas lui causer de tracas.

Doreen ricana en entendant ça.

— Dans ce cas, je ferais aussi bien de me glisser dans une cage en verre et d'y rester.

Cela titilla Nan qui explosa de rire de joie.

— Oh, comme j'aime entendre ton raisonnement ces jours-ci ! Tu ne penses vraiment pas comme tout le monde !

Doreen fixa son téléphone.

— Je ne crois pas… Ça me paraît normal, pour moi.

— Ce qui l'est pour toi ne l'est pas pour les autres.

— Tu en es sûre ?

— Combien de personnes selon toi sont là, à pourchasser ces affaires classées ?

— Je suis intriguée chaque fois que j'entends parler de ces crimes, qu'ils soient passés ou actuels. Plus récemment, il s'agit d'un enlèvement survenu la nuit dernière. J'ai intitulé cette affaire *Enlevé dans les Capucines*, mais s'il a été *kidnappé*, il n'a pas nécessairement été *enlevé*.

— Il le serait, s'il essayait de fuir quelqu'un, je veux dire.

— Hmmm, prononça Doreen en y réfléchissant. Je suppose que ça marcherait aussi.

— Quoi qu'il en soit, tu ne m'as même rien révélé concernant cette affaire…

— J'ai tenté de dénicher la moindre couverture médiatique toute la matinée, mais il semble que Mack est parvenu à éloigner la presse…

— Alors, raconte-moi, lui intima Nan en haussant la voix et le ton. Tu as toujours tellement de scoops intéressants avant tout le monde !

— Je ne sais pas grand-chose, et tu as conscience que je n'aime pas être maintenue hors course…

— Tu n'aimes peut-être pas, mais Mack veut vraiment te préserver de tout ça. Il ne pense qu'à ta sécurité, ma chérie.

— Peut-être, réagit Doreen avec une voix grincheuse. Ça ne signifie pas que je suis obligée d'apprécier.

— De plus, cette histoire de Bob Small… ajouta Nan d'un ton triste, elle a anéanti beaucoup de gens. En particulier mon amie.

— Mack a dit qu'il s'occupait d'un tas d'enquêtes qui auraient pu impliquer Bob Small, marmonna-t-elle.

— Plus qu'un tas ! *Un tas* est un euphémisme. Dans cette affaire, je crois que nous parlons de cinquante ou soixante cas, affirma Nan à voix basse. Ça fait un affreux paquet de familles déchirées…

— Mais personne n'a jamais été inculpé ? demanda Doreen, horrifiée.

— Parce que cet homme est mort.

— Je ne crois pas, contesta Doreen, soucieuse, en lisant ce qu'elle avait écrit. Je pense qu'il est allé en prison pour quelque chose de totalement différent.

— Ce serait ironique s'il avait passé sa vie derrière les barreaux pour un autre motif que toutes ces tueries dans lesquelles il était impliqué…

— Sommes-nous sûrs qu'il était impliqué dans ces meurtres ? rebondit Doreen.

— Oh oui !

— Tu sembles bien catégorique !

— Mon amie l'était vraiment et était dévouée à ce que cet homme paie pour ses crimes.

— Mais ça n'a pas été le cas.

— Non, et elle est n'est plus là désormais, déplora tristement Nan. Aucune justice ici…

— Oh ! Nan, je suis si désolée. Je croyais qu'elle vivait dans le Lower Mainland.

— Elle est partie récemment, mais je ne le savais même pas. Je t'avais annoncé il y a quelque temps que je l'appellerais, tu t'en souviens ? J'ai sans cesse reporté et un jour, sans raison, j'ai enfin pris mon téléphone. Et là, j'ai appris qu'elle était décédée. Cela m'a brisé le cœur… J'ai tellement souhaité l'avoir contactée plus tôt, pour pouvoir lui faire mes adieux.

— Je suis tellement navrée, Nan. C'est dur…

— Oui. La vie est pleine de regrets, et il faut réduire les tiens au maximum.

— Je suppose qu'elle avait une raison personnelle de surveiller ce gars, Small ?

— Sa nièce. Sa nièce est morte il y a plusieurs années. Le crime n'a jamais été résolu, et elle l'a mis sur le compte de ce Bob Small.

— Avait-elle la moindre preuve, des photos ou même un journal ? N'importe quoi.

— Je l'ignore. Je sais que je vais récupérer certaines de ses affaires cependant… Tu pourras venir y jeter un œil quand elles seront ici.

— Que veux-tu dire ?

— Quand j'ai appelé et appris pour son décès, sa petite-fille a demandé si je souhaitais avoir ses livres. Et j'ai répondu oui. Elle a expliqué qu'elle avait également trouvé des calepins, ainsi que certains journaux, et j'ai indiqué que je trouverais ça chouette. Je suppose qu'ils ne savent pas vraiment quoi faire de ses effets personnels, aucun de nous ne le sait vraiment. Quand nous mourons, nous laissons tellement de choses… Elles sont importantes uniquement pour nous pendant que nous sommes vivants, mais après notre décès, c'est un fardeau pour les autres, puisqu'elles ne sont plus importantes pour qui que ce soit.

— Je n'en suis pas sûre, contesta Doreen. Tu as rempli ta maison d'antiquités, précisément pour que j'en fasse ce que je voulais. J'ai choisi de les vendre aux enchères à un moment donné en échange d'argent, idée avec laquelle tu étais parfaitement d'accord. Si tu avais disparu à n'importe quel moment après ça, je t'aurais été éternellement reconnaissante pour tes affaires.

Nan gloussa.

— Et que penses-tu de celles que j'ai ici, avec moi ?

— Je doute fortement que tu en aies beaucoup, éluda Doreen avant d'hésiter puis d'ajouter : Ou peut-être que si ?

— Ça paraît peu, mais je suis certaine que, quand tu commenceras à trier en temps utile, tu jugeras qu'il y en a trop.

— Je te veux toi plus que tes effets personnels, Nan. Mais une fois que… quand… je chérirai tout ce que tu possèdes. Et je t'en prie, ne parlons plus de ta disparition. J'étais en train de passer une bonne journée et je n'ai vraiment pas envie de me mettre à pleurer.

— Oh, ma chérie ! Si ça t'aide à te sentir mieux, fonce et étudie ces trucs sur Bob Small. Je te dirai quand les boîtes d'Hinja seront ici et s'il y a quoi que ce soit digne d'intérêt.

— OK, je vais faire ça. Oh ! Nan, quel était le nom de sa nièce ?

— Annalise. Annalise Bergmont. Une fille vraiment adorable.

— Tu te souviens de ce qu'il s'est passé ?

— Elle rentrait chez elle de son cours de danse classique – je crois que c'était ça. Bref, un genre de danse. C'était tôt en soirée, sa leçon se déroulait à… quelque chose comme de six à sept heures ce jour-là. Et elle avait 15 ans. Sa maman la laissait partir seule tout le temps, et elle rentrait chez elle chaque fois. Un jour, elle n'est tout simplement pas revenue.

— Son corps n'a jamais été retrouvé ?

— Non, pour sûr ! Rien de rien.

— Oh mince, ce sont les affaires les plus compliquées, murmura Doreen. Ne pas avoir de réponses ni de conclusion, c'est le pire.

— Ne pas les voir rentrer est le pire, corrigea Nan, mais ne pas avoir de réponses t'oblige à passer ta vie à regarder par-dessus ton épaule, à te demander ce que tu aurais pu faire différemment et comment tu aurais pu la sauver, alors qu'il est trop tard pour agir de quelque façon que ce soit.

— Je crois que vivre avec des regrets, vivre avec des *et si*, c'est ce qui rend la situation très difficile, admit Doreen. C'est probablement une bonne chose pour moi de ne jamais avoir eu d'enfants…

— Non, et il est encore temps, si tu donnais à Mack un peu plus d'encouragements.

Et là-dessus, Nan se mit à rire et lui raccrocha au nez.

Doreen fixa son téléphone, mais c'était difficile, car, soudain, elle était assaillie de pensées et d'images d'elle avec le bébé de Mack.

— Quelle mauvaise idée… marmonna-t-elle pour elle-même en secouant la tête. J'aime cet homme, mais je ne suis pas sûre d'être prête à démarrer une vie de famille avec lui.

(*Évitons d'aller sur ce terrain.*) De plus, je ne me suis jamais trouvée dans les parages d'un petit enfant de toute ma vie.

« Thaddeus est là ! Thaddeus est là ! »

Elle regarda et vit son perroquet se pavaner à ses pieds.

— Je sais. Je ne suis pas à mon meilleur niveau, hein ? Et vous, les amis, vous vous demandez probablement ce qu'il se passe. Cependant, je suis susceptible d'avoir une nouvelle affaire ou au moins des informations sur lesquelles me concentrer. Cela m'aidera à me sentir mieux. (Elle scruta autour d'elle en quête de ses autres animaux, sourit et demanda :) Hé, les gars, vous voulez aller vous promener ?

Immédiatement, dès que Mugs entendit le mot magique, il se mit à sauter et à aboyer. Ce qui excita Goliath qui était en train de dormir en formant une petite boule, dans l'une des deux chaises Pot du salon. Enfin, s'il existait la moindre chose que l'on puisse considérer comme *petite* quand il s'agissait d'un chat de cette taille. Il vint pour se joindre à Doreen, bondit sur la table de la cuisine pour lever une patte haut vers le ciel et se nettoyer le derrière.

Doreen l'observa et lui demanda :

— Il faut vraiment que tu fasses ça sur la table de la cuisine ?

Il l'ignora complètement, mais bon, en quoi était-ce inhabituel ? Ses compagnons faisaient fi d'elle tout le temps. Du moins, quand elle les grondait. Elle se leva, saisit une laisse pour Mugs et la lui mit. Elle considéra ensuite Goliath.

— On essaie ça une nouvelle fois ?

Il la regarda d'un air renfrogné, et elle ne put que rire face à une telle expression de dédain.

— Ce serait bien que tu apprennes en tout cas, dit-elle en approchant de lui avec son sourire enjôleur.

Mais dès qu'il aperçut le harnais pour chat, il partit

comme une balle, ce qui fit grommeler Doreen.

— Ça n'aide pas, Goliath ! s'exclama-t-elle. Tu ne pourras pas éviter ça éternellement !

Un petit gloussement provint de Thaddeus, et Doreen le fixa, stupéfaite.

— Ça non plus, ça n'aide pas.

« Peut-être pas. », répondit-il.

Elle s'immobilisa et questionna :

— Qu'est-ce que tu viens de dire ?!

« Peut-être pas. Peut-être pas. Peut-être pas. »

— Oh, mon Dieu… Parfois, je me demande si tu comprends vraiment ce que je raconte.

« Peut-être pas. Peut-être pas. Peut-être pas. »

— Et puis le reste du temps, je sais que tu n'en as pas la moindre idée, ajouta Doreen en considérant Thaddeus en riant.

Thaddeus sembla en prendre ombrage et lui lança un regard noir. Elle grommela.

— Vous allez finir par me rendre dingue, les gars. Vous en êtes tous conscients, hein ?

Thaddeus émit un autre caquètement étrange. Doreen soupira.

— Oh ! parfait, un point pour toi. Partons avant que je ne devienne folle.

Évidemment, que cela aide ou pas n'était qu'une question de point de vue. Avec les animaux à ses côtés, elle descendit le sentier de la rivière. Thaddeus s'était perché sur son épaule et observait partout, à gauche et à droite de la tête de Doreen, comme s'il essayait de tout voir en une fois.

— Ça ne fait pas *si* longtemps depuis la dernière fois que tu es venu ici ! marmonna-t-elle. Arrête de me culpabiliser !

Mais ils n'étaient pas tout à fait prêts à la laisser tranquille, et même Mugs était déterminé à renifler chaque petit buisson. Goliath était plutôt content de vagabonder aux alentours, du moment qu'il pouvait se tenir suffisamment éloigné d'elle pour qu'elle ne soit pas en mesure de l'attraper. Elle avait placé le harnais dans sa poche de toute manière, pensant que l'occasion de réessayer se représenterait peut-être.

Elle n'était pas certaine de savoir quand et comment tout avait mal tourné, mais cela avait clairement pris une mauvaise direction à un moment donné. Elle n'avait très probablement et simplement pas été constante dans son entraînement. C'était ça le truc avec les animaux : elle était censée être très régulière, et elle était tout sauf ça. Elle semblait avoir une approche paresseuse quand cela concernait un tas de choses de la vie.

Heureusement, elle n'avait pas eu de nouvelles de Mathew ces quatre derniers jours. Ni du frère de Mack, Nick, mais le concernant, elle savait qu'il s'occupait des répercussions de la mort de Robin. Cela avait dû contrarier ses plans. Penser que son ancienne avocate du divorce avait été assassinée était déjà chaotique, mais penser que Robin avait été assassinée par son propre ex-mari était encore pire. Pour ce qui était de Rex, l'homme de main de Mathew et amant de Robin, Doreen n'était pas certaine qu'il soit inculpé de quoi que ce soit… Après tout, il avait bien kidnappé Doreen sur les ordres de Mathew…

Elle s'était éloignée de tout cet incident et avait laissé les retombées atterrir là où elles le devaient. Personne ne serait trop en colère contre la police quand elle enquêterait sur les divers gens impliqués. Ses voisins se souciaient probablement plus du risque que le quartier parte à la dérive à cause de toutes ces affaires, mais au moins, ce dernier kidnapping n'impliquait pas Doreen.

Le problème, c'était que Robin, Mathew, Rex et ensuite l'ex-mari de Robin, James, étaient venus à Kelowna parce que Doreen s'y trouvait. Et pour cela, elle était désolée, même si elle ne voulait vraiment pas imaginer que tout ce bazar était sa faute.

Mack dirait qu'elle n'était pas du tout responsable, mais il essayait toujours de la garder hors course, car c'était un homme bon. Elle n'était pas certaine que qui que soit d'autre ferait la même chose, en particulier ses voisins. Richard était à peine courtois la plupart du temps, et maintenant, puisque Robin était morte peu de temps après s'être trouvée sur son porche, Doreen avait décelé de la suspicion dans ses regards en coin. Elle ne pensait pas qu'il croyait vraiment qu'elle ait pu commettre quoi que ce soit, mais elle ne pourrait jamais vraiment l'affirmer… Il préférerait simplement qu'elle disparaisse et que ça demeure ainsi.

Ce n'était pas demain que ça arriverait ! C'était désormais chez elle, que ça plaise à Richard ou non. Avec sa ménagerie autour d'elle, elle approcha de l'arrière de la maison de ce dernier puis devant d'autres, jusqu'à ce qu'elle arrive au coin et que les animaux se dirigent automatiquement vers la résidence de Nan. Mais elle tira Mugs dans le sens opposé.

— Non, nous allons continuer un moment.

Excités à l'idée d'une longue promenade, ils s'acheminèrent gaiement vers la nouvelle direction. Doreen sourit.

— Vous voyez ? C'est bon d'aller ailleurs parfois.

Mugs aboya, ravi, et baissa le museau vers le sol.

Ils se baladèrent, profitant du soleil de l'après-midi et de la chance de pouvoir flâner. Elle aimait vraiment marcher.

Quelques épiceries se tenaient devant eux, mais s'y rendre avec tous ses compagnons lui donnerait du fil à retordre.

— Je suppose que nous ferons sans les courses, marmonna-t-elle.

Mugs jappa de nouveau, mais cet aboiement était différent, plus insistant d'une certaine manière. Elle le regarda et fronça les sourcils.

— On a toujours de la nourriture pour chien, n'est-ce pas ?

Il aboya encore, ce qui la poussa à se demander s'ils ne seraient pas bientôt à sec, mais elle ne pensait pas que c'était le cas… Il était vrai qu'il y avait un grand sac dans le placard de l'entrée, et, quand elle y avait prélevé des croquettes, elle n'avait pas jeté un œil à l'intérieur du profond paquet. Cependant, lors de sa routine du jour, elle avait vu ses mains plonger dans une quantité de nourriture suffisamment importante pour en retirer sa pelle remplie, donc elle considérait qu'il y en avait encore assez pour une semaine. Mugs ne voulait simplement pas être à court. Elle observa Thaddeus.

— Nous avons encore des graines pour oiseau et de la nourriture pour chat, alors ça devrait aller pour vous tous, les gars.

Du moins, elle l'espérait. Elle devait commencer une liste de courses. Mais c'était encore quelque chose d'étranger pour elle… Le processus entier de la responsabilité de la cuisine et des achats de provisions, ainsi que de tout ce dont elle avait besoin dans sa vie quotidienne, était vraiment nouveau pour elle ! Ne serait-ce que le fait de préparer à manger ! Mack lui avait montré quelques plats, mais pour certains d'entre eux, elle ne pouvait se le permettre financièrement, comme le saumon. Elle avait été choquée la première fois qu'elle avait voulu en acheter un morceau pour le cuisiner. En voyant le prix de certains aliments – ceux qu'elle était habituée à consommer –, elle les avait rayés de façon permanente de son menu.

Chapitre 2

RIEN QU'EN SONGEANT au changement dans sa situation, Doreen pensa à son divorce en suspens avec Mathew et au testament de Robin. Avant la mort de cette dernière et de tomber sur ce document, elle s'était réconciliée avec ce que le destin lui avait réservé et avait plus que jamais apprécié sa liberté loin de son mari manipulateur, Mathew. Et désormais, avec le testament suspendu devant ses yeux… elle dut s'interroger sur l'honnêteté de tout cela.

Mack ne disait rien. Personne n'avait contacté Doreen à ce sujet. Elle n'avait pas vu de noms ni qui était l'exécuteur testamentaire, mais elle n'était pas certaine de pouvoir faire confiance à ce dernier. Le monde de Robin était rempli de vipères. Cela étonnait toujours Doreen que des gens puissent être si mauvais… Dans les rapports de ses affaires classées, elle avait remarqué que certains crimes s'étaient révélés plus accidentels ou plus protecteurs envers quelqu'un que ces personnes aimaient, mais ces constats n'étaient pas valables quand il s'agissait de Mathew, Robin, Rex et James. Tout n'était qu'avidité vindicative.

Doreen ne saisirait jamais. Mathew était toujours le même, elle s'en rendait compte plus facilement à présent.

Même quand il était venu ici, il avait adopté le même genre d'attitude. Elle ne comprenait ni son comportement ni Mathew. Tout ce qu'elle souhaitait, c'était qu'il reste loin de sa vie. Le voir apparaître sur le seuil de sa porte avait été perturbant.

Alors qu'elle marchait, son téléphone sonna. Elle le regarda et fronça les sourcils, puis appuya sur « Décrocher ».

— Bonjour, Nick, dit-elle. Je m'étais demandé si vous alliez même vous occuper de mon cas, maintenant que Robin est décédée.

— Je n'aurai pas cette chance, répondit-il en riant. Ce n'est pas parce que Robin est morte que ça change le fait qu'elle a causé de sérieux dommages pendant sa vie.

— Qu'est-ce que ça change alors ? demanda-t-elle en scrutant autour d'elle pour voir si quelqu'un était en mesure de les entendre. Ce n'est pas comme si elle était encore là pour continuer de sévir.

— Non, bien que je comprenne qu'il ait pu y avoir des revirements d'opinion de son côté.

— Soi-disant. Je ne sais même pas de quoi vous avez parlé avec Mack, mais cela ne modifiera aucunement le passé avec mon ex-mari.

— C'est là que vous vous trompez. J'ai déposé une injonction concernant plusieurs de ses affaires et la façon criminelle avec laquelle elle a agi. Certaines d'entre elles ont été suspendues pendant qu'un autre avocat jette un œil sur les conséquences des actions de Robin.

— Oh ! s'exclama Doreen en fronçant les sourcils en réaction à tout ce vocabulaire d'avocat. Mais qu'est-ce que ça signifie réellement ?

— Ça veut dire que votre accord de séparation n'est plus valide.

— Vous aviez indiqué qu'il ne l'était pas, de toute manière…

— Eh bien, il l'était quand vous l'avez signé, mais vous étiez sous la contrainte et influencée par une fausse information. Mais maintenant, ce n'est même plus un problème juridique.

— Et donc ?

Elle laissa ce mot sortir alors qu'elle essayait de comprendre exactement ce que Nick tentait de lui dire.

— En clair, pour le moment, en l'absence d'accord d'aucune sorte, vous avez droit à la moitié de la totalité comme toujours, y compris l'argent qu'il a gagné depuis.

— Depuis quoi ?

— Depuis votre départ.

— Oh ! D'accord, ça va vraiment l'énerver quand il le découvrira.

— C'est l'autre raison pour laquelle je vous appelle… pour vous avertir.

— M'avertir ? Pourquoi ? demanda-t-elle, le cœur lourd.

Pitié, rien de plus au sujet de Mathew…

— Car une lettre officielle vient de partir, expliquant que je vous représente dans le cadre de votre séparation.

— Oh, oh… souffla-t-elle en un gros soupir. Est-ce que ça signifie qu'il est en chemin jusqu'ici ?

— Je l'ignore. Serait-il le genre à venir en personne ?

— Aucune idée, admit-elle pensivement tout en espérant que non. Si ça se trouve, il est plus en colère parce que Rex n'a pas réussi à me kidnapper.

— Peut-être, oui, mais ce n'est pas notre problème. Si Mathew vous contacte, ne répondez pas ou n'ouvrez pas la porte. Ne lui parlez pas. Dès qu'il ouvrira la bouche, vous direz que vous n'êtes pas autorisée à communiquer avec lui sans la présence de votre avocat.

— Vous êtes mon avocat ?

— Je viens de préciser que je l'étais, non ?

— Je ne me souviens pas de vous avoir engagé, réagit-elle avec hésitation. Ne faut-il pas que nous ayons une sorte de contrat ?

D'abord le silence, ensuite il se mit à rire.

— C'est plutôt correct. M'engagez-vous comme avocat ?

— J'aimerais répondre oui, mais je n'ai pas l'argent pour vous payer, répondit-elle avec précaution.

— Où êtes-vous en ce moment ? demanda Nick.

— Nous marchons vers l'Écocentre pour aller au parc. Les animaux et moi sommes dehors pour une agréable promenade du matin.

— Je me trouve à l'épicerie, pas très loin. Je vous retrouve à l'Écocentre, annonça-t-il avant de raccrocher.

Elle regarda son téléphone, sourcils froncés.

— Quelle différence ça fait de crier ? marmonna-t-elle.

Mais elle obéit en accélérant le pas pour parcourir le chemin vers le lieu du rendez-vous. Le centre était empli de jolis parcs, de tables de pique-nique couvertes, de zones à barbecue ainsi que d'un grand point d'information et d'une magnifique maison en rondins. Et tout cela se trouvait à côté d'une frayère. Elle ne se lasserait jamais de se rendre à cet endroit, car elle trouvait toujours quelque chose à observer et à apprécier. Elle n'était pas là depuis plus de dix minutes quand une grosse Mercedes noire arriva et se gara. Elle observa Nick qui en sortait, un grand sourire sur le visage. Il leva la main en guise de salut.

— Vous ne vivez pas ici en ville, si ? l'interrogea Doreen.

— Pas techniquement, non. Je suis dans le Lower Mainland. Mais je cherche à acheter un appartement en copropriété ici. Je suis dans le coin suffisamment souvent. (Elle le dévisagea avec surprise, et il haussa les épaules.) J'ai pensé que ce serait bien de venir et de rendre visite à la famille un peu plus souvent.

— Je suis évidemment d'accord avec ça, dit-elle en l'étudiant. Votre mère serait folle de joie de vous avoir davantage ici. Vous semblez tous très proches, et je suis donc surprise que vous travailliez à Vancouver.

— Peut-être… mais c'est là-bas que la charge de travail est la plus importante.

Doreen rit.

— Oh, je crois qu'on a de quoi bien occuper les avocats ici aussi !

Il esquissa un rictus.

— Hé, vous m'offrez l'opportunité d'affronter une teigne ! D'ailleurs, vous auriez de la monnaie ?

Elle le regarda fixement tout en mettant instinctivement les mains dans ses poches, qui étaient vides. Puis elle sortit son porte-monnaie pour vérifier.

— Les parkings sont payants ici ? demanda-t-elle en scrutant autour d'elle.

Elle ouvrit son porte-monnaie, y trouva quelques pièces et les lui tendit triomphalement.

— Donc désormais, lâcha-t-il en prenant gentiment l'argent pour le glisser dans sa poche, vous avez officiellement engagé votre avocat.

Elle observa sa main vide qui sortait de sa poche et le questionna :

— C'est légal ?

— Absolument légal, et c'est désormais acté.

Elle inclina la tête et le considéra.

— C'est pour ça que vous êtes venu jusqu'ici ?

— Précisément, et maintenant, vous êtes complètement couverte.

— D'accord, si vous pensez que c'est une bonne idée…

— Je crois que c'est la meilleure, renchérit-il chaleureusement. Maintenant, rappelez-vous : ne lui adressez plus la parole.

— Ça pourrait être un peu difficile. Il trouvera bizarre que je ne lui parle pas la prochaine fois. Il était là, et moi je me montrais amicale.

— Vous ne serez plus amicale, rétorqua Nick sévèrement.

Elle grimaça.

— Vous ne comprenez pas, se plaignit-elle. Ce n'est pas vraiment une option viable.

— Pourquoi ça ?

— Parce que, quand je suis sortie dîner avec lui, je donnais l'impression de retomber dans son modèle de femme obéissante.

— Et vous étiez une femme obéissante, ce qui fera la différence au moment du verdict du tribunal.

Elle scruta autour d'elle, confuse.

— Oh… Ça change la donne et ça prendra un peu de temps pour s'y habituer.

— Vous avez beaucoup à gérer, et ce n'est pas grave. J'ai conscience que Mathew était un homme manipulateur qui vous a malmenée physiquement et verbalement. Mais vous êtes loin de lui désormais. Vous avez Mack, moi, Nan et tous les autres de cette communauté pour vous aider. Vous pouvez y arriver.

— Peut-être…, admit-elle prudemment. Mais… et Rex alors ?

— Rex ? répéta Nick en haussant les sourcils. Vous avez

eu de ses nouvelles ?

— Non, je ne lui ai pas parlé depuis des jours, pas depuis qu'il m'a fourrée dans le coffre de cette voiture.

— Bien. N'oubliez pas : ne communiquez avec personne qui soit associé à votre mari sans la présence de votre avocat.

— Et Mack ?

Nick leva les yeux au ciel.

— Mack sait qu'il doit m'appeler. (Il retourna à sa Mercedes et ajouta :) Maintenant, allez profiter du reste de votre journée.

Elle le regarda monter dans son véhicule et rouler sur Springfield Road vers Mission District. Elle observa ensuite Mugs.

— OK, donc Nick et Mack sont vraiment des personnes différentes, mais tous les deux sont attentionnés.

Au moins, ils paraissaient se soucier d'elle.

Elle ne parvenait toujours pas à croire que Nick était venu jusqu'ici simplement pour quelques pièces. Si c'était là tout ce qu'il comptait lui faire payer, elle devrait en rire. Elle fronça les sourcils… Elle n'avait rien demandé à propos de sa rémunération. Elle envoya rapidement un SMS à Nick. **J'ai oublié de vous poser la question de vos honoraires pour la gestion du divorce.**

Sa réponse fut immédiate : **Vous venez de les régler.**

Elle fixa bêtement son téléphone, ravie, avant de lui envoyer un mot de remerciement et un émoji cœur. Elle s'assit sur l'un des bancs du parc et effectua une recherche Google à ce sujet pendant quelques minutes. Elle apprit rapidement que cette petite transaction semblait être tout ce qui était requis. Nick était désormais son représentant, et, selon lui, elle n'aurait pas à débourser plus. C'était tout simplement dingue ! Elle bondit sur ses pieds en riant, désormais trop énergique pour rester immobile.

Alors qu'elle marchait, plusieurs personnes levèrent leurs mains, et elle les salua, parfois sans même savoir de qui il s'agissait. Elle se souvint d'un visage étrangement amical et s'arrêta quand elle reconnut l'un des plongeurs rencontrés quelques mois auparavant. Elle se dit que son nom était Warren… ou peut-être Brandon.

Il leva la main en guise de salut et l'interpella :

— Vous voulez un hot dog ?

Elle s'arrêta, le regarda fixement et répondit :

— J'adorerais !

Il fit un geste vers un groupe de personnes réunies pour un événement.

— Vous devriez vous joindre à la fête !

— Que se passe-t-il ?

— Oh ! c'est simplement une rencontre entre naturalistes de la ville. Nous sommes tous des dingues d'eau, d'oiseaux, vous savez… (Il lui adressa un sourire de travers.) Nous sommes seulement des passionnés.

— Hé ! J'aime les dingues, et vous me paraissez être bien plus naturels que la plupart de ceux qu'on appelle « normaux ».

Il éclata de rire en entendant cela, puis désigna le barbecue rempli de petits pains et de hot dogs.

— Ouah ! C'est un vrai festin !

— Quand je vous ai aperçue en train de marcher là-bas plus tôt avec les animaux, je voulais vous héler. Mais ensuite, je vous ai vue avec quelqu'un et je n'ai pas voulu vous déranger.

— Oui, c'était Nick, le frère de Mack.

Il se mit à rire.

— L'avocat ?

Et elle se mit à s'esclaffer aussi.

— Je continue d'oublier à quel point la ville est petite. Évidemment que vous savez qui est Nick.

— Je connaissais Nick de toute manière, j'ai grandi avec les deux frères. N'oubliez pas que Millicent est dans le coin depuis des décennies.

Doreen afficha un large sourire.

— Je m'occupe du jardin de Millicent en ce moment aussi.

— Ah oui ? Vous êtes bien occupée, n'est-ce pas ?

— Salut, Brandon ! s'exclama un passant.

Il lui adressa un signe, choisit une saucisse particulièrement appétissante, joliment dorée et brillante sur tous les côtés, et la mit dans un petit pain pour elle en lui annonçant :

— Moutarde, ketchup, confit et tout ce que vous voudrez d'autre se trouvent là-bas. Quand vous aurez fini celuilà, revenez en prendre un autre.

Elle hésita.

— On est supposé les payer ?

Elle fit le calcul mentalement avec l'argent qu'elle avait sur elle, ce qui représentait peu, mais si le hot dog coûtait deux dollars, ça irait pour elle.

Il secoua la tête.

— Non, c'est gratuit pour tout le monde aujourd'hui. Nous l'avons financé avec notre fonds de collecte de bouteilles que nous gardons pour les petites fêtes de ce genre. C'est seulement une happy hour, sans la picole.

— Merci, lança-t-elle en souriant largement, tout en se dirigeant vers la zone des condiments pour ajouter de la moutarde, du ketchup et du confit. C'est vraiment gentil, merci.

— Ça n'arrive pas souvent, mais vous êtes bienvenue à nous rejoindre à tout moment. J'ignore si vous avez bien l'occasion de rencontrer des gens dans ce coin. J'imagine que ce doit être difficile.

Elle hocha la tête.

— Oui, ça peut l'être. (Elle regarda l'entière sélection de condiments qui comprenait des oignons et des tomates.) Ouah… Je ne crois pas avoir déjà mis ces trucs-là dans un hot dog avant aujourd'hui.

— Alors, vous allez devoir essayer. Honnêtement, vous devriez.

— D'accord…

Elle était disposée à le faire, bien qu'elle soit un peu hésitante avec les oignons. Mais elle en déposa un peu dans son hot dog et ajouta également de la tomate avant de l'envelopper dans une serviette.

— Je vais tellement me salir en mangeant ça !

Il désigna du doigt le côté, une grande zone couverte avec de nombreuses tables.

— Nous allons bientôt nous réunir là-bas.

— Et vous alors ? Vous allez manger ?

— C'est prévu, marmonna-t-il en éteignant l'un des feux du barbecue. Mais pas avant quelques minutes. Une longue file se formerait assez rapidement. Prenez donc une chaise là-bas, si vous voulez rester pour voir.

Elle s'exécuta, car en effet, c'était son intention. Mugs faisait de l'œil avec un grand intérêt au hot dog dans sa main, mais tandis qu'elle était sur le point de le lever pour le porter à sa bouche, Thaddeus sortit de sous ses cheveux et subtilisa un morceau de tomate.

« Thaddeus est là. Thaddeus est là ! » croassa-t-il.

Brandon sursauta.

— Dieu tout puissant ! J'ai vu le chien, je crois avoir aperçu le chat, mais j'avais complètement oublié l'oiseau ! (Il observa avec de grands yeux ronds Thaddeus qui disparaissait sous les cheveux de Doreen.) Il est si gros, on pourrait croire qu'il est impossible pour lui de se cacher, mais c'est incroyable de constater à quel point il parvient à se dissimuler !

Doreen sourit, attrapa un morceau de tomate et le tint en l'air.

— Et à quel point il vole, grommela-t-elle pendant qu'il s'approchait pour le prendre gentiment entre ses doigts.

— Comment réussissez-vous à ne pas contrarier Mugs ?

— Je lui garderai un bout de hot dog, confessa-t-elle.

Et avec plusieurs serviettes pour l'aider, elle parvint à entamer une extrémité du gros hot dog et à aller jusqu'au bout. Elle garda la dernière bouchée pour Mugs et se sentit agréablement rassasiée quand elle eut fini.

— C'était délicieux.

— Tant mieux, dit Brandon avec un grand sourire avant de pointer le doigt dans l'autre direction. Voilà le premier groupe, de retour de leur promenade.

Elle regarda et vit au moins trente personnes venir vers lui.

— Ouah… Je suis arrivée juste à temps avant eux.

— En effet ! Vous ne mangez presque pas assez… Vous êtes toujours si maigre. Tenez. Prenez-en un deuxième.

Et il en posa brusquement un second juste devant elle, puis se tourna pour faire face à la foule.

Elle était repue, et en même temps, c'était dur pour elle de ne pas céder. Elle mit rapidement et simplement de la moutarde et du ketchup dans celui-ci. Elle retrouva son siège et, alors que la foule grossissait autour d'elle, elle décida qu'il était plus prudent de s'écarter puisqu'elle avait les animaux.

Elle recula encore et encore jusqu'à ce qu'elle se trouve au bord de l'attroupement.

Là, elle engloutit son hot dog, en donnant encore une fois le dernier morceau à Mugs, et songea à sa vie. Même quand elle était encore avec son mari, soit ils étaient entourés de gens, soit elle s'y mêlait, mais sans jamais vraiment être intégrée. Elle tâchait en permanence de séduire le public, toujours assise à l'extérieur du cercle des vrais amis.

Mais elle dut se souvenir, tandis qu'elle jetait sa serviette en papier dans la poubelle, qu'elle avait été invitée ici par gentillesse. Et ça, ça l'aidait à se sentir bien. Elle vit Brandon lever la tête et scruter le rassemblement comme s'il la cherchait, mais il ne regardait pas dans sa direction. Il y avait un tel vacarme autour d'elle qu'elle n'avait pas envie de l'interpeller en criant, ce qui n'aurait fait qu'attirer l'attention de la foule sur elle également, alors elle s'écarta rapidement avec les animaux. Elle les rameuta et leur dit :

— Allez, les gars, on rentre à la maison.

Et bienheureux, tous les quatre s'en allèrent.

Chapitre 3

Dimanche matin…

L E TÉLÉPHONE RÉVEILLA Doreen le matin suivant. Se frottant les yeux pour sortir du sommeil, elle tendit le bras vers son portable et lança :

— Bonjour, Mack.

— Nick m'a raconté, déclara-t-il sans préambule.

— C'est bien, je suis contente qu'il l'ait fait. Révélez votre secret, que vous a-t-il dit ? demanda-t-elle en bâillant. Vous réalisez que je n'ai pas encore bu de café ?

— Il n'est pas si tôt.

Elle vérifia son téléphone et rétorqua :

— Il n'est pas si tard non plus.

— Il est presque 8 heures. Normalement, vous êtes d'aplomb. Autrement, je n'aurais pas appelé si tôt.

— Pas de problème, concéda-t-elle en chancelant pour se mettre à la verticale et se diriger vers la fenêtre.

— Néanmoins, j'aurais pu attendre… Je suis désolé.

— Je suis debout maintenant, se plaignit-elle avec colère. Alors, qu'est-ce que ça change, le fait que Nick vous a parlé ? Et d'ailleurs, que vous a-t-il raconté ?

— Que vous l'avez engagé comme avocat.

— Il y avait un truc à propos des dossiers de clients de Robin, qui étaient nuls et non avenus, et d'une enquête sur le meurtre des parents de son ex-mari et sur son assassinat. De plus, il se chargeait de tout, de toute manière. Ça a simplement rendu la chose officielle.

— Et ses crimes ont joué un rôle à un certain degré, mais c'était principalement l'investigation sur ses arnaques frauduleuses en tant qu'avocate qui a causé ça.

— Le résultat final, c'est que je n'ai plus de contrat de divorce valable, et que Nick a envoyé un courrier à mon ex pour le lui expliquer et se présenter en tant que mon avocat.

À ces propos, Mack siffla.

— Et il m'a expliqué que je n'étais pas autorisée à parler à Mathew sans la présence de mon avocat, marmonna-t-elle en repoussant les cheveux de son visage. Et c'est pour cela que j'ai supposé qu'il m'en fallait un. Légitimement, vous voyez ?

— Il m'a dit qu'il vous avait facturé un dollar pour bénéficier de ses services.

— C'est ce qu'il a eu ?

Ce n'était pas comme si elle avait compté la monnaie qu'elle lui avait donnée.

— Oui, eh bien, vous a-t-il raconté la partie où il m'a piégée ? Je croyais qu'il avait besoin de monnaie pour le parking ou autre...

Tout en riant, Mack concéda :

— Non, il n'a pas mentionné cette partie-là.

— Oui, je pensais qu'il vivait à Lower Mainland en revanche... À quoi ça sert si Mathew est dans le coin ?

— Les avocats peuvent travailler avec leurs clients partout dans le monde. Ça ne me gênerait pas si mon frère revenait vivre à la maison. Mais il s'en sort très bien là-bas.

— Il s'en sortirait très bien s'il s'occupait vraiment de grosses affaires. Le genre de boulot qu'il effectue ne paiera pas son loyer. Une facture d'un dollar, sérieusement ?

Mack éclata de rire.

— Il a seulement essayé de vous aider. Je vous avais déjà dit qu'il proposait certains services gracieusement chaque année.

— Est-ce que c'est pour soulager sa conscience du fait de facturer trois fois plus d'autres clients ?

— Non, je pense simplement qu'il sait que certaines personnes ne reçoivent pas un traitement équitable et qu'il voulait donner un coup de main.

— C'est appréciable, admit-elle. J'espère que Mathew va m'ignorer, surtout après la lettre de Nick.

— Je l'espère, mais j'en doute. Ce qui est l'autre raison pour laquelle j'appelle.

— Laquelle ?

— Après avoir parlé avec Nick, j'ai vérifié les compagnies aériennes…

— Et ? demanda-t-elle, le cœur lourd.

— Il arrive par le vol de midi. Alors, vous êtes prévenue.

Et il raccrocha.

Jurant dans sa barbe pour elle-même, elle se dirigea vers la douche, ouvrit l'eau chaude et se positionna sous le jet. Quand elle fut habillée et descendue au rez-de-chaussée, elle avait grand besoin d'un café, de quelques minutes de pause, et les animaux requéraient tous de la nourriture ainsi que l'accès au jardin de derrière. Elle laissa la porte ouverte pour eux.

Que Mathew soit sur le chemin jusqu'ici – et sans aucun doute en colère – signifiait qu'elle le verrait aujourd'hui. Elle aurait dû demander à Mack s'il avait contacté Nick pour lui transmettre cette nouvelle. Elle lui envoya un rapide message, pour patienter jusqu'à l'arrêt du moulin à café. Au moment où le café gouttait, il répondit par l'affirmative.

— Au moins, c'est une bonne nouvelle.

Déterminée à avoir quelque chose auquel penser qui ne soit pas lié à son ex, à son ancienne avocate ou au frère de Mack, elle se saisit des dossiers de Bob Small et tria les cas par année. Elle ne pouvait même pas être sûre qu'elle avait là toutes les affaires liées à cet homme. Quand elle les eut tous étalés, elle avait plus de cinquante articles, mais certains relataient le même incident de personne disparue ; ils étaient donc en double, en un sens.

Tâchant d'être concentrée sur ce qu'elle avait mis en place, elle tapa un sommaire par date sur son ordinateur et tira les copies qu'elle avait faites au préalable pour s'en servir de base. Cela lui prit toute la matinée, mais c'était une excellente façon de se maintenir occupée. Ainsi, elle ne s'était pas inquiétée du vol de midi.

Elle fut au courant de l'atterrissage de Mathew lorsqu'il lui téléphona. Oubliant complètement les avertissements, elle répondit.

— Bonjour, Mathew ! s'exclama-t-elle chaleureusement tout en ouvrant le frigo pour y trouver quelque chose à manger.

Les hot dogs de la veille gargouillaient encore dans son estomac dans un souvenir plaisant, et elle en voulait encore plus.

— Je vais bien, dit-il d'un ton brusque, mais j'ai cru comprendre que nous avions un problème d'avocat.

— Je ne suis pas sûre que ce soit un problème. Mon ancienne avocate m'a entubée et m'a privée de mon lit dans ta maison. Et maintenant, elle est morte.

— Oui, et bien sûr, l'accord entre nous est désormais nul et non avenu.

— Ça paraît logique, répliqua-t-elle nonchalamment. Ça l'a toujours été, non ? Elle m'escroquait également à ce moment-là.

— Nous ferons quelque chose pour ça, je suppose. Je t'ai apporté une copie pour que tu la signes de nouveau.

En entendant cela, elle ricana.

— Le même document ?

— Bien sûr. Je sors bientôt de l'aéroport. J'ai pris une location, annonça-t-il avec un réel dédain dans la voix avant d'ajouter : C'est une simple voiture.

— Ah, pas l'un de tes modèles de luxe, hein ? Je ne suis pas en mesure de le signer maintenant de toute façon.

— Pourquoi pas ? Tu l'as déjà fait auparavant. Tu peux recommencer.

— Ce n'est pas si simple. Je veux dire, mon ancienne avocate m'a entubée avec ce contrat, alors évidemment, j'aurai besoin de mon nouvel avocat pour y jeter un œil cette fois.

— Tu ne peux pas te payer un avocat, si ? demanda-t-il, cette fois d'un ton empli de moquerie.

Elle se contracta à cette insulte et regarda par la fenêtre.

— J'en ai bien un, cette fois. Bien sûr, j'en avais un avant aussi, avec tout le bien que ça m'a apporté…

— Les avocats sont des voleurs, Robin aurait dû t'en convaincre.

— Peut-être que oui, marmonna Doreen, mais en même temps, celui-ci est bien différent.

— J'en doute, ils ne visent qu'une seule chose, et c'est l'argent.

— Je n'ai pas eu beaucoup d'expérience avec eux, mais la

dernière courait après autre chose que de l'argent, grommela-t-elle.

— Exactement. Robin nous a entubés tous les deux, donc n'impliquons pas nos avocats cette fois, suggéra-t-il d'une voix se voulant persuasive.

— Mais Robin ne t'a fait aucun mauvais coup, si ? rétorqua Doreen, confuse. Ou alors, il y a quelque chose que tu ne m'avoues pas ?

— Elle m'a dérobé quelques informations, et pour moi c'est impardonnable.

— Ah, eh bien, il semble que ce soit elle qui a tiré avantage de la situation !

— Tu veux rire ? Il y a un truc qui n'allait clairement pas chez cette femme.

— Puisqu'elle est morte maintenant, ne disons pas de méchancetés sur elle.

— Je dirais des méchancetés sur qui je veux. Ce n'est pas parce qu'elle a été tuée que ça fait d'elle un ange. Cette femme était une Garce, avec un G majuscule.

— Je ne vais pas débattre là-dessus. Mais mon nouvel avocat a expliqué très clairement que je ne devais rien signer. En réalité, je ne suis même pas supposée te parler sans lui à mes côtés. Alors… (Elle laissa sa voix s'éteindre puis leva la main pour se pincer l'arête du nez.) Je n'ai vraiment pas envie de discuter de ça maintenant. J'ai eu mal à la tête toute la matinée.

— Raison de plus pour résoudre ça d'une autre manière, lâcha-t-il brusquement. Je serai là dans vingt minutes.

Et là-dessus, il raccrocha.

Elle regarda fixement son téléphone et grogna.

— Et maintenant, qu'est-ce que je suis censée faire ? grommela-t-elle.

Elle envoya rapidement un SMS à Mack : **Mathew sera là dans vingt minutes.**

Au lieu de lui répondre, il l'appela.

— Vous n'êtes pas autorisée à le voir.

— Que voulez-vous que je fasse ? s'exclama-t-elle. Il m'a déjà téléphoné. Il va apporter strictement le même document et s'attend à ce que je le signe.

— N'importe quoi ! J'appelle Nick.

— Qu'est-ce que ça changera ? gémit-elle.

Mais Mack n'était déjà plus là. Et évidemment, personne ne lui répondit plus. Elle poussa un grognement et prépara plus de café, comme s'il lui en fallait davantage ! Mais certaines contrariétés donnaient simplement envie d'en boire. C'était ça ou ouvrir une bouteille de vin et se l'enfiler. Et ce n'était pas une habitude qu'elle voulait prendre, peu importait à quel point ça pouvait être tentant.

Elle continua de faire les cent pas entre les portes de devant et de derrière, le regard fixe tout du long. Mugs l'imitait à ses côtés, tout comme Goliath. Thaddeus, quant à lui, était juché sur son perchoir dans le salon, piquait un roupillon et l'ignorait complètement. Ses deux portes étaient verrouillées, car elle avait le sentiment étrange que Mathew entrerait sans frapper, et c'était la dernière chose qu'elle souhaitait.

D'ailleurs, il était le genre à s'introduire d'une façon ou d'une autre, et elle ne le verrait même pas venir. Puis il agirait comme si tout était normal. Elle n'avait aucune idée de la façon dont elle était censée se sortir de cette situation, et elle ne pensait pas que lui avouer que son avocat lui avait intimé de ne rien signer suffirait à se débarrasser de lui. Irait-il jusqu'à lui faire du mal ? Ça, elle l'ignorait. Ce n'était pas ce à quoi elle voulait songer, mais cette situation était totalement envisageable si elle initiait une querelle quelconque.

Presque simultanément, elle remarqua trois véhicules qui avançaient dans le cul-de-sac et qui se garaient. Mack arriva le premier, et il se mit dans l'allée. Son ex et sa petite voiture de location firent le tour et s'arrêtèrent devant. Nick finit par stationner sur le bord du trottoir.

En sortant, Mathew lança un regard noir à Mack.

— Que faites-vous ici ?

— Que faites-*vous* ici ? répliqua Mack comme s'il l'ignorait.

— Je suis venu voir ma femme, répondit Mathew avec raideur.

— Regardez donc ça ! s'exclama Mack avec un large sourire sur le visage. Moi aussi !

— Oh là là, se dit Doreen à elle-même. Ça va mal finir… D'un autre côté, Mack étant de toute évidence capable de s'occuper de Mathew, ce pourrait être vraiment amusant…

Elle avança d'un pas sur le porche et adressa un regard sombre aux deux hommes. Mathew l'observa et lui cracha :

— Un flic ? Vraiment ?

Doreen haussa les épaules.

— Vraiment ? Pourquoi pas ? Je veux dire, ce n'est pas comme si tu n'avais pas couché avec mon ancienne avocate du divorce.

— J'ignorais qu'elle était une criminelle ! hurla-t-il.

— Oh, pitié, c'est un mensonge ! Raconte-m'en un autre.

Elle le chassa d'un geste tout en considérant Nick qui sortait du troisième véhicule.

— Et ça, c'est qui ? demanda Mathew en se tournant vers celui-ci.

— Mon nouvel avocat. Je t'ai expliqué que je ne signerais rien sans qu'il vérifie le document au préalable.

Mathew se raidit.

— J'ai pris l'avion et parcouru tout ce chemin pour que nous puissions nous occuper de ça sans avocats.

— Alors, dans ce cas, tu aurais dû m'en parler avant, le railla Doreen en tentant d'adopter une attitude décontractée et pleine de bon sens.

Mais cela n'avait jamais marché avant, donc il était peu probable que ce soit le cas désormais.

Mathew secoua la tête.

— Si tu veux compliquer les choses, je ne te laisserai pas ce document.

— C'est très bien, déclara Nick. Nous rédigerons un contrat pour que vous le signiez dans ce cas.

— Quel genre de contrat ? questionna-t-il sévèrement en regardant Nick avec suspicion.

Nick sortit une carte de visite de son portefeuille, la lui tendit et déclara :

— Si vous ne souhaitez pas traiter avec votre avocat, parfait. On peut s'occuper de ça tous les deux.

— Pour quoi faire ?

— Pour le règlement du divorce bien sûr ! s'exclama Nick, les yeux grands ouverts. Je veux dire, c'est pour ça que vous êtes là, non ?

L'ex de Doreen opinait lentement du chef, mais il se raidissait, et son langage corporel affichait sa volonté d'être partout ailleurs sauf ici.

— C'est ce qu'il a dit, confirma Doreen depuis les marches de devant.

Mathew se tourna vers elle et lui demanda :

— Pourquoi tu fais ça ?

— Je fais quoi ? rétorqua-t-elle avec innocence.

— Le document est nul et non avenu, alors on va seulement en signer un autre, c'est tout. (Il leva l'enveloppe brune dans sa main.) C'est le seul que tu as besoin de signer de nouveau. C'est simple ! Tu le signes tout bonnement, et on pourra tous s'en aller !

— Si mon avocate à ce moment-là était une criminelle, et que c'est elle qui avait rédigé ce contrat, pourquoi est-ce que je devrais le signer une nouvelle fois ? De toute évidence, il nous en faut un autre ! Et pour ça, j'ai dû engager un nouvel avocat.

— Non, tu n'avais pas à prendre un nouvel avocat. En réalité, aucun de nous n'en a besoin.

— *Nous* ? C'est toi et toute ton équipe d'avocats ? questionna Doreen. Alors, tu es protégé… Il n'y a que moi qui ne le suis pas.

— Bien sûr que tu l'es, contesta-t-il en levant les yeux au ciel avec cet air si aimable. Je me suis occupé de toi toutes ces années. Je ne vais pas te la faire à l'envers maintenant.

— Et pourtant, il y avait cet autre document, le coupa Nick. Vous savez bien. Celui avec lequel Robin a entourloupé Doreen.

— Oui, mais…, commença par prononcer Mathew en levant un doigt. Doreen a signé les papiers, donc j'ai simplement supposé qu'elle était d'accord !

— Doreen était d'accord parce que Robin lui avait dit de signer, prétextant que c'était le meilleur accord qu'elle était en mesure d'obtenir pour elle et que vous ne lui deviez rien, rappela Nick, en se balançant sur ses talons, d'une voix au ton charmant.

Doreen ne pouvait même pas situer le ténor dans son timbre, mais quelque chose en lui la fascinait. Elle leva les yeux vers Mack et vit qu'il la regardait. Elle ouvrit grand les paupières, puis haussa les mains et la voix :

— Quoi ?

Mack secoua simplement la tête puis avança de quelques pas vers elle.

— Quel est le problème ? Ils te font du mal ? s'inquiéta Mathew.

— Évidemment que non ! répondit-elle en le fixant, confuse. Est-ce qu'il a l'air de me faire du mal ?

— Tu lui as crié dessus.

— Je lui crie dessus tout le temps, dit-elle dans un haussement d'épaules. Pour ce que ça change !

Chapitre 4

M ACK ÉCLATA DE rire, même Nick se mit à s'esclaffer comme un fou.

Mathew la dévisagea, surpris.

— Tu ne cries jamais…

— Je n'y étais pas autorisée. Tu y veillais.

— Ce n'est pas comme si c'était une mauvaise chose. Dans notre monde, hurler n'est pas une preuve de contrôle.

— Et pourtant, tu sais quoi ? C'est incroyablement libérateur !

Il secoua la tête et rétorqua :

— Je ne te comprends même plus…

— Puis-je avoir le document ? demanda Nick. Je l'examinerai, puis nous proposerons un contre-accord.

Comme Nick se tenait là, la main tendue, et que Mathew gardait l'enveloppe, l'air stupide, ce dernier n'eut d'autre choix que de la lui donner lentement.

— Bien. Mais elle l'a signé une première fois, alors il n'y a pas de raison pour qu'elle ne recommence pas.

— J'en serai seul juge, répliqua Nick avant de regarder Doreen. Mack vous emmène déjeuner, c'est ça ?

Les sourcils de Doreen se haussèrent, mais elle parvint à

conserver un visage neutre tandis qu'elle acquiesçait.

— Je crois que c'était le plan, oui. (Elle jeta un coup d'œil à Mack qui considérait son frère, indigné, tandis qu'elle affichait un large sourire.) Sauf si vous avez mieux à faire…

Mack secoua immédiatement la tête.

— Non, je n'ai rien de mieux à faire. Nous sortons avec ou sans les animaux ?

— Ça dépend si on prend à emporter pour aller sur la plage, répondit-elle avec un grand rictus, ou si vous prévoyez de me conduire dans un restaurant chic.

— Pourquoi tu emmènerais ces bestioles quelque part ? s'insurgea Mathew, l'air dégoûté. Je veux dire, le chien peut-être, mais pas dans un restaurant… Nulle part excepté la maison. C'est devenu un clébard indiscipliné.

— Je crois qu'il l'a toujours été, rétorqua-t-elle, mais tu n'étais pas suffisamment proche de lui pour t'en rendre compte.

— OK. Au moins, tu en savais suffisamment pour le garder hors de ma vue la plupart du temps. (Il se mit à secouer la tête et reprit :) Eh bien, moi, je prévoyais de t'emmener déjeuner.

— Désolée, déclina-t-elle, si tu avais appelé plus tôt, j'aurais pu te prévenir.

— Je vois les choses comme elles sont… faites pour que nous nous remettions ensemble.

— Étant donné que tu étais seulement venu vérifier si j'avais les informations que Robin t'avait volées… Je n'avais pas pris cette discussion très au sérieux. Non pas que ça m'intéressait des masses… As-tu contacté la police à propos du vol de Robin ?

Il y avait aussi les clés USB à propos desquelles Mack devait la tenir au courant ; il fallait qu'elle l'interroge à ce sujet.

— Je suis sûre que Mack ici présent pourrait t'aider avec ça.

— Non, répondit Mathew en faisant le tour de sa voiture. Ce flic de bled paumé est la dernière personne à qui j'ai envie de parler.

— J'ai de très bonnes relations à Vancouver, si ça vous branche, répliqua Mack tout en l'étudiant. Si Robin vous a causé du tort, c'est le bon moment pour l'exposer au grand jour. Ils mènent pas mal d'enquêtes sur ses activités criminelles actuellement.

— Pourquoi ça les intéresse ? demanda Mathew en le regardant avec horreur par-dessus le toit de la voiture. Elle est morte.

— Elle a escroqué pas mal de gens, dit-il. Et elle a contribué au meurtre de ses anciens beaux-parents.

Mathew haussa les épaules.

— Je ne savais rien de tout ça. Mon Dieu, j'ai de la chance d'être en vie.

— De bien des façons, oui, renchérit Mack. Nous ignorons combien d'autres personnes elle a pu impliquer. Mais son ex-mari est en détention en ce moment, alors l'enquête avance.

— Ne vous mêlez pas de mes affaires, intima Mathew à Mack. J'ai peut-être mal agi avec elle, mais je ne m'en prendrais jamais à un mort.

— Peut-être pas, mais il va falloir faire le ménage dans sa succession.

Le mari de Doreen s'immobilisa, considéra Mack et le questionna :

— On sait qui va hériter de tout ça ?

Mack secoua immédiatement la tête.

— Aucune idée. Je n'ai pas causé avec la personne qui s'en occupe.

Mathew opina lentement du chef.

— Je dirais que c'est son ex-mari…

— Mais il est en prison, alors c'est peu probable.

— Elle avait une collègue… Je crois que son nom est Lisa, marmonna Mathew à moitié dans sa barbe.

— Je passerai un coup de fil et je verrai qui s'en occupe. Vous connaissez son nom de famille ? questionna Mack en sortant son calepin.

— Lisa Phellpis, déclara-t-il en se donnant même la peine d'épeler.

Mack lut le nom en fronçant les sourcils.

— Elle était dans le même cabinet ?

— Ouaip. Stratford and Sons.

— Deux femmes, deux avocates, dit Doreen d'un ton sarcastique.

Là, son futur ex-mari la regarda.

— Ce sont les hommes qui dirigent le monde, souviens-toi de ça. Je te l'ai certainement répété suffisamment souvent.

— Aucun doute là-dessus, confirma Doreen, mais apparemment, Robin était déterminée à obtenir un gros morceau pour elle.

Ce n'était pas la première fois, mais elle ressentit une pointe de tristesse pour Robin et pour l'existence qu'elle avait menée, et se demanda pourquoi elle avait eu tellement besoin de tricher, mentir et voler afin d'obtenir ce qu'elle désirait dans la vie.

— Il y a d'autres façons de mener sa vie, sans prendre les autres pour cible, reprit-elle.

— Peu importe, lança Mathew. Je parlerai à Lisa quand je serai à l'aéroport, je verrai ce que je peux trouver.

— Ça changerait quoi pour toi ? l'interrogea-t-elle, curieuse. Vous avez rompu il y a des mois. Tu l'as dit toi-même.

Il lui jeta un coup d'œil en haussant une épaule.

— Oui, mais on ne sait jamais, grommela-t-il. Peut-être a-t-elle été suffisamment gentille envers moi pour modifier son testament en ma faveur.

— Elle était toujours de mèche avec son ex-mari, précisa Doreen en fixant Mathew. Pourquoi penses-tu qu'une relation à court terme avec toi l'aurait motivée à faire ça ? De plus, je crois qu'elle couchait avec Rex. Peut-être qu'elle lui a tout légué.

En entendant ça, son mari ressortit de son véhicule et lui lança un regard noir par-dessus le toit de la voiture.

— Qu'est-ce que tu as dit ?

Et elle réalisa qu'elle n'aurait pas dû ouvrir la bouche.

— Comment peux-tu être sûr qu'elle n'avait pas de relation avec quelqu'un d'autre de votre monde ? demanda-t-elle, curieuse. Je veux dire, c'était le but du jeu pour Robin.

— Et je t'ai expliqué avant ça qu'il n'y avait personne d'autre ! Elle n'aurait pas osé…

— OK… Tu la connaissais bien mieux que moi.

Il hocha la tête.

— Tu as fichtrement raison, confirma-t-il avant de remonter dans son véhicule de location et de s'en aller.

Elle observa Mack et fit la grimace.

— Je suis vraiment désolée. Je n'aurais jamais dû mentionner Rex devant lui.

— Eh bien, lança-t-il en regardant le véhicule de Mathew s'éloigner, vous êtes une nana qui aime tirer sur la queue du tigre…

Nick s'approcha.

— Mais ce tigre pourrait mordre.

— Oh ! clairement, oui, il mord, répondit-elle doucement. J'ai senti les pointes de ses dents plus d'une fois.

— Vous a-t-il déjà fait du mal physiquement ?

— Quelques fois, avoua-t-elle, sa main se posant sur sa
joue en souvenir. J'admets m'être sentie assez vulnérable
après ça.

— C'est tout un schéma de pouvoir et d'abus. Ils agis-
sent de façon à vous pousser à obéir, et cela leur assure que
vous ne mettiez pas leur parole en doute. À un certain
moment, quand vous gronder, vous garder enfermée ou vous
priver de vos trucs préférés ne suffit plus, là, ça devient
physique.

— Il apprenait vite, raconta-t-elle. Trop vite visiblement,
car je me soumettais sans le contredire une seule fois.

— Mais vous étiez également formée pour ça, dès le tout
début de votre mariage je suppose, alors ne vous inquiétez
pas pour ça. De plus, comme il l'a indiqué, vous n'avez
jamais haussé la voix. Et maintenant, vous le faites tout le
temps.

— Seulement sur vous, corrigea-t-elle en scrutant Mack.
Et généralement, simplement parce que vous ne me laissez
pas vous aider ou me mêler de vos affaires.

Nick commença à rire.

— J'aime vraiment vous voir tous les deux, dit-il. Cela
me met du baume au cœur. (Il leva une main et ajouta :) Je
reviendrai vers vous au sujet de ces documents.

— Oui, acquiesça-t-elle. Pitié, ne pensez pas du mal de
moi quand vous découvrirez ce pour quoi j'ai signé…

Il la considéra et, d'une voix douce, lui répondit :

— Ne vous tracassez pas. J'en ai vu pas mal dans ma vie.
Y compris des victimes.

Il sourit et ouvrit la portière de sa voiture avant de s'engouffrer dans cette dernière.

Elle glissa les mains dans ses poches et se balança sur ses talons tout en regardant Nick s'en aller. Puis elle observa de nouveau Mack.

— Vous n'avez pas à m'emmener déjeuner. J'ai conscience qu'il vous a mis dans l'embarras.

Mack secoua la tête et rétorqua :

— Il a soulevé une bonne question.

— Laquelle donc ?

— Je ne vous ai encore jamais emmenée déjeuner quelque part.

— Et alors ? Vous avez cuisiné pour moi un nombre incalculable de fois à la maison. En plus, j'aime bien manger ici.

— J'ai aimé votre idée de prendre un truc à consommer et d'aller à la plage avec les animaux… Ça vous tente ?

Elle le regarda, ravie.

— Vraiment ?

— Absolument ! Mais seulement si on lui donne un autre nom…

— Comment on appellerait ça alors ? demanda-t-elle, confuse.

Il la fixa et lui répondit :

— Un rencard.

Chapitre 5

L ES MOTS DE Mack continuèrent de tourner dans la tête de Doreen tandis qu'ils se rendaient, spécialement pour l'occasion, avec le pick-up de celui-ci, dans un petit restaurant où Doreen n'était jamais allée auparavant.

— Ils proposent toute sorte de trucs ici, mais ils sont plus appréciables qu'une zone commerciale, lui apprit-il. Ça s'appelle Street Food, et j'ai déjà commandé pour nous. On récupère nos plats, puis on se trouve un sympathique petit coin près de la rivière, où on pourra s'asseoir et savourer.

— Ça me va, dit-elle.

Ils arrivèrent dans un petit parking devant un très petit bâtiment, à l'intérieur duquel Mack disparut avant de revenir avec deux grands cabas de nourriture. Il les laissa tomber sur les genoux de Doreen, et Mugs bondit immédiatement pour les renifler, en posant ses pattes sur ses jambes.

— Vous devriez éloigner les animaux, l'avertit Mack, ou je ferai demi-tour pour les ramener à la maison.

Elle regardait fixement les sacs.

— Franchement, Mack, combien de repas avez-vous commandés ?

Il se mit à rire.

— Juste assez pour le déjeuner.

— On dirait qu'il y en a au moins assez pour le déjeuner et le dîner, contesta-t-elle.

Son estomac grogna, ce qui poussa Mack à la considérer.

— Vous avez pris un petit-déjeuner ?

Elle secoua la tête.

— Non, vous m'avez pas mal contrariée en m'annonçant que Mathew était en chemin. Je n'ai bu que du café ce matin.

Il soupira.

— Désolé. Je voulais vous avertir et vous accorder du temps avant qu'il ne se montre. Mais je n'avais pas prévu de vous contrarier à ce point.

Il négocia un virage puis emprunta l'une des voies principales, traversa la route nationale et se dirigea vers la rivière.

— Où est-ce qu'on va ?

— Si on continue par là, on suit le cours d'eau pendant un moment. Il y a quelques places de stationnement, où l'on trouvera un endroit le long de la rivière pour manger. Mugs n'aura pas à rester en laisse, et Goliath pourra s'asseoir et profiter avec nous.

Et effectivement, Mack arriva à une zone de stationnement dans laquelle il entra. Il coupa le moteur et dit :

— Préparez-vous à sortir de ce côté.

Il fit le tour, ouvrit la portière, lui prit les sacs, et, maladroitement, elle descendit avec tous les animaux.

— Maintenant, on va marcher jusqu'à ce coin, annonça-t-il. C'est un endroit très populaire pendant l'été, avec des gens qui viennent nager, mais certaines zones retirées sur le côté sont très sympas et assez privées.

Il la guida à travers quelques taillis – où ils dérangèrent les oiseaux, les marmottes et ce qui ressemblait à des écureuils –, et ils atteignirent ensuite l'endroit où le soleil mouchetait l'eau, ce qui fit crier de joie Doreen.

— C'est beau ! s'exclama-t-elle en levant les yeux vers la falaise sur l'autre rive. Je ne suis jamais venue ici !

— Tant mieux. Comme j'ai dit, c'est un lieu de baignade renommé, et ça peut vite devenir dingue. Mais là, c'est agréable et calme. (Il désigna quelques rondins de bois sur le côté.) On n'a pas de couverture de pique-nique, mais on pourrait s'asseoir sur ces rondins ici.

Elle s'en approcha immédiatement, y posa les fesses, Mugs sur ses talons, puis le libéra de sa laisse et lui intima :

— Vas-y.

Désormais détaché, il vadrouilla dans la crique et, là où c'était peu profond, il pataugea avec juste assez d'eau pour recouvrir ses grandes et grosses pattes, boire un peu et aller et venir avec curiosité, pendant que Goliath sautait sur l'une des grosses pierres à côté d'eux et s'étirait sous le soleil. Thaddeus, jamais en reste, migra de l'épaule de Doreen à la branche la plus proche juste à côté d'elle puis la suivit jusqu'à ce qu'elle tombe vers le sol, d'où il bondit d'une façon décontractée. La branche se balança, manquant Doreen de peu. Mack secoua la tête.

— Avoir les animaux avec soi, c'est toujours une telle aventure...

Elle afficha un large sourire.

— Mais c'est une sacrée aventure. (Elle regarda les sacs.) Donc, pendant qu'on sort toute la nourriture, vous pouvez m'en dire plus au sujet de l'*Enlèvement dans les Capucines*...

— Non, m'dame. On ne parle pas des enquêtes. On déjeune et on savoure le paysage, c'est tout.

— Ce n'est pas juste... Tout ce que je voulais savoir, c'est...

Mack lui jeta un coup d'œil qui lui fit comprendre qu'il était vraiment sérieux.

— C'est un rencard, vous vous souvenez ? Pas un rendez-vous d'affaires, on ne discute pas.

Elle lui lança un regard noir.

— Quand alors ?

— Pendant le café chez vous, quand on sera rentrés, précisa-t-il avec un large rictus. Maintenant, on ferme boutique. (Il lui caressa doucement son épaule blessée.) Nous sommes là pour profiter. Concentrons-nous plutôt sur ça.

Il ne la quitta pas des yeux, attendant son accord.

Ce n'était pas ce qu'elle désirait, mais ce moment avec lui était spécial. Le reste pouvait attendre.

Enfin, rien qu'un petit instant.

Chapitre 6

PLUS TARD, CE petit instant s'étant transformé en plusieurs heures, Doreen était dehors à savourer une tasse de café sur la terrasse, et Mack se joignit à elle.

— C'était une merveilleuse journée, déclara-t-elle. Merci. (Elle patienta un peu…) Alors, racontez-moi l'*Enlèvement dans les Capucines*.

Il la regarda en secouant la tête, puis une résignation lasse traversa son visage.

— *Kidnappé* n'est pas la même chose qu'*enlevé*.

— Je dirais que ça dépend…

— Ça dépend de quoi ? demanda-t-il, exaspéré.

Elle leva les yeux, afficha un grand sourire et répondit :

— Ça dépend de qui l'a enlevé.

Elle observa sa réaction, mais il se contenta de soupirer lourdement.

— Ça ne marche pas.

— Bien sûr que si. S'il essayait de fuir quelqu'un et qu'il a été *enlevé dans les capucines*, ça signifie qu'il a été attrapé là-bas.

— Oui, mais pourquoi le kidnapper ?

— Il pourrait y avoir un tas de raisons, suggéra-t-elle en

agitant la main d'une façon étrange. Et si on lui faisait du chantage ? Et s'il avait kidnappé quelqu'un d'autre ? Et s'il devait de l'argent à quelqu'un ? Et si... (Elle haussa les épaules.) Vous voyez où je veux en venir...

— Oui, mais quelles sont les probabilités ?

— Dans notre monde, après tout ce que j'ai vu ces derniers mois ? Très élevées !

Mack fronça davantage ses sourcils puis il souleva à son tour les épaules.

— OK, je vous accorde ça. Nous avons assisté à des choses dingues ces derniers temps...

— Plus que dingues, corrigea-t-elle en acquiesçant. Il y a vraiment eu des pans de la société sérieusement problématiques.

— Mais tout le monde a ses raisons, lui rappela-t-il avec un grand sourire.

— Et c'est ce que je dis. Tout le monde a ses raisons. Nous ignorons simplement lesquelles, et, jusqu'à ce qu'on les découvre, j'aime bien *Enlevé dans les Capucines*.

— Le nom de l'affaire ne vaut pas bien la peine de débattre, éluda-t-il, exaspéré. C'est le moindre de nos soucis.

— Le moindre de *vos* soucis, le corrigea-t-elle avec un rictus lumineux et chaleureux. Moi, je n'ai même pas le droit de mettre un pied dans cette enquête.

— Oui, confirma-t-il, exactement, alors, pourquoi en discuter ? (Il lui lança un regard noir, et elle lui répondit simplement avec un sourire effronté, auquel il secoua la tête.) Vous me rendez dingue. Vous le savez, n'est-ce pas ?

— Non, c'est vous qui me rendez dingue.

— Alors, nous sommes d'accord sur le fait qu'on se rend dingue mutuellement, conclut-il avec un rictus furtif. C'est simplement que votre côté siphonné est plus visible que le mien.

Elle hoqueta.

— Ce n'est pas juste !

Il afficha un air satisfait.

— La folie entraîne la folie.

Elle posa un regard fixe sur lui.

— Mais qu'est-ce que ça signifie, ça ?

Il fronça les sourcils.

— Je n'en suis pas tout à fait sûr, mais ça sonne bien.

— Uniquement parce que c'est une pique qui m'est destinée. Maintenant, dites-m'en plus sur cette enquête.

— Je ne peux rien vous révéler. Vous n'êtes pas flic, vous avez oublié ?

— Mais je vous aide, vous avez oublié ?

— C'est mon affaire, vous avez oublié ça ? Et vous n'êtes pas autorisée à m'assister ! gronda-t-il, cette fois d'une voix suffisamment profonde pour qu'elle comprenne qu'il mettait fin à cette discussion.

Elle grommela puis ajouta :

— Bien… J'irai simplement farfouiller dans celles de Bob Small. J'ai commencé, mais, bon sang, il y en a un paquet !

— Nous n'avons aucune preuve qu'il ait été impliqué dans quelque chose…

— Non, je l'admets. Mais l'une des amies de Nan avait une nièce qui a été portée disparue, et elle était quasi certaine que Bob Small était responsable.

— Et ?

— Elle a fini par mourir, sans obtenir justice pour sa nièce.

— Alors, vous ne pouvez pas l'aider. Aussi triste que ce soit, ça arrive parfois. On ne peut pas prêter main-forte à tout le monde.

— J'en suis consciente… mais maintenant, je suis bloquée là-dessus.

— C'était Annalise, Annalise Bergmont si je me souviens bien. Elle était censée rentrer chez elle après un cours de danse ou un truc du genre, c'est ça ?

— Oui. Elle était sur le chemin du retour d'un cours de danse classique, mais n'est jamais arrivée.

— Vous voyez ? Une fin ouverte comme ça ? Ça aurait pu être n'importe qui.

— C'est vrai, alors, peut-être que j'ai besoin de résoudre ça en partant de ce point de vue, sans même le considérer comme l'une des histoires possibles de Bob Small, mais simplement pour découvrir exactement ce qu'il s'est passé.

— Et comment vous ferez ça ? C'était en plein dans le Lower Mainland.

— C'est exact, elle était à Vancouver, précisa-t-elle, soucieuse. Je suppose que je ne peux pas obtenir de copie des dossiers en dehors de Vancouver, si ?

— Non, confirma-t-il avec une pointe de satisfaction dans la voix.

Elle lui jeta un regard noir.

— Vous pourriez aider…

— Non. L'idée, c'est que vous vous trouviez un passe-temps qui ne vous amène pas à vous blesser tout le temps.

— Si cette femme est morte depuis longtemps, qui me fera du mal ?

— La personne qui l'a tuée, dit-il en la fixant.

— À part elle…

— Il n'y a pas de « à part elle », grogna-t-il. Vous et moi savons tous les deux que vous foncez dans ces affaires de dingues et que c'est vous qui finissez par être attaquée.

— Vous pourriez au moins m'aider à ne *pas* me faire agresser ! De plus, le chemin est long dans cette enquête-ci, donc ce sera sûrement moins dangereux.

Il l'étudia un moment, ses doigts tambourinant sur la rambarde, et elle comprit qu'il était en train d'y réfléchir.

— Je deviens une excellente détective amatrice, argua-t-elle, et c'est un énorme passe-temps. J'aide aussi les gens de cette manière, vous en êtes conscient ? À y mettre un terme et tout… Je veux dire, j'accomplis toute sorte de choses, c'est bon pour moi et c'est bon pour eux. Pourquoi ce n'est pas le cas pour vous ?

— Ne commencez pas à me tourner autour comme ça et à me faire porter le chapeau, marmonna-t-il tout en grognant.

— Ce serait avec plaisir, mais d'une façon ou d'une autre, vous finissez toujours par le retourner contre moi.

— Je ne suis pas *contre* vous, j'essaie de vous maintenir en sécurité !

Elle sourit.

— Et j'apprécie vraiment ça. Sincèrement ! (Il leva les yeux au ciel, et elle gloussa.) OK, je sais que je ne parais pas toujours reconnaissante, et je n'ai probablement même pas dit *merci* pour toutes les fois où j'aurais pu par le passé, admit-elle. Apparemment, je ne suis pas bien douée pour remercier. (Après quelques instants de silence, elle plissa le front, regarda Mack et reprit.) :) Maintenant, vous me culpabilisez.

Il leva les deux mains, frustré.

— Je ne fais rien du tout, c'est vous la responsable !

— Vous voyez ? Vous recommencez, vous me culpabilisez de nouveau.

Il ferma les yeux, se pinça l'arête du nez et déclara :

— OK, cette conversation de fou a assez duré.

— Alors, est-ce que vous allez m'aider finalement ?

— Non ! rugit-il avant de bondir sur ses pieds.

— Oh, oh… Vous ne partez pas, si ? demanda-t-elle.

— Je devrais, lâcha-t-il avant de consulter sa montre. Oui, je suppose qu'il nous faudrait encore de quoi manger, si vous avez faim.

— Nous devrions oui, et oui, j'ai faim, annonça-t-elle avec un grand sourire. Qu'avez-vous apporté ?

— Les basiques. J'ai simplement acheté quelques légumes. Vous n'avez sans doute plus de viande, si ?

— J'en ai un peu. (Elle se leva pour vérifier dans le frigo et le congélateur, pendant qu'il vidait les sacs de ce qu'il avait acheté.) J'ai de la viande hachée, mais pas beaucoup, précisa-t-elle en tendant le petit paquet qu'elle avait déniché. Je l'ai eue en promo. J'ai aussi deux blancs de poulet dans le congélo.

— Que diriez-vous d'une poêlée de poulet ? suggéra Mack. J'ai même pris quelques nouilles chow mein, sans savoir sur quoi on allait se décider.

Elle contempla les nouilles.

— Je ne crois pas en avoir déjà eu…

— Elles sont croquantes. Vous préparez votre poêlée et les versez dedans ensuite.

— Et vous les mangez croquantes et crues ?

— Techniquement, elles sont déjà cuites. Et on peut les consommer bien cuites ou croquantes.

Elle haussa les épaules.

— C'est vous le chef. (Il prit les blancs de poulet, les plaça dans le micro-ondes pour les décongeler, et Doreen observa, front plissé.) Je croyais que décongeler de la viande dans le micro-ondes n'était pas une bonne idée ?

— Parfois, on n'a pas le choix. Dans ce cas, je ne la décongèle pas vraiment, pas complètement, mais juste assez pour réussir à la découper.

Ceci terminé, il les emporta jusqu'à la planche à découper et, avec un grand couteau, les éminça.

— Et maintenant ?

— Maintenant, prenez un bol et de la sauce soja, et commencez à faire mariner tout ça.

Il lui donna quelques épices à ajouter, y compris quelque chose appelé un mélange de cinq épices en poudre. Elle secoua la tête.

— Pourquoi ne pas prendre les épices une par une ?

— Pourquoi ne pas les mettre toutes ensemble pour que ce soit plus pratique ? riposta-t-il.

— C'est vous le chef, marmonna-t-elle.

Elle suivit ses instructions et se retrouva avec des morceaux de poulet de couleur sombre. Puis il sortit le wok, y versa de l'huile et lui demanda de laver un tas de légumes.

— Ça en fait de la nourriture…

— Je meurs de faim, répondit-il sèchement. Rien d'autre ne me donne aussi faim que de rester à vos côtés.

— Oh… Je ne veux pas être responsable de votre prise de poids.

Il s'arrêta et la fixa du regard. Elle haussa les épaules.

— Je ne dis pas que c'est le cas !

— Êtes-vous en train d'insinuer que je suis gros ?

Les lèvres de Doreen frémirent. Il continua de la dévisager.

— Ne détournez pas les yeux. Êtes-vous en train d'affirmer que je suis gros ?

Elle secoua lentement la tête.

— Jamais, répondit-elle.

Mais il y avait quelque chose dans sa voix… Il se tourna, la considéra, croisa les bras sur sa poitrine et reprit :

— Est-ce que vous me traitez de gros ? Ne fuyez pas la question : oui ou non ?

Elle branla du chef, tenta de se contrôler, mais, malgré ses meilleurs efforts, ses lèvres se tordirent. Encore. Et elle commença à ricaner. Puis, abandonnant la lutte, elle se mit à rire, rire et rire encore. Au moment où elle parvint à se calmer, elle était assise sur le sol de la cuisine, à essuyer les larmes sur son visage.

Mack l'observait froidement, mais heureusement, il avait un rictus sur le visage.

— J'en déduis que vous ne me traitez pas de gros.

— Je n'oserais pas, confirma-t-elle en s'esclaffant. Et en plus, vous n'êtes pas gros du tout. Vous le savez.

— Bien sûr que je ne le suis pas, je fais de la musculation. Je mange sainement et je suis en forme. Vous êtes la seule à être toute maigre.

— Alors, pourquoi vous vous êtes mis tant en colère contre moi ?

— Uniquement pour vous contrarier, mais ça a engendré une bien meilleure réaction. Ça vous va vraiment bien de rire.

— Je ne crois pas avoir suffisamment ri. Honnêtement, ce n'est pas comme si j'avais un tas de raisons de me marrer.

— Il y en a maintenant.

Elle ricana.

— Oui, vous.

Il simula un regard outré et lança :

— Vous êtes bien insolente ce soir !

— Oui, je vais bientôt avoir à dîner.

— Vous voulez dire que vous *espérez* avoir à dîner bientôt, marmonna-t-il.

Elle revint à ses côtés afin de pouvoir observer pendant qu'il attendait que l'huile dans le wok soit chaude. Puis il y jeta la plupart des légumes, toute la viande et tous les oignons.

— On dirait qu'il n'y a pas grand-chose à faire pour préparer ça.

— En effet. J'aurais dû vous laisser faire.

— Peut-être… la prochaine fois.

— Vous devriez vous entraîner, ce n'est pas difficile. Vous n'avez qu'à mettre l'huile à chauffer, y balancer vos légumes et votre viande, les remuer et les mélanger. Si vous voulez que ça cuise plus longtemps, ajoutez un peu d'eau, posez un couvercle et, quand la vapeur sort sur le côté, attendez trois minutes et les légumes seront parfaits.

Il posa le couvercle et regarda, pendant qu'elle comptait. Dès la fin des trois minutes, il souleva le couvercle, et elle s'exclama, ravie.

— Ils sont parfaits ! (Il confirma d'un signe de tête, mélangea le tout, creusa un puits au milieu et ajouta un peu de fécule de maïs.) Ça va épaissir ? demanda Doreen tout en observant.

Il hocha la tête et dit :

— Vous voyez ces bulles au milieu ? (Elle en vit de petites apparaître.) Maintenant, vous mélangez. La fécule de maïs ne s'épaissira pas tant qu'il n'y aura pas de bulles. Mais regardez maintenant. (Et effectivement, la fécule de maïs était bel et bien plus épaisse.) C'est prêt.

— Vous voulez du riz avec ça ?

— Non, c'est pour ça que j'ai les nouilles.

Il se saisit du sachet de pâtes et l'apporta près du wok, dans lequel il renversa la moitié du paquet.

— Ça devrait faire l'affaire. On va essayer et on verra.

— C'est fascinant. Je n'avais jamais vu ces nouilles auparavant.

— Je les aime bien. Je suis sûr que d'autres en auraient choisi une autre sorte, mais celles-ci sont idéales pour changer.

Puisqu'elle ne les avait jamais goûtées elle-même, elle n'était pas en mesure d'en juger. Mais quand elle fut assise pour engloutir le plat avec enthousiasme, elle confirma d'un signe de tête.

— Très bon choix.

— Content que vous soyez d'accord, lança-t-il tandis qu'il la regardait manger avec satisfaction.

Quand elle réalisa qu'il ne dînait pas, elle leva les yeux et lui demanda :

— Quel est le souci ?

Il rit.

— Aucun. C'est seulement très gratifiant de cuisiner pour vous.

— Pourquoi ? s'étonna-t-elle.

— Parce que vous mangez tout le temps avec un tel enthousiasme que ça n'a pas vraiment d'importance que ce soit bon ou mauvais.

— Mais ça voudrait dire que ça pourrait être immonde que je le consommerais tout de même, s'insurgea-t-elle, tout en s'affichant soucieuse.

— C'est le cas. Vous êtes aussi très polie.

Elle plissa le nez.

— Vous me faites passer pour quelqu'un de terriblement ennuyeux, mais j'ai un avis à donner, vous savez ?

— Oh, je suis au courant ! Croyez-moi, je l'ai entendu plus d'une fois.

— Alors, vous pourrez toujours compter sur moi pour être honnête quant à votre nourriture.

— Je suis vraiment ravi d'entendre ça. Je me suis demandé, de temps en temps, si vous ne mangiez pas simplement parce qu'il le fallait.

— Vous voulez dire, parce que je suis affamée ?

Il acquiesça.

— Il y a des choses que je préfère à d'autres, comme les pâtes, mais je ne crois pas que vous m'ayez déjà cuisiné quelque chose que je n'aie pas trouvé délicieux.

Il examina son visage pendant un long moment puis finit par se détendre.

— Tant mieux. Donc vous aimez vraiment tout, c'est ça ?

Elle fit oui de la tête.

— OK, j'aime la nourriture. Ce n'était pas le cas jusqu'à ce que je connaisse la pénurie, ce qui m'a permis de comprendre à quel point les aliments sont basiques, mais importants.

— Ce n'est compliqué que si on rend ça compliqué.

— Et je n'y avais pas été préalablement exposée pour m'en rendre compte. Par conséquent, vos leçons de cuisine m'ont pas mal ouvert les yeux, et pour ça, je vous remercie.

— De rien. J'ai trouvé ça sympa, mais je dois vous voir aux fourneaux plus souvent.

— OK, alors, j'aimerais apprendre à préparer plus de plats comme ceux-là. Que dites-vous de demain soir ?

— C'est possible, acquiesça-t-il avant de scruter la cuisine du regard. Nous avons probablement assez de légumes ici pour refaire une autre poêlée.

Elle tapa dans ses mains.

— Parfait, déclara-t-il en souriant. Vous savez que vous

frappez dans vos mains tout comme Nan, comme une petite enfant.

Immédiatement, elle les laissa retomber sur ses genoux et le fixa furieusement. Il haussa les épaules.

— C'est mignon !

Elle soupira.

— J'ignore à quel point ça peut être mignon quand c'est le comportement d'une femme de presque 80 ans.

— Je ne crois pas qu'elle soit si âgée…

— Je n'en suis pas tout à fait sûre et, pour être honnête, je ne suis pas certaine qu'elle me l'ait déjà dit ni même si c'est son intention.

Cela fit rire Mack.

— Je suppose que l'amour-propre ne vieillit jamais, hein ?

— En particulier le sien, mais elle est adorable cependant.

— Oui, elle l'est, confirma-t-il avec un grand sourire. Ne vous inquiétez pas. C'est une grande amie à moi aussi.

— Ça me fait vraiment plaisir, et je sais qu'elle pense avoir tous les droits parfois, mais honnêtement, elle a bon cœur.

— Avoir tous les droits pour ses jeux d'argent, vous voulez dire ?

Elle acquiesça tout en grimaçant.

— Oui, il semble qu'elle ne peut pas s'arrêter.

— C'est ça, les addictions. Et le jeu d'argent en est définitivement une.

— Même quand on est l'organisateur des paris ?

— Exactement, marmonna-t-il. Pensez-y ; ce n'est pas vraiment qui le fait qui compte, c'est de contribuer.

— Au moins, elle n'essaie plus de gagner de l'argent sur

le dos des gens.

— Vraiment ? demanda Mack, surpris.

Doreen fronça les sourcils, haussa les épaules et reprit :

— Il ne me semble pas… Je crois qu'elle s'y adonne surtout pour s'amuser.

— Ce n'est pas parce que c'est divertissant pour elle que ça l'est pour les autres, et si ceux-ci ne sont pas aussi fortunés qu'elle, ce peut être très douloureux pour eux de perdre cet argent.

— Je ne pense pas qu'ils perdent vraiment de l'argent dans les paris de nos jours… C'est devenu presque comme, vous savez, jouer avec des baguettes ou des cure-dents.

— Je suis ravi d'entendre ça, car je sais que Ritchie n'est pas aussi riche que Nan.

— C'est vrai, et je suppose que ce serait difficile si c'était quelqu'un qu'elle connaissait également.

— Et nous n'avons pas toujours conscience des conditions dans lesquelles vivent les gens, lui rappela-t-il. Ce n'est pas parce qu'un certain nombre sont au courant que tout le monde l'est. Ils voient tous cette maison et pensent que vous êtes suffisamment chanceuse de la posséder.

— Ce qui est le cas.

— Oui, mais ils ignorent que vous galérez pour poser de la nourriture sur votre table.

Elle fronça les sourcils.

— Oui, vous avez raison. Je devrais peut-être avoir une discussion avec Nan pour m'assurer qu'elle ne plume pas des gens qu'elle ne devrait pas.

Mack se mit à rire.

— Dans le monde de Nan, elle prétendrait probablement qu'ils sont tous là pour être plumés.

— Vous n'avez pas tort, grommela-t-elle. Tout de

même, je ne la crois pas insensible.

— Non, bien sûr que non, et il n'est question que d'amusement et de jeu. Mais qui peuvent avoir de terribles conséquences pour certaines personnes.

Souhaitant changer de conversation, elle reporta son attention sur la nourriture et sur l'affaire actuelle de Mack.

— Vous ne m'avez toujours pas raconté grand-chose sur ce jardinier…

— Y a pas grand-chose à en dire, indiqua-t-il nonchalamment avant de finir par s'ouvrir un peu. Il travaillait sur le parterre de fleurs et était censé revenir à un certain moment avec l'équipement. Quand son responsable a remarqué qu'il n'était pas réapparu, il est descendu sur le site et n'a trouvé aucun signe de lui.

— Mais comment savons-nous qu'il n'est pas simplement rentré chez lui en voiture ?

— Car il n'y était pas. Son véhicule était là. Tout le matériel qu'il était censé avoir était là, mais aucune trace du jardinier. Personne ne l'a vu, et il n'y avait pas de caméras dans le coin non plus.

— Vous êtes sûr qu'il n'a pas seulement fait une crise cardiaque dans un fossé ?

— Primo, il est jeune, seulement 40 ans. Deuxio, il est plus ou moins en bonne santé, pour ce qu'on en sait. Donc ce serait une circonstance peu probable… Cependant, ils ont fouillé attentivement et ont bien essayé de le retrouver.

— Une demande de rançon ou quelque chose comme ça ?

— Non, déclara-t-il, les sourcils froncés, en regardant son téléphone pour vérifier s'il avait reçu des messages. Rien du tout.

— C'est triste, car si vous n'avez aucune information,

qu'êtes-vous censé faire ?

— C'est là que résident les problèmes. On doit continuer de chercher et demander au public de garder les yeux ouverts. Mais en même temps, il n'y a pas grand-chose que nous puissions mettre en œuvre. Après avoir examiné partout sans le trouver, alors quoi ? questionna-t-il, presque comme pour la mettre au défi.

— Un signe de son portable ? Des membres de sa famille qui auraient eu des nouvelles en cours de journée ?

— Non, rien. C'est comme s'il était monté dans un autre véhicule et qu'il était parti.

— Ce qui aurait pu arriver aisément. Quelqu'un a pu passer le prendre, comme pour l'emmener déjeuner ou autre et ne l'a jamais ramené. Je veux dire… peut-être qu'il a passé un chouette après-midi quelque part.

— Et ce serait pour cette raison qu'il ne répond pas au téléphone ?

— Oui, un tas de gens agiraient comme ça, si c'était une histoire d'école buissonnière… Il y a des chances pour qu'il se montre demain, s'excuse et espère avoir conservé son boulot.

— Ce serait le meilleur des scénarios, mais je ne peux pas compter dessus.

— Bien sûr que non, acquiesça-t-elle avec compassion. En plus, le public attend que vous agissiez.

— Évidemment. Si c'était quelqu'un que vous connaissiez, vous en auriez après moi aussi.

— Toujours, confirma-t-elle en hochant la tête. Comme maintenant. Je me penche sur cette femme qui a disparu il y a plus de vingt-cinq ans, et je me demande quelle information aurait pu être laissée pour découvrir qui et quoi. Ces histoires-là ne disparaissent jamais, n'est-ce pas ?

— Non, même si on suspecte bien un tueur en série et qu'on ne peut rien prouver, ce n'est pas comme si on était en mesure de se baser sur ces seuls éléments. On attend d'avoir un motif véritable. On continue de chercher jusqu'à ce qu'on résolve l'affaire.

— Intéressant… marmonna-t-elle. Auquel cas, vous pourriez m'obtenir tout ce que vous parviendrez à trouver sur mon affaire, et je pourrais y jeter un œil… (Quand il ouvrit la bouche, elle le coupa en lui disant :) Souvenez-vous : la nièce a disparu il y a longtemps, alors ce n'est pas comme si j'allais avoir des ennuis avec Vancouver.

— Tant que je ne trouve aucun rapport avec Kelowna. Mais à la minute où il y a la moindre particule de lien, je ne vous aiderai plus.

— Ça me va, accepta-t-elle sur-le-champ. J'ai vraiment envie d'être une détective de comptoir sur cette enquête-ci.

Il ricana à ces propos.

— J'aimerais que ce soit le cas, mais vous avez cette sale habitude de finir personnellement impliquée dans tout.

— C'est pourquoi c'est si bon, renchérit-elle, radieuse, car j'obtiens la récompense d'aider quelqu'un.

— Vous récoltez également la récompense peu agréable d'avoir des ennuis et d'être blessée tout le temps.

— C'est vrai, grommela-t-elle. Mais on est en droit d'espérer que, cette fois, ça n'arrivera pas, n'est-ce pas ?

Chapitre 7

Lundi matin…

L E MATIN SUIVANT, un SMS de Mack la réveilla. **Lisez vos e-mails.**

Avec joie, elle se leva, vérifia ses messages sur son téléphone et découvrit qu'il lui avait envoyé le dossier sur la nièce disparue d'Hinja. Elle courut à la douche, prépara rapidement du café, et ce ne fut qu'après qu'elle s'assit dehors avec des notes prises la veille et les éléments qu'il lui avait expédiés. Le seul problème, c'était que c'était trop clairsemé. Elle grommela quand elle jeta un œil aux quelques pages et envoya ensuite un texto. **Vous êtes sûr de ne pas avoir oublié de me faire parvenir le reste ?**

Non, il n'y a pas d'info. Personne n'a rien vu. Personne n'a rien entendu. Elle ne s'est simplement plus montrée.

Ces cas-là sont les pires.

Il répondit avec un émoji triste. **Oui, pour la famille surtout.**

Elle soupira. Bien sûr, en tant que mère, la première chose que vous souhaiteriez faire, c'était partir, prendre votre fille ou envoyer quelqu'un pour la récupérer, car cette seule erreur valait une vie entière de chagrin. Doreen secoua la tête, réfléchit là-dessus puis envoya un message. **Pas de corps, Mack ?**

Pas de corps. Elle est donc considérée comme une personne disparue, pas une personne décédée.

Exactement. Intéressant.

Mais selon ce qu'Hinja avait écrit dans ses notes sur Bob Small, sa nièce était décédée. Doreen envoya un SMS à Nan. **Comment Hinja a-t-elle su qu'Annalise était morte ? Son corps n'a jamais été retrouvé.**

Nan répondit immédiatement. **Son voyant le lui a dit.**

Doreen s'immobilisa et fixa bêtement son téléphone. Le coin de ses lèvres se leva, car elle avait conscience que Mack ne serait pas emballé par cette explication. Elle aimerait pouvoir le lui annoncer en personne afin de voir sa réaction. Mais elle manquait de temps, et elle voulait se plonger dans cette affaire autant que possible. Alors, incapable d'attendre, elle lui envoya un petit texto. **J'ai demandé à Nan comment son amie avait su que sa nièce était décédée, et apparemment, c'est un voyant qui le lui a indiqué.**

Il envoya immédiatement une suite de points d'interrogation en guise de réponse.

Elle gloussa et mit son portable sur le côté, car, même si elle n'avait eu aucune expérience avec les voyants, rien que l'idée qu'ils prennent part à l'enquête la faisait sourire. Elle n'avait pas à juger. Peut-être qu'il y avait quelque chose derrière ce business de voyance après tout.

Il était certain qu'Annalise n'était pas réapparue, et, selon le fichier de police, elle ne possédait aucune carte de crédit. À cette époque, les téléphones mobiles n'étaient pas la norme, et la plupart des gens n'étaient probablement pas en mesure de s'en payer un, surtout les adolescents. On n'avait plus revu ni entendu Annalise. Comme c'était une ado, elle n'avait pas d'argent pour faire croire à une disparition ni les compétences pour s'évaporer totalement. Doreen craignait qu'Annalise soit retenue captive depuis toutes ces années. Une théorie qui la poussait à grimacer. Ce serait absolument horrible. Si ce n'était pas ça, peut-être qu'Annalise était morte.

Orientée vers ces options, Doreen ne savait pas bien laquelle était la pire. Si Annalise avait disparu, libre comme l'air, peut-être qu'elle menait la belle vie quelque part… Mais elle n'avait que 15 ans à cette époque. C'était assez difficile d'imaginer quiconque de cet âge avoir le cran, la connaissance et les ressources pour s'évanouir dans la nature comme ça. À moins qu'elle soit avec un homme plus âgé… Doreen se montra soucieuse à cette pensée. Pour ne pas abandonner ni perdre le fil de certaines de ces théories, elle les écrivit. Elles n'étaient pas géniales, mais pour elle, la mort était la fin la plus probable, et ça, c'était tout bonnement triste.

Mais quand était-elle morte ? Vingt-cinq ans auparavant, Annalise en avait quinze. Elle avait contacté sa mère alors qu'elle partait pour son cours de danse classique et, selon sa professeure, elle avait été présente durant tout le cours et était partie après, comme elle l'avait toujours fait. Les enquêteurs avaient interrogé l'enseignante et les autres élèves. Absolument personne ne l'avait vue après qu'elle avait dit au revoir avant de s'en aller.

Ils avaient tous présumé qu'Annalise était rentrée chez elle toute seule, comme tous les autres. Mais elle n'avait contacté personne ensuite. Et aucun des autres élèves ne savait quoi que ce soit à son sujet ni où elle s'était rendue. Il n'y avait eu aucune conversation mentionnant une date, et personne n'avait remarqué si elle agissait bizarrement ou différemment. Même la professeure de danse avait déclaré, perplexe : « Annalise était une élève sérieuse à l'école et parfaite en classe avec eux. Elle était une merveilleuse jeune femme. Nous n'avons aucune idée de ce qui a pu lui arriver. »

Et cela rendit Doreen suspicieuse… Car quelqu'un devait être au courant de quelque chose. Selon les données de la police, l'amie d'Annalise à cette époque ignorait également totalement où elle avait pu aller. Les autorités ont retracé sa route, le chemin qu'elle prenait tout le temps, et absolument rien n'avait été laissé derrière elle, ni son sac à dos d'école ni son pull-over ou autre qui aurait pu suggérer que quoi que ce soit de mal avait pu lui arriver. C'était comme si quelqu'un l'avait simplement embarquée puis emmenée.

Ce qui, comme Doreen était en train de le penser, était probablement ce qu'il s'était exactement passé. Qu'Annalise ait connu la personne au volant du supposé véhicule ou pas, le scénario le plus probable était qu'elle était montée dans celui-ci d'une manière ou d'une autre, quelque part, et qu'on l'avait enlevée. Mais cette disparition avait eu lieu vingt-cinq ans auparavant… Internet était encore un nouveau phénomène parmi les utilisateurs dans les années 90, et les premiers réseaux sociaux étaient principalement des blogs, qui étaient apparus vers 1999. Les médias sociaux plus récents étaient à mille lieues de cette époque, plus de deux décennies plus tôt.

Par conséquent, tout compliquait la tâche de Doreen pour trouver quelque chose… Selon le rapport de police, ils avaient vérifié l'école et ses amis, qui n'étaient pas du genre fauteurs de troubles. Annalise ne s'intéressait pas aux drogues, à l'alcool ni aux garçons.

Frustrée, Doreen s'affaissa sur sa chaise et leva les yeux vers Thaddeus, perché sur la rambarde de la terrasse à côté d'elle. Assise à sa vieille table de récup, elle dit :

— Thaddeus, on n'a pas grand-chose sur quoi bosser…

Il s'approcha sur-le-champ et piétina ses notes. Elle soupira.

— Ce n'est pas ça qui aidera.

« Thaddeus est là », causa-t-il en se baissant pour donner des coups de bec à ses feuilles.

— Et ça ne m'aide vraiment pas ! s'exclama-t-elle en arrachant les papiers de sous ses pattes.

Elle tapa rapidement la totalité de son brouillon sur son ordinateur puis retourna aux remarques qu'elle avait déjà saisies au sujet de l'ensemble d'articles sur Bob Small. Pourquoi quelqu'un supposerait qu'il était impliqué dans la disparition d'Annalise ? Une piste en lien avec certaines de ses histoires devait mener à celle d'Annalise.

Doreen relut de nouveau les notes qu'elle avait déjà recopiées bien plus tôt ; l'une d'elles racontait que les proches de cette fille disparue souhaitaient une enquête sur Bob Small, car il avait été vu à Vancouver à la même période que la disparition d'Annalise. Mais cela ne voulait pas dire qu'il était coupable. Parmi les millions de gens qui vivaient dans le Lower Mainland, tous n'étaient pas le genre qu'on aimerait inviter à la maison pour le dîner du dimanche avec la famille. Ce qui était le cas partout.

Bob Small aurait pu revenir et se fendre la poire en songeant au nombre de décès qui lui étaient attribués à cet endroit, mais ça ne le rendait pas coupable. Doreen venait juste de commencer à se pencher sur la disparition de la fille quand, soudain, une autre pensée lui vint en tête. Elle regarda son téléphone.

— C'est une mauvaise idée, marmonna-t-elle pour elle-même.

Mais elle ne pouvait s'empêcher d'y réfléchir. Elle n'avait

pas grand-chose pour se lancer, et si c'était une piste qu'elle était en mesure de suivre, alors c'était celle dont elle avait besoin. Avec un soupir résigné, considérant que c'était la pire chose à faire, elle envoya un message à Nan. **Sais-tu quel voyant consultait Hinja ?**

Sa grand-mère répondit immédiatement avec un nom. **Marjorie.**

— Marjorie ? prononça Doreen à voix haute comme si elle savait qui c'était.

Quelques secondes plus tard, son téléphone retentit. Elle décrocha immédiatement.

— Salut, Nan !

— Marjorie vivait ici, au foyer, mais depuis que sa notoriété et sa fortune ont décollé, elle réside chez elle maintenant.

— Quelle notoriété, quelle fortune ? demanda prudemment Doreen.

— Elle a eu raison sur tellement de choses que les gens lui donnent aujourd'hui un paquet d'argent pour qu'elle leur fournisse des indices sur certaines affaires.

— Ah, intéressant…

— Ce n'est pas un escroc. Honnêtement, j'ai cru qu'elle l'était au départ. Elle m'avait raconté il y a longtemps qu'un de mes amants me trompait. J'étais tellement en colère contre elle, quand j'ai découvert qu'elle avait raison, que j'ai pensé que quelqu'un avait dû lui dire. Alors, je n'ai plus eu envie d'avoir à faire avec elle pendant des années. Mais avec le temps, je lui ai pardonné de m'avoir annoncé ça. Tu sais quoi ? Sincèrement, on ne devrait jamais apprendre aux gens de mauvaises nouvelles, car ce sont eux qu'on blâmerait de toute manière.

— Oh là, attends une minute. Qu'est-ce que ça a à voir

avec le reste ?

— J'y viens, ma chérie, souffla Nan, exaspérée. Écoute.

— Je t'écoute, Nan. J'essaie seulement de comprendre ce que cette voyante a pu dire à ton amie Hinja et pourquoi.

— Elle a annoncé que sa nièce était morte. Tout simplement. Mais c'était tellement d'années après qu'elle avait été portée disparue ! Tout le monde pouvait penser ça, et, à cette époque, j'ai un peu ri et affirmé que, bien évidemment, elle était morte ! Bien sûr, je n'en ai pas parlé à Hinja… Je veux dire, ça n'aurait fait que la mettre en colère, et ce n'est pas ce que je souhaitais.

— Non, bien sûr que non… Et donc ensuite ?

— Ensuite, Hinja est partie pendant un moment, mais est revenue auprès de la voyante quelque temps plus tard et lui a demandé plus de détails… Marjorie a précisé que sa nièce avait été assassinée par un tueur en série.

— Mais avait-elle la moindre preuve de ça ?

— Tu vois ? C'est ça le truc avec les voyants, ils n'ont pas de preuves. Ils peuvent te donner des informations, mais peu de précisions ni rien qui soit forcément d'une grande aide. C'était ça mon problème avec eux. Mais bon, j'admets que Marjorie a vu juste à quelques occasions…

— Quelques occasions ? Comme avec toi ?

— Oui. Je t'ai confié cette chose-là, alors ne remets pas le sujet sur le tapis. Ce n'est pas arrivé souvent, que des hommes me trompent, et, quand ça survient, ce n'est pas un sujet sur lequel j'ai envie de revenir.

— Non, bien sûr que non, acquiesça Doreen, surprise, et je suis désolée que ce soit arrivé.

— Ça arrive… Mais il est mort et enterré, et je suis toujours là, alors qui rit le dernier, hein ?

Doreen ne voulait même pas se lancer là-dedans, alors

elle coupa court :

— OK, revenons-en à ton amie maintenant.

— Bien. Je n'avais pas envie de parler de Bob de toute manière.

— Bob ? Pitié, ne me dis pas que c'était Bob Small ! s'exclama Doreen.

— Qui ?

— Tu as indiqué que tu ne voulais plus parler de Bob !

— Non, tu souhaitais changer de sujet, donc je ne raconte rien à propos de Bob…

— Quel Bob ?

Après un étrange silence, Nan s'enquit de Doreen :

— Tu te sens bien, ma chérie ?

Doreen se pinça l'arête du nez.

— Je t'en prie, dis-moi simplement que le Bob dont tu ne veux pas discuter n'est pas le Bob Small connu pour être un tueur en série !

— Oh, doux Jésus ! lança Nan avant de se mettre à rire. Ce n'est absolument pas cet horrible Bob Small !

Dans un gros soupir de soulagement, Doreen s'adossa à son siège et marmonna :

— Ouf ! Eh bien, je suis bien contente d'entendre ça !

Nan gloussa.

— Je ne sortirais jamais avec un tueur en série…

— Mais ce n'est pas comme si tu avais pu être au courant qu'il en était un… Je veux dire, comment tu aurais pu savoir, hein ?

— Je serais certainement informée d'un truc comme ça…

— Peut-être pas. Nan, avec des types comme ça, c'est plutôt difficile d'affirmer qui est encore bon ou mauvais.

— C'est parce que tout le monde a la capacité d'être les

deux, argua Nan d'un ton catégorique.

— Je crois que c'est assez vrai, acquiesça pensivement Doreen.

— *C'est* vrai ! Tu devrais m'écouter plus souvent.

— Je t'écoute tout le temps, corrigea Doreen avec affection.

— Ah, mais pas vraiment, autrement tu aurais compris cette conversation.

Doreen s'immobilisa en entendant cela et fixa son téléphone.

— Il est possible que tu aies raison, car je suis toujours aussi confuse.

— Exactement, dit Nan d'une voix fâchée. Tu devrais vraiment faire plus attention, que je n'aie pas à tout répéter.

— Je suis désolée, Nan, déclara Doreen d'une petite voix. S'il te plaît, que peux-tu me dire ?

Il y eut un moment de silence pendant que la vieille dame rassemblait ses pensées.

— Ce que je peux te révéler, c'est que cette voyante a précisé que c'était un tueur en série à Vancouver, mais qu'il n'y était pas toujours…

— Ce qui signifie ?

— Qu'il était d'ici, lâcha Nan d'une voix triomphante.

— Quoi ? Tu es sérieuse ?

— Évidemment que je suis sérieuse ! Il me semble que je l'ai écrit quelque part… Je me souviens que, quand Hinja m'a raconté tout ça, j'en ai écrit la majeure partie, car je n'y croyais pas et que je voulais essayer de le prouver. Mais je n'ai jamais réussi.

— Tu n'étais pas en mesure de réfuter le fait que ce tueur en série était d'ici ?

— C'était un chauffeur routier qui parcourait de longues

distances lorsqu'il sillonnait la province et les États avec son camion. C'est l'une des raisons pour lesquelles ils ont supposé qu'il était responsable de tant de meurtres et pourquoi il continuait de s'en tirer. Personne n'était à même de l'arrêter. Il était tout seul. Il n'avait de lien avec qui que ce soit, et personne ne s'attendait à ce qu'il se montre à un moment en particulier. Il n'avait pas de famille, donc il avait le profil parfait pour un tueur en série.

— Et tu parles de Bob Small, là ?

— Oui, évidemment ! s'emporta Nan avant de soupirer. Il faut vraiment que tu prennes des vitamines ou quelque chose qui te tienne éveillée, ma chérie.

Doreen leva un sourcil, mais elle garda sa bouche close.

— Bon, quoi d'autre, Nan ?

— C'était ça le problème : même si nous savions que Bob Small était passé par Okanagan Valley, ici à Kelowna et au-delà, nous n'avions aucun enregistrement de là où il avait voyagé et quand.

— Mais en tant que routier, il devait remplir des carnets de route de ses voyages. As-tu la moindre idée de ses mouvements ?

— Hinja avait la copie d'un journal de bord d'on ne sait où… Il devrait se trouver dans ce panier que tu as…

— Je ne crois pas, contesta Doreen avec hésitation en se levant et en marchant jusqu'à son bureau pour jeter un œil au contenu encore présent dans la corbeille. J'ai sorti tous les articles de journaux et les ai classés par ordre chronologique pour voir ce que je pourrais dénicher. Mais honnêtement, c'est assez difficile d'en ressortir quelque chose. Ça manque d'informations.

— Alors, dans ce cas, espérons que tout ça se trouve dans ses affaires personnelles qui vont m'être envoyées.

— Une idée de la date à laquelle ça arrivera ?

— Non, pas la moindre, répondit-elle chaleureusement. Peut-être que tu devrais descendre jusqu'ici et prendre un thé ou autre… On dirait que tu as besoin d'une pause dans ce que tu es en train de faire.

— Pourquoi ça ?

— Je l'ignore, chérie, mais tu sembles un peu dispersée…, précisa-t-elle d'une douce voix. Peut-être que toutes ces histoires avec Nick, Mack, Robin et Mathew te tapent sur les nerfs.

— Oh oui ! Ça, clairement, mais tout est au point mort pour le moment.

— Je ne crois pas que tu m'aies parlé de ça. Qu'entends-tu par *au point mort* ?

Doreen retourna sur sa terrasse et se réinstalla à sa table tandis qu'elle mettait Nan au courant de ce qu'il s'était passé.

— Oh ! Il faut que tu viennes ici pour boire du thé. Je t'attends dans dix minutes.

Et elle raccrocha.

Chapitre 8

D OREEN AVAIT LES yeux fixés sur son téléphone dans la main.

— Pourquoi est-ce que tout le monde me raccroche au nez tout à coup ? marmonna-t-elle.

Qu'elle le fasse à Mack n'était pas la même chose que lorsque c'était elle la victime. De plus, Mack s'y attendait venant d'elle. Ça faisait partie de leur relation. Elle fronça les sourcils en y pensant, car en un sens, c'était un aspect de leur jeu de séduction.

Si elle voulait être honnête, c'était le bon mot pour le décrire. Elle était également un peu confuse quant à la façon dont elle se sentait vis-à-vis de ça. Mais ce dont elle était sûre, c'était que si quoi que ce soit arrivait à Mack, elle en serait dévastée. Et elle ne souhaitait pas que ça se produise. Mais cela la laissait avec une impression plutôt vague sur son avenir. Sans parler de son présent.

Mack faisait grandement partie de sa vie maintenant, et pourtant, quelque part, elle ne savait même pas comment il y avait atterri. Elle avait été déterminée à maintenir les gens loin d'elle et à ne plus être mêlée au mariage ou aux hommes, ayant perdu tout ce qu'elle avait eu dans sa première union.

Mais elle se trouvait là, déjà empêtrée dans un truc qui l'avait attrapée.

Incertaine, triste et inquiète, elle se leva, rassembla ses affaires et retourna à la cuisine. Ses animaux suivirent sans qu'elle ait à les presser.

— Allez, les amis. S'il y a bien une chose dont je suis consciente, c'est que, quand Nan donne un ordre, il faut obéir. Alors, allons prendre le thé.

Mugs aboya immédiatement et se rendit de nouveau à la porte arrière.

— Passons par celle de devant.

Mais il restait devant celle de la cuisine, insistant.

Elle saisit sa laisse, jeta un œil vers Goliath et Thaddeus et leur demanda :

— Vous venez les gars ?

« Je viens, je viens, je viens, je viens », annonça immédiatement Thaddeus.

— Ravie d'entendre ça. Tu as une idée de là où nous allons ?

« On va chez Nan, on va chez Nan, on va chez Nan. »

Elle s'immobilisa et le regarda fixement.

— Je ne pige pas… Parfois, tu es l'oiseau le plus intelligent que j'ai jamais vu, comme maintenant, et à d'autres moments, tu te comportes comme si tu n'étais même pas là.

Il émit un caquètement discordant en guise de rire qui ressemblait à *ha ha ha* et qui la rendait dingue. Elle continua de le fixer.

— Là encore, on dirait que tu le penses vraiment.

« Ha ha ha », causa-t-il en s'esclaffant encore.

Elle poussa un grognement.

— Allons-y. Peut-être que je deviens folle, sans doute que Nan a raison, et j'ai bien besoin d'aller faire un tour chez elle et d'y retrouver un peu de santé mentale.

Ils étaient dehors depuis peu, mais elle aurait souhaité avoir pris un pull. Elle observa le ciel qui devenait soudainement sombre, puis considéra les animaux et leur déclara :

— On va courir. Sinon, on sera trempés.

Il n'avait pas autant plu depuis qu'elle était allée à Okanagan Valley. Comme elle descendait en courant le sentier avec ses compagnons dans son sillage, elle atteignit le coin à mi-parcours alors que le vent forcissait. Elle vit Nan, assise sur son patio, sous le petit balcon qui la protégeait pendant qu'elle l'attendait. Celle-ci lui adressa un signe de la main en guise de salut, tandis que Doreen traversait la pelouse en courant avant de bondir à l'abri du patio.

— Tu réalises que j'ai dû partir de chez moi sous la pluie !

— C'est bon, marmonna Nan. Un peu d'eau ne te fera pas de mal !

— C'est ça ! dit-elle avec le sourire. Nan, il faut que je parle avec Marjorie. Tu as son nom de famille ou son adresse ?

Nan fronça les sourcils.

— Tu sais quoi ? Je n'ai pas d'adresse et je ne crois pas avoir déjà eu connaissance de son nom. C'est un truc de voyant, un seul nom pour plus de mystère.

— Tu peux te renseigner autour de toi ? Voir si quelqu'un d'autre a plus d'infos ?

— Bien sûr, acquiesça Nan en hochant la tête. J'ai préparé du thé, ma chérie, indiqua-t-elle en désignant la table du patio, déjà préparée avec les assiettes et l'argenterie. Viens maintenant et assieds-toi. Tu as besoin de te détendre. Tu paraissais vraiment à cran ces jours-ci.

— Je me sentais très décontractée et calme plus tôt, protesta Doreen.

— Tu n'en avais pas l'air…

— Ah ? Oh ! Eh bien, je suis peut-être simplement confuse…

— Confuse à quel sujet ? (Puis elle s'immobilisa, les yeux s'agrandissant de ravissement.) Mack ?

Doreen lança un regard noir à sa grand-mère.

— Je n'ai pas dit ça.

— Non, mais tu n'as pas dit le contraire, donc c'est bon signe.

Ayant l'impression que tout le monde était devenu fou et parlait de drôles de langues autour d'elle, Doreen décida d'ignorer Nan.

— Ce que j'essaie de comprendre, reprit-elle, c'est à quel moment tu auras les informations sur la succession de ton amie.

— Ça n'arrivera pas tant que je ne l'aurai pas reçu, si ? Ce serait stupide de tenter ne serait-ce que d'anticiper.

— J'entends, mais c'est dur de patienter.

Nan se mit à rire et rire encore.

— Tu n'as pas idée ! Attendre est presque impossible, mais tu es jeune, et c'est plus dur pour toi que pour un tas de gens.

— Et pourquoi cela ?

— Parce que tu n'as aucune patience. Tu ne réalises pas que la vie est un long processus et, au lieu de ça, tu n'es concentrée que sur l'objectif.

Doreen la regarda avec surprise.

— Je le suis ?

— Oui. Tu essaies toujours de résoudre un problème, d'accomplir quelque chose ou d'aller quelque part.

— C'est intéressant, marmonna-t-elle. Je croyais ne rien

faire d'autre que me détendre.

— Apparemment non, contesta Nan avec un petit gloussement. Parce que ce que j'ai toujours remarqué, c'est que tu t'inquiètes des lendemains et que tu n'es pas tellement attachée à profiter du présent.

— Le présent est plutôt difficile. Demain paraît toujours mieux.

— Et là encore, c'est un signe de jeunesse. La marque de quelqu'un qui n'a pas appris la patience.

— Et moi qui pensais faire mieux que ça…

— C'est le cas, je n'ai pas prétendu le contraire ! Je dis simplement que tu aurais encore besoin de le pratiquer.

Doreen grogna et rétorqua :

— Parfait. J'essaierai d'être patiente dans l'attente de ce paquet.

Nan éclata de rire. Juste à ce moment, on frappa à sa porte d'entrée. Elle considéra Doreen et annonça :

— Je reviens.

Elle rentra et laissa Doreen assise dans le patio. Cette dernière se baissa et tendit le bras pour caresser Mugs et Goliath qui, après ses retrouvailles enthousiastes avec Nan, s'était posé.

— Vous aimez être si proches, hein ?

Mugs aboya, et Goliath se frotta la tête contre sa main, à la recherche de câlins. Thaddeus s'était perché sur la table, face au vent, relativement protégé alors que celui-ci fouettait l'air autour du patio. Elle regarda dehors pour voir la tempête arriver et la pluie tomber dans un fracas de tonnerre et de foudre.

— Ouah, c'est sorti de nulle part !

C'est à cet instant que Nan revint dans le patio avec une boîte.

— Ton courrier ? demanda Doreen avec curiosité.

Nan acquiesça.

— Apparemment, tu bénéficies d'un minutage providentiel, car cela vient de sa succession.

Doreen observa sa grand-mère, surprise.

— Sérieusement ?

Nan hocha la tête, mais elle était de toute évidence un peu bouleversée. Doreen fit la moue en réalisant que c'était tout de même un moment très émouvant pour elle.

— Je suis tellement navrée que tu n'aies pas eu l'occasion de reparler à ton amie, souffla-t-elle à Nan.

— Moi aussi. Ça aurait été chouette. Nous étions assez proches, pendant longtemps. Elle a été dévastée à la suite de la perte de sa nièce.

— Bien sûr. Je suis désolée qu'elle ne puisse pas être là pour obtenir des réponses.

— Je crois fermement qu'elle est là, quelque part, à te regarder, marmonna-t-elle. Elle a toujours cru que tu prendrais la bonne décision un jour.

— Quelle bonne décision ? demanda-t-elle en fixant sa grand-mère.

— Quitter Mathew, bien sûr ! Je lui ai raconté pas mal de fois que je vous croyais unis, mais apparemment, ça n'avait jamais été le cas.

Doreen grimaça, posa ses yeux sur sa propre assiette – vide – et questionna :

— Pourquoi as-tu sorti des assiettes ?

Nan regarda la sienne et s'exclama :

— Oh !

Elle se leva, posa la boîte sur son assiette sur la table et disparut à l'intérieur. Quand elle ressortit, elle portait un plat sur lequel reposaient des tranches. L'estomac de Doreen se mit immédiatement à grogner.

— Tu as faim, Doreen ?

— Tu me connais, dit-elle en se penchant en avant pour examiner ce qu'avait apporté Nan. Du pain de courgette ?

— Non, cake à la banane et à la courgette, corrigea Nan en haussant les épaules. Je n'arrivais pas à me décider.

— Donc tu as mélangé les deux ? l'interrogea Doreen, un rire dans la voix.

— Pourquoi pas ? Je crois même avoir mis de l'ananas là-dedans.

— Donc ce sont des cakes à la banane, à la courgette et à l'ananas ?

Nan observa fixement les tranches pendant une minute puis ajouta :

— Tu sais quoi ? J'ai dû y ajouter de la carotte également.

Hésitante, Doreen se pencha encore pour renifler puis souleva les épaules.

— Ça sent bon.

— Évidemment que ça sent bon ! Je l'ai fait ! Mais ne me demande pas comment ça s'appelle…

— Que dis-tu de *mix du dimanche* ? grommela Doreen.

— Ça pourrait marcher, sauf que nous ne sommes pas dimanche, ma chérie.

Nan prit une tranche pour elle, la posa dans son assiette et en préleva un bout. Elle tendit quelque peu le bras pour Thaddeus, plaça le morceau sur la table devant lui, et même lui flaira avant de la considérer puis de humer encore une paire de fois.

— Oh, pour l'amour du ciel ! s'indigna Nan. C'est parfaitement mangeable ! ajouta-t-elle avant d'en glisser une portion dans sa bouche.

Doreen décida d'être courageuse, se servit une part qu'elle mit sur son assiette et en mordit un morceau. Elle attendit et réfléchit à ce qu'elle mangeait.

— On sent nettement un goût de ci et un goût de ça. Mais en fin de compte, ce n'est pas si mauvais !

— Bien sûr que non ! (Nan repoussa son assiette et regarda sa petite-fille.) C'est bon, n'est-ce pas ?

— Oui. Je suis agréablement surprise.

— Tu dois avoir un peu plus la foi.

— Peut-être, admit-elle en désignant la boîte d'un signe de tête. Tu vas l'ouvrir ou tu as besoin d'un peu de temps ?

Nan soupira.

— Il n'y a probablement rien de valeur dedans. Ce sera seulement toute sorte de souvenirs qui feront naître mes larmes, et je ne suis pas très douée pour pleurer…

— Alors, tu veux mettre ça de côté pour plus tard ?

— Non, il y aura moins de larmes si tu es là.

Elle se leva, alla chercher un couteau dans la cuisine puis revint et coupa le scotch du paquet. Dès que le carton fut ouvert, elle le replaça à l'endroit. Pendant ce temps-là, Doreen retira leurs assiettes pour libérer un peu de place. Nan sortit une boîte plus petite qui contenait un petit paquet de carnets et un autre de lettres, puis fixa celles-ci.

— Oh… Je ne suis pas bien sûre de savoir ce que c'est que tout ça.

— Ce pourrait être des lettres d'amour ?

— Je ne suis pas au courant de ça… Je ne me souviens pas que mon amie ait même été le genre à en envoyer, encore moins à en recevoir…

— Mais nous étions tous légèrement différents quand nous étions plus jeunes…

— Ça, c'est bien vrai. J'ai même adressé quelques messages d'amour de mon temps…, dit Nan avant de jeter un œil dans la petite boîte et d'ajouter : C'est tout. Un tas de lettres et un tas de carnets.

— Examinons tout ça. Puis-je ? demanda Doreen en tendant le bras vers ce dernier.

— Absolument. Je n'ai aucune idée de ce que c'est que tout ceci ni pourquoi ils me l'ont expédié… Il n'y a pas de mot ?

Entre les livrets se trouvait une note destinée à Nan. Doreen la sortit et la lui tendit, puis retira les liens du tas de carnets. Ils étaient tout petits, genre format A5. Elle feuilleta le premier et annonça :

— On dirait que celui-ci concerne son mariage.

— C'est possible. Elle a toujours tenu des journaux intimes.

— Je n'ai jamais saisi le concept de journal intime… Jamais compris ce qu'il y avait d'attirant.

— Je pense que c'est pour ne pas oublier.

— Peut-être, concéda Doreen en feuilletant le second livret. Celui-ci concerne ses enfants.

— Ça lui ressemble bien.

— Pourquoi sa famille a-t-elle pensé que ce serait intéressant pour toi ?

— Je n'en ai aucune idée. Il est possible qu'ils n'aient pas su quoi faire avec ça, et peut-être avait-elle demandé qu'ils me soient envoyés. (Tandis que Nan ouvrait la missive pliée qui lui était adressée, elle hocha la tête et déclara :) Oh oui, c'est ce qui est expliqué dans la lettre ! Elle leur a précisé que, si certains objets les embarrassaient, ils devraient me les expédier. Parce que j'ai toujours été à même de leur trouver une utilité.

Après un moment de silence, Nan se mit à rire en secouant la tête.

— On avait pour habitude d'en plaisanter. Elle m'appelait et me disait *Je ne sais pas quoi faire de ci ou de ça*, et je lui proposais une solution.

— C'est plutôt logique alors. Et donc, que vas-tu faire de tout ça ? s'enquit Doreen.

— Je l'ignore… Y a-t-il quoi que ce soit de valeur ?

— De valeur, pas vraiment, mais de toute évidence, il y a des choses dignes d'intérêt.

— D'accord… et, bien évidemment, *intérêt* est très différent de *valeur*, répliqua Nan.

— Oui, confirma Doreen en feuilletant le troisième carnet. Elle a eu deux enfants ?

— Oui, deux.

— Celui-ci est sur le deuxième : la grossesse et la naissance.

— Ah… Personne ne voudra de ça. Avoir des enfants n'a jamais été mon truc. Un a suffi.

— Peut-être qu'elle s'est dit que tu aimerais vivre cette expérience par correspondance.

— Peut-être… On n'a jamais vraiment conscience de ce que pensent les gens parfois, admit-elle en branlant du chef, tout en consultant les carnets. Quelque chose d'intéressant là-dedans ?

— Peut-être, peut-être pas, répondit Doreen en s'attaquant au dernier livret. Ah ! Celui-ci est sur sa nièce.

— Bien. C'est celui qu'on aura envie de lire.

Doreen ouvrit alors la première page, grimaça et annonça :

— C'est le jour où Annalise a été portée disparue.

— Parfait, alors on aura toutes les informations qu'elle avait rassemblées. Je me souviens qu'elle emportait un carnet partout. (Elle le regarda puis hocha la tête.) Tu sais quoi ? Je crois que c'était celui-là.

— Et ces lettres d'amour ?

— Je n'en ai encore aucune idée, car je ne suis pas certaine de ce dont il s'agit vraiment... Tu souhaites lire ce journal d'abord ?

— Ça t'embête si je l'emporte, comme ça je pourrai essayer de trouver des correspondances avec mes notes à la maison.

— Non, pas du tout, ça me paraît logique. Je n'ai pas vraiment envie d'en apprendre trop sur la vie pleine de tueries de Bob Small de toute manière.

Alors, Doreen mit le carnet dans sa poche et reprit :

— Bon, et maintenant, ces lettres ?

— Je l'ignore, admit Nan en les examinant. Je ne sais pas vraiment que faire des lettres de quelqu'un, écrites pour une personne en particulier, surtout si ce sont des mots d'amour. Ça me paraît trop personnel, trop indiscret pour les lire. Et je suis son amie. Songe à ce que ses enfants ont pu en penser !

— Je peux y jeter un œil ? (Nan signifia son accord et lui tendit la pile.) Elles sont toutes adressées à une personne, et elle l'appelait simplement « B ». (Doreen grimaça.) Pitié, ne me dis pas qu'Hinja entretenait une relation avec Bob Small...

— Bien sûr que non ! Pourquoi aurait-elle fait ça ?

— Je n'en ai aucune idée, mais peut-être que Bob Small trouvait ses victimes parmi la famille et les amis de ses fréquentations...

— Ce serait horrible, s'indigna Nan en fixant Doreen. Tu veux dire, sortir avec Hinja pour ensuite lui enlever sa nièce ?

— Ça arrive tout le temps, répondit pensivement Doreen. S'il était un routier, il n'était pas toujours dans les environs, donc je ne vois pas comment ton amie aurait pu le connaître aussi bien…

— Elle s'était séparée de son mari, peu de temps après la naissance du deuxième enfant. Elle s'est sentie un peu perturbée pendant longtemps… Elle a eu quelques liaisons plutôt violentes et horribles, raconta Nan en observant avec horreur la pile de lettres devant elle. J'espère vraiment que ce n'est pas qui tu imagines…

— Je l'espère également. Mais cela expliquerait pourquoi Hinja pensait que Bob Small avait quelque chose à voir avec la disparition d'Annalise. Peut-être qu'il y a des informations là-dedans.

— Des lettres d'amour de défunts, exprima Nan en frissonnant. On se croirait dans un affreux film d'horreur.

— Peut-être que d'horribles vérités s'y trouvent également.

Le téléphone de Nan se mit à sonner. Elle le regarda et se mit à rire, ravie.

— Tu peux tout prendre pour chez toi. Je ne pense pas avoir vraiment envie d'être trop proche de ça. J'aimerais avoir quelques souvenirs de mon amie qui ne soient pas ternis par l'idée qu'elle était avec ce gars-là…

— Et si je les étudiais et te rapportais ce que j'y déniche ?

— Oui, fais donc ça. Pendant ce temps-là, je vais aller jouer au poker.

— Nan…, gronda Doreen avec un avertissement dans la voix.

Elle considéra sa petite-fille.

— Oh, ne te préoccupe pas pour ça ! Ça m'aidera à songer à autre chose, argua-t-elle en désignant les lettres dans la main de Doreen. Et tu ne voudrais pas que je ressasse sans cesse… C'est tellement triste. Le jeu me rendra le sourire aujourd'hui. Alors, vas-y, vaque à tes occupations et on se parle demain.

Nan se leva et pressa Doreen vers l'entrée du patio. Ça ne ressemblait pas à sa grand-mère d'être si impatiente de mettre fin à leurs retrouvailles, donc Doreen lui lança :

— Nan, tu m'inquiètes. Qu'est-ce que signifie tout ça ?

— Je me sens simplement contrariée. La journée a été déplaisante.

— D'accord, je m'en excuse. Je t'aime fort. (Elle fit un pas sous la pluie, détestant devoir rentrer chez elle en sa compagnie. Elle regarda les animaux et leur dit :) Il est temps d'y aller, les gars.

Ils accélérèrent alors le pas et coururent tout du long jusqu'à la maison.

Chapitre 9

Dès que Doreen fut rentrée chez elle, elle passa le seuil de la porte arrière et entendit tout juste Mack l'appeler depuis le porche de devant. Elle traversa la maison et lui ouvrit, pour le découvrir debout, une grande pizza à la main. Elle le regarda avec surprise.

— Salut ! Où est-ce que vous avez eu cette pizza ?

— Je suis passé devant et j'en ai pris une. Je ne peux pas rester longtemps, mais je me suis dit que vous n'aviez probablement rien mangé.

— Ça dépend si l'on peut considérer comme se nourrir le fait de goûter le cake à la banane-carotte-ananas-courgette de Nan. (Mack dévisagea Doreen avec horreur, mais elle haussa les épaules.) Elle était un peu perturbée aujourd'hui. Elle a tout mis dans le même moule, et honnêtement, ce n'était pas si mauvais. (Il la fixait, comme si elle venait de prononcer quelque chose d'affreux.) J'ai pigé. Ce n'est pas un truc que je consommerais en temps normal, mais c'était pas dégueu. Je n'en ai pris qu'une tranche en revanche.

— Oui, on se demande pourquoi…, marmonna Mack.

Cela amusa Doreen.

— De plus, je suis toujours contente d'apercevoir de la

nourriture.

— Bien ! J'ai conscience qu'il est tôt, mais j'ai pensé, puisque j'ai dû retourner au boulot pour quelques heures de plus, que ce serait un bon moyen de casser la croûte.

— Parfait, acquiesça-t-elle en ouvrant la voie jusqu'à la cuisine.

Il la regarda et lui demanda :

— Vous venez de rentrer ?

— Oui, je suis revenue sous l'averse, précisa-t-elle en portant toujours la boîte qu'elle avait eue chez Nan.

— C'est quoi ça ?

— Oh ! vous n'allez pas le croire…

Alors, elle lui expliqua tout en sortant des assiettes et en préparant le café.

— Sérieusement ? réagit-il.

— Oui, ça ressemble à des lettres d'amour et d'autres trucs du genre, minimisa-t-elle. Je ne sais pas encore de quoi il s'agit exactement ni pourquoi quelqu'un garderait ça. Je le conçois quand on est en vie, éventuellement, mais je ne voudrais pas que qui que ce soit lise des mots d'amour qui m'appartiennent.

— Vos héritiers s'en débarrasseraient probablement.

— Dans le cas présent, je suppose qu'Hinja leur a dit de tout envoyer à Nan.

— C'est intéressant… Je me demande pourquoi.

— Apparemment, Hinja a toujours consulté Nan avant d'agir. Par conséquent, dès qu'elle s'interrogeait sur ce qu'il fallait faire, Nan la conseillait.

En entendant cela, Mack explosa de rire.

— Quoi ? s'étonna Doreen.

— C'est simplement trop bizarre pour être vrai, lança-t-il, mais pourquoi est-ce que la famille embêterait Nan avec ça ?

— Ils ont probablement pensé qu'elle serait contente de les avoir.

— Peut-être. (Il haussa les épaules, ouvrit le carton de pizza puis en prit deux grosses parts qu'il posa sur les assiettes.) Voilà pour vous. Pour débuter.

— De quoi bien commencer ! s'exclama-t-elle avec enthousiasme en prenant immédiatement une bouchée. Je n'avais pas réalisé à quel point j'avais faim jusqu'à avoir un morceau de cet étrange cake préparé par Nan.

— Je n'arrive toujours pas à croire qu'elle ait tout versé dans une seule et même recette.

— Je doute qu'elle soit la première personne à le faire. Et je ne sais vraiment pas si c'était intentionnel ou un genre d'expérience, ou si elle avait simplement oublié ce qu'elle était en train de concocter.

— Dans le cas de Nan, n'importe quelle réponse conviendrait.

— Comment ça va pour vous ? L'affaire et tout ça ?

— Quelle affaire ? demanda-t-il d'un ton suave.

Doreen le fixa du regard.

— Vous ne pouvez pas vous cacher éternellement, vous en êtes conscient.

— Je peux essayer ! lâcha-t-il avec un sourire effronté.

Doreen soupira.

— Ce serait tellement plus facile si vous partagiez…

— Et ce serait tellement plus facile si vous restiez en dehors de cette partie de ma vie, la railla-t-il en remuant ses sourcils à son intention.

Elle n'avait pas vraiment d'argument à lui opposer, alors elle demeura assise dans une calme réflexion, à savourer sa pizza.

— C'est vraiment bon, déclara-t-elle dans un soupir ravi. Vous savez quoi ? Même si je ne mourais pas de faim, j'avais peur que ça m'arrive, quand je me suis retrouvée seule. J'ai vraiment vécu des mois difficiles. Mais plutôt que de me laisser mourir de faim, je pense que vous avez endossé la charge de me nourrir.

— C'est une si mauvaise chose ?

— Sans doute que non, mais je culpabilise parfois à ce sujet.

— Pas la peine, car vous me préparerez à dîner ce soir. (Quand son téléphone vibra à l'arrivée d'un message, il y jeta un œil et ajouta :) Enfin, en espérant que je puisse venir.

— Oh oui, je suis censée cuisiner moi-même une poêlée, c'est ça ?

— Oui, c'est bien ça ! Vous êtes toujours partante, n'est-ce pas ?

— Absolument ! répondit-elle avec un large sourire. J'aimerais apprendre à faire ça, car j'aime vraiment les légumes.

— Bien. (Il saisit une autre part de pizza, regarda sa montre et grommela.) Je peux manger celle-ci, mais je n'aurai sans doute pas le temps pour une autre.

Doreen rapprocha le carton d'elle.

— Ça ira, je vous donnerai un coup de main pour finir.

Il rit et rit encore. Doreen, elle, affichait un grand rictus.

— Avez-vous eu des nouvelles de mon frère ?

— Non. J'étais censée en avoir ? s'étonna-t-elle en baissant les yeux vers sa pizza et en se rendant compte que son estomac se tordait à la pensée d'une ration supplémentaire.

— Non, pas nécessairement. Je m'assure simplement que tout est réglo.

— Moi aussi. La bonne nouvelle, c'est que même s'il ne

m'a pas contactée, il en est de même pour Mathew.

— Vous avez raison, c'est ça, la bonne nouvelle. D'un autre côté, certains papiers doivent être signés.

— Et Robin ? Tout est bouclé ?

— Ils enquêtent auprès de son ex-mari, James, en ce moment. Mais ce sera le problème de Vancouver, pas le nôtre.

— Bien, sauf qu'il l'a tuée ici.

— Oui, mais désormais, ils s'occupent de crimes plus vieux commis ici. Ses parents et tout ça…

— Il faudrait qu'il paie, quoi qu'il en soit.

— Il paiera, mais il n'a pas besoin d'être retenu ici, s'ils ont d'autres enquêtes qui nécessitent sa présence là-bas. Et cette affaire s'ajoutera tout simplement à la pile.

— Je suppose que ça n'a pas vraiment d'importance, si ? Tant qu'il a un procès…

— Tout à fait. (Mack se leva, attrapa une serviette et s'essuya les mains et le visage.) J'aimerais vraiment rester et prendre un café, mais…

Et son téléphone se remit à vibrer.

— Vous êtes vraiment occupé, hein ?

— Toujours, depuis que vous êtes arrivée en ville en tout cas, plaisanta-t-il avant de rire. Mais je suis ravi que vous soyez venue.

— Merci. C'est la chose la plus gentille que vous m'ayez dite.

Il la regarda, surpris.

— Vraiment ?

Elle haussa les épaules.

— La plupart du temps, vous me criez dessus.

— Mais je ne le pense pas toujours, argua-t-il d'un ton inquiet avant qu'elle ne lui adresse un grand rictus.

— Je sais, souffla-t-elle. Je vous taquinais.

Il leva les yeux au ciel puis se pencha et déposa un baiser sur sa tempe.

— Maintenant, restez prudente.

Et là-dessus, il s'en alla.

Elle leva la main vers sa tempe et réfléchit aux mots de Mack, à ce qu'ils sous-entendaient, et elle sourit. S'il était toujours dans les parages, elle devrait lui répondre quelque chose, mais la répartie spirituelle ne se trouvait plus entre ses mains. À ce moment-là, elle n'avait pas eu la moindre idée de ce qu'elle aurait pu dire et elle était encore abasourdie par le fait qu'il l'avait embrassée. Ce n'était pas un vrai baiser ni autre, mais c'était un geste qu'elle pouvait difficilement ignorer. Cela en disait long sur la progression de leur relation.

Elle poussa un soupir et nettoya la table, étonnamment repue après deux grandes parts de pizza. Enthousiaste et avec une table complètement débarrassée, elle se rendit à son ordinateur et ses notes, et entama le carnet d'Hinja concernant sa nièce, Annalise. Même pendant qu'elle lisait la première page du livret, son regard ne cessait de se diriger vers le courrier. Elle finit par soupirer et souffla :

— Bon, les lettres en premier.

Elle ouvrit la première et la lut. Il s'agissait de pensées bordéliques racontant comment Hinja avait trouvé le véritable amour de sa vie. C'était à la fois tendre et attachant. La deuxième missive était similaire, tout comme la troisième, même si le ton changeait avec le temps. Dans chacun des messages suivants, Hinja s'inquiétait que son amant ne soit pas fidèle, se plaignait de ses longues absences et des réponses tardives à ses messages. Toutes les lettres étaient adressées à un certain Bob – ou uniquement B, parfois – ce qui poussait

Doreen à suspecter que Bob Small était l'amant d'Hinja.

Mais là encore, c'était le courrier classique en opposition avec l'e-mail, et Doreen ne pensait pas que tout arrivait très vite avec la poste d'autrefois. Quand elle arriva à la fin de la pile, les messages étaient très différents ; Hinja lançait des accusations sur Bob et lui demandait s'il voulait la blesser en faisant du mal à sa nièce. Évidemment, Doreen ne trouva aucune réponse par écrit.

C'était ça le plus étrange avec ces lettres ; il n'y avait aucun retour de Bob, elles étaient toutes à sens unique. Et comme Doreen regardait sa collection de missives, elle réalisa qu'Hinja les possédait toujours. Doreen ne trouva aucun courrier rédigé pour Hinja de la part de son bien-aimé. Alors, comment Hinja avait-elle récupéré ceux qu'elle avait écrits pour Bob ? Y avait-il une réponse quelque part ? Et dans le cas contraire, pourquoi ?

Bob aurait pu indiquer sur les enveloppes *Retour à l'expéditeur*. Est-ce la raison pour laquelle Doreen n'en avait pas trouvé ? Pourquoi Hinja possédait-elle simplement les lettres qu'elle lui avait envoyées ? Ça n'avait aucun sens et ne faisait qu'épaissir le mystère. Aussi, Doreen se demanda si cette pauvre femme ne les avait pas écrites sans jamais les poster… Comme une sorte de libération, de conclusion, sans avoir à affronter Bob. Mais même dans ce cas, après toutes ces années, pourquoi les aurait-elle gardées alors que, si elle les avait lues et relues, elles n'auraient contribué qu'à nourrir toutes ces émotions et ces sentiments négatifs ?

Pourquoi ?

Chapitre 10

LES QUESTIONS S'ENTASSAIENT, mais pas les réponses. Frustrée, Doreen reposa les lettres pour la énième fois puis regarda ses notes. Elle haussa les épaules.

— Tout ce que j'ai écrit, dit-elle à voix haute, pour ses animaux semblait-il, c'est qu'elle pensait de plus en plus que son amoureux, qu'elle croyait comme le meilleur de tous, était susceptible d'avoir un lien avec la disparition de sa nièce. Mais elle n'apporte aucune preuve et elle n'a conservé aucune correspondance *de* lui, aucun message qui confirmerait ou nierait ses soupçons. Alors, bien sûr, rien de tout ça n'est d'une grande aide, et c'est doublement frustrant, car il y a tellement peu d'éléments ici…

Reformant un paquet avec les lettres, Doreen retourna à la boîte et aux carnets ayant servi de journaux intimes à Hinja. Elle lut chaque page du premier livret, rapidement, mais tâchant en même temps d'être minutieuse. Mais là encore, ça ne concernait que la vie personnelle d'Hinja à cette époque. Laissant tomber le premier journal dans la boîte, elle examina le deuxième puis le troisième.

Quand elle arriva au quatrième, celui qui, elle en était persuadée, contenait des informations intéressantes, elle avait décelé l'état d'esprit de la femme, la façon dont elle réfléchissait et comment elle écrivait, rien que par le simple fait de griffonner une idée avant qu'elle ne disparaisse de son cerveau. Ce serait intéressant de demander à Nan de quoi était morte Hinja… Cela permettrait d'expliquer ses pensées décousues. Là encore, si quelqu'un devait analyser les propres notes de Doreen à une certaine époque, elles pourraient y ressembler… Chacun adopte sa propre méthode qui fonctionne sur lui.

Doreen progressa dans la lecture du dernier journal et découvrit que la relation avec Bob avait été très euphorique pour Hinja. Elle était tombée amoureuse de ce routier qui voyageait en permanence. Tant qu'il continuait de s'arrêter pour la voir quand il se trouvait en ville, cela suffisait à Hinja. Apparemment, ils faisaient tout ensemble quand il était là. Il restait avec elle, ils sortaient pour le dîner et le déjeuner et, à côté de ça, passaient énormément de temps au lit.

Doreen trouva cela intéressant, car c'était comme s'il venait faire du stop, comme un marin en permission, et repartait pour le boulot. Ou peut-être pas ? Pour ce qu'en savait Doreen – et Hinja –, il avait une douzaine de femmes à divers arrêts dans tout le pays. Parfois, il était sur la route pendant des semaines.

Selon le journal, ils restaient tout le temps en contact ou au moins autant qu'ils le pouvaient. Il se servait du téléphone une fois par semaine ou plus souvent, si possible. Bien sûr, Doreen ne détenait pas de copies de leurs factures de téléphone pour voir si cela pouvait être confirmé. Elle n'avait pas de raison concrète d'en douter, et cela remontait à tellement longtemps qu'elle n'avait absolument aucun moyen de trouver cette information qui représenterait une sacrée différence à ce stade de l'enquête. Qu'il ait appelé Hinja ou pas. Sans ces preuves, Doreen n'était pas en mesure de vérifier s'il avait contacté quelqu'un d'autre ou pas.

Doreen arrivant à la fin du carnet, elle lut comment Hinja avait découvert que, parfois, Bob restait en ville plus longtemps que le temps passé avec elle, et qu'elle était devenue suspicieuse quant à ses agissements. Il y avait une discussion à propos d'une autre femme qui avait disparu dans une ville voisine quelques semaines plus tôt, et il avait indiqué que c'était étrange. Un rapport avec le fait qu'elle était une jolie petite femme. Là, Doreen reposa le livret et farfouilla dans les coupures de journaux de sa corbeille. Elle en sortit un article et le posa sur la table à côté d'elle.

Peu avant la disparition de la nièce d'Hinja, une autre jeune femme, âgée de 18 ans, s'était évanouie dans la nature dans des circonstances similaires et pas très loin. Cette brunette avait des boucles, le genre qui retombait tout autour des épaules, encadrait son visage et lui donnait une apparence assez angélique. Là encore, Doreen détenait zéro information sur cette affaire, rien de plus que ce que mentionnait cet article, et son corps n'avait jamais été retrouvé.

« Disparue d'Abbotsford » était le titre de l'article, et le journal continuait avec les notes d'Hinja qui y étaient associées :

Je ne voulais pas penser à pareille chose, mais le ton dans sa voix m'a poussée à m'interroger. Il y avait une telle admiration, presque un regard lointain d'amour perdu dans ses yeux. Je lui ai demandé s'il l'avait con-nue, et il a secoué la tête pour le dissimuler, prétendant qu'il avait vu sa photo à la télé. Et bien évidemment, c'était tout à fait possible, car c'était là que je l'avais moi-même découverte. Je ne lui ai rien répondu étant donné que je ne savais pas quoi ajouter. Sincèrement, qu'est-ce que j'aurais pu dire ?

C'était simplement tellement étrange, la façon dont il paraissait captivé par son visage. Il avait même mentionné les boucles sur ses épaules. J'ai indiqué à ce moment-là que ma nièce avait une coupe de cheveux similaire. Il a paru assez intéressé et reconnu qu'il n'avait pas réalisé que tant de femmes avaient les cheveux bouclés. Je lui ai expliqué qu'un fer à friser transformait les cheveux les plus raides en anglaises. Il ne semblait pas comprendre de quoi je parlais, donc je lui ai montré le mien.

Il parut assez fasciné par cette idée. Quand j'ai découvert que mon fer à friser avait disparu au moment où il était parti vers sa prochaine destination, j'ai pensé que quelque chose d'étrange était en train de se passer. Pendant longtemps, j'ai cru que je l'avais peut-être mal rangé, mais après avoir retourné toute la maison, je n'ai absolument rien trouvé excepté la conclusion irréfutable que, s'il n'était nulle part, il était forcément en sa possession. Mais par le diable, pourquoi voudrait-il un fer à friser ?

Doreen s'enfonça dans son siège et se posa la même question. Était-il un fétichiste ? Maintenant qu'il savait qu'on pouvait boucler les cheveux de cette façon, allait-il commencer à utiliser cet appareil ? Et sur quoi ou qui ? Des poupées, des chiens, des chevaux, des femmes ? Elle ne trouva nulle allusion à une quelconque demande de Bob envers Hinja pour se boucler les cheveux avec des anglaises comme ça, mais apparemment, c'était tout l'objet de sa fascination.

Sur cette info, Doreen se leva et farfouilla parmi les photos dans son panier. Et comme attendu, chaque fille en photo avait des frisons. Tous les clichés que détenait Doreen montraient des femmes avec des boucles, naturelles ou arrangées, sauf un. Elle le sortit et y jeta un œil. Ce n'était pas parce qu'elles avaient eu des frisettes à un moment qu'elles en avaient en permanence, surtout lorsque la photo était prise par la police.

Dans le commentaire sur cette femme, il était écrit qu'elle avait des cheveux blonds bouclés, mais sur le cliché, elle arborait une queue de cheval. Après avoir reposé la photo, Doreen le mentionna dans ses propres notes.

Le tueur en série en a après les cheveux bouclés. Fasciné par le fer à friser, il ne comprend pas que des frisons pouvaient être créés s'ils n'étaient pas naturels.

Elle poursuivit sa lecture pour apprendre que les suspicions d'Hinja avaient perduré quelques semaines de plus. Elle avait bien vu Bob une dernière fois, mais ses appels téléphoniques étaient moins fréquents. Elle s'en inquiéta un peu et lui demanda s'il en avait assez d'elle. La seule réponse qu'elle obtint fut « Non, pas du tout. »

« Mais je ne te vois vraiment pas beaucoup », avait-elle insisté.

« J'ai simplement d'autres occupations en ce moment », avait-il dit.

Rien ne confirmait qu'il y avait un problème, mais, pour Hinja, rien d'autre n'arrivait entre eux, et ça, c'était déjà un souci. Elle ne savait pas quoi dire ni comment le récupérer et alors, le temps filant, elle réfléchit aux raisons pour lesquelles elle le désirerait. Il n'était même pas séduisant, de base. Il était immense ; il était émacié et, de bien des façons, rude sur les bords.

Pourtant, elle était toujours attirée par lui, et cela l'embêtait beaucoup, car il ne voulait pas d'elle à ce moment-là. Par conséquent, c'était plus difficile pour elle de s'en séparer. En somme, toute cette histoire était éprouvante pour Hinja. Le journal continua encore et encore avec plus de plaintes au sujet de Bob et de ce qu'elle remarquait ou non.

Ce qui était intéressant pour Doreen, c'était que le véritable amour s'était transformé en spirale infernale, où Hinja écrivait des choses comme : *Est-ce que je le connais vraiment ? Pourquoi voudrais-je sortir avec lui ? De toute évidence, il s'en moque, de toute évidence, il ne m'aime pas.* Puis cela montait crescendo vers une haine d'elle-même encore plus négative du fait d'être sortie avec lui une première fois.

Doreen trouva cela triste et déprimant, car Hinja n'avait aucune raison de ressentir une telle animosité envers elle-même pour ces choses-là, mais c'était ce qu'elle avait vécu… Ensuite, elle mentionna qu'il était de nouveau passé dans le coin et qu'elle avait été très excitée de le voir, pour finalement découvrir qu'il venait seulement reprendre des affaires qu'il avait laissées.

Doreen lut à voix haute.

Je l'ai laissé entrer pour récupérer quelques effets personnels qu'il gardait ici, dans la salle de bain. C'était vraiment déprimant de voir que cette relation, en laquelle j'avais fondé de si grands espoirs, finissait ainsi, en quelque chose qui se terminait rapidement. Quand il a attrapé ses affaires de toilette et une petite enveloppe, je lui ai demandé ce qu'il y avait dedans.

Il l'a seulement regardée, a haussé les épaules et a répondu « C'est à moi. »

« À toi ? » ai-je répété.

« Oui, à moi », a-t-il répondu brusquement en se

tournant pour s'en aller.

Je me suis rapprochée, lui ai arraché l'enveloppe des mains et sa réaction fut instantanée. Il a fait demi-tour comme une furie et m'a donné un coup de ceinture au visage.

Doreen s'exclama quand elle lut ça. Elle reposa le journal et observa par la fenêtre. Pour que quelqu'un pivote avec une telle brutalité, cela voulait dire que ce trait de caractère avait toujours été présent et qu'il l'avait simplement maintenu caché.

Continuant sa lecture, Doreen progressa dans le carnet.

J'ai éclaté en larmes et je ne savais pas quoi dire. J'étais si sonnée… L'enveloppe était tombée au sol, et j'ai vu des photos en sortir. Des filles, des filles avec des boucles. J'ignorais qui elles étaient ou ce qu'elles représentaient pour Bob, mais il les a rapidement ramassées, m'a dévisagée froidement et dit : « Une sacrée bonne chose qu'elle ne se soit pas ouverte. » Puis il a fait demi-tour et est parti.

Cette fois, il est sorti de ma vie. Mais pas de ma tête. Je ne pouvais penser qu'à cette enveloppe, me demandant si c'était la raison pour laquelle je ne l'attirais plus. Parce que mes cheveux n'étaient pas bouclés. Je me serais frisé les cheveux avec le fer tous les jours si j'avais deviné ce qu'il adviendrait. Mais cela me dérangeait, car il me semblait avoir reconnu l'une d'entre elles. J'ai pensé qu'il pouvait s'agir de la fille d'Abbotsford qui avait disparu quelques semaines auparavant.

Mais comment avait-il pu avoir sa photo ? La presse en était certes remplie, mais celle-ci ne ressemblait pas à du papier journal. J'ai longtemps hésité, réfléchis-

sant à ce que j'étais censée faire de cette information, en réalité. Puis je me suis rendu compte que m'avoir frappée avait été plus efficace. Le résultat était que j'étais désormais terrifiée à l'idée de l'affronter ou d'agir d'une façon telle qu'il porterait cette colère sur moi de nouveau.

J'ai conscience que c'était lâche et stupide, et que j'aurais dû aller à la police, mais je n'avais rien de solide. Je n'avais aucune preuve. Je n'avais rien.

Doreen lut, sa voix devenant un murmure douloureux.

— Oh, mon Dieu…, souffla-t-elle à Thaddeus. C'est troublant, rien qu'à le lire. Se dire que les photos de Bob se trouvaient avec les affaires de cette pauvre femme.

Elle envoya rapidement un SMS à Nan, pour savoir si son amie s'était remariée. Sa grand-mère répondit rapidement.

Non, jamais. Elle haïssait les hommes. Je me suis toujours demandé si elle en avait peur. Je n'en suis pas complètement certaine. Elle ne serait même pas partie faire la fête sans moi. C'était très étrange.

Après avoir découvert ça, Doreen regarda le journal et ajouta :

— Non, pas vraiment. C'est très compréhensible. Quelle pauvre femme…

Doreen continuait sa lecture, et il ne restait plus que quelques pages. La suite concernait la disparition de sa nièce ainsi que la douleur et le tourment qu'elle traversait en tentant d'aider sa sœur à retrouver sa fille. Doreen découvrit une écriture de plus en plus émotionnelle, constituée de phrases courtes.

Comment pourrait-on faire quoi que ce soit à cette belle

fille ? Elle est si spéciale. Pourquoi quelqu'un voudrait lui causer du tort ?

Quand Doreen arriva à la toute dernière page, Hinja exprimait finalement le fond de sa pensée.

C'est la seule fois que je l'écrirai, et c'est une réflexion avec laquelle je devrai vivre. Et si... Et si c'était Bob ? Et si lui et sa collection de photos de filles aux cheveux bouclés, et le fait que j'ai mentionné ma nièce étaient liés ? Et si... Et si... Oh, mon Dieu, cette pensée est absolument affreuse ! Et s'il l'avait emmenée ?

Le texte du journal se terminait. Des pages blanches suivirent après ça, mais Hinja n'en avait jamais rédigé davantage. En avait-elle parlé à la police ? C'était la question. Doreen consulta le dossier de l'affaire, mais il ne contenait que très peu de renseignements. Les autorités avaient interrogé tous les gens qui devaient l'être, mais Doreen ne trouva rien qui indiquait que la tante s'était avancée avec cette hypothèse.

— Je me demande si elle a pensé que Bob pourrait revenir la voir, ce dont il aurait été capable, car ces photos et la mention de sa nièce auraient fourni à la police un point de départ. Ça leur aurait donné un suspect. Ou Hinja est-elle allée plus tard au poste, genre vraiment plus tard, après que plusieurs autres filles avaient disparu ?

À cet instant, son téléphone sonna.

— Mais pourquoi me poses-tu toutes ces questions ? l'interrogea Nan sans même dire bonjour.

— Je parcourais le journal d'Hinja et sa collection d'articles, expliqua Doreen. Les lettres montrent simplement une femme amoureuse au début, qui a ensuite vécu la dégradation de leur relation. Le carnet est bien plus intéressant. Elle a fini par suspecter Bob, l'homme avec qui elle entretenait une relation, d'avoir préféré sa nièce, car elle avait des cheveux bouclés. Hinja a vu une enveloppe avec une série de photos, pas suffisamment clairement pour identifier qui que ce soit, mais le fait est que les femmes qu'elle a aperçues sur les clichés avaient les cheveux frisés. Apparemment, à un moment, Bob a aussi pris un fer à friser chez elle.

Après un silence au bout du fil, Nan se mit à chuchoter :

— Alors, c'est ça qui l'ennuyait…

— Qui l'ennuyait comment ?

— Elle était tourmentée, tourmentée par ça, par lui. Elle ne serait pas sortie avec d'autres hommes, elle n'avait confiance en aucun d'eux. La perte de sa nièce l'a complètement déchirée.

— Quand j'y songe, je n'ai trouvé aucune preuve qu'elle soit allée voir la police à ce sujet…

— Je crois que si, bien plus tard. Trop tard cependant. C'est quelque chose qu'elle aurait dû faire tout de suite.

— Oui, mais elle a attendu. Lui as-tu demandé ce qui la tracassait ?

— Évidemment, ma chérie, encore et encore ! Elle a fini par me sommer d'arrêter, qu'elle ne me dirait rien, que toute cette histoire était son enfer personnel qu'elle avait elle-même créé, et qu'elle ne pouvait obtenir aucune absolution pour ça.

— Ouille… C'est brutal. Penser qu'on est responsable de quelque chose pour lequel on paiera le prix…

— J'imagine que c'est pour cette raison qu'elle était terrifiée par la mort. Elle n'a jamais réussi à admettre qu'elle ne serait pas punie pour quelques torts, mais je n'avais jamais compris que c'était à ça qu'elle faisait allusion.

— C'est assez paroxystique… Quand on y pense, la

perte de sa nièce a dû être assortie d'une énorme douleur, car Hinja se préoccupait énormément d'elle.

— Oui, en effet. Tout le monde, vraiment. C'était une belle fille, et une gosse très ouverte et attentionnée.

— Et c'est ça le pire dans toute cette histoire. C'est une chose de détester quelqu'un, mais quand tu l'aimes vraiment, ça rend le tout tellement plus difficile.

— Ce fut terrible pour Hinja à cette époque, ce fut encore pire quand sa sœur s'est suicidée. Ça n'a fait qu'ajouter de la souffrance.

— Oh, Nan ! déplora Doreen en grimaçant, ça a dû être tellement affreux pour elle… Surtout qu'elle a dû porter la culpabilité de cet acte également. Le truc, c'est que tout ce qu'Hinja avait à faire était se manifester et aller parler à la police. Ça aurait ou n'aurait pas mené à quelque chose… Mais étant donné qu'elle ne s'y est jamais résolue, on ne saura jamais.

— Tout à fait. Et c'est triste, très triste. Elle avait toujours pour habitude de dire que quelqu'un l'avait dupée vraiment méchamment et qu'il n'avait pas été celui qu'elle avait cru.

— Ça concorde. Et se sentir coupable d'avoir malencontreusement mené un meurtrier à quelqu'un qui compte pour toi, c'est un terrible fardeau.

Chapitre 11

DOREEN PASSA LE reste de la journée à se tracasser au sujet des bribes d'information qu'elle avait apprises, se sentant coupable de ne pas encore avoir révélé à Mack que Bob Small aurait pu provenir d'ici, ou qu'il avait possiblement vécu à Kelowna un moment. Elle présuma qu'elle le lui dirait quand elle serait en mesure de le confirmer.

Quand elle vérifia l'horloge et se rendit compte que Mack allait bientôt arriver, elle se leva en un éclair et sortit tous les légumes qu'il avait laissés dans son frigo pour les laver. Elle l'avait regardé préparer la poêlée, mais en même temps, elle n'était pas certaine des proportions. Elle voulait s'assurer qu'elle était bel et bien prête avant qu'il n'arrive, autrement il pourrait penser qu'elle l'avait complètement ignoré, ce qui était le cas, mais pour de bonnes raisons.

Heureusement, elle avait songé à retirer les blancs de poulet du congélateur suffisamment tôt. Elle les observa et réalisa qu'elle devrait les couper en tranches. Elle plissa le nez, ne s'étant jamais exposée à ce point à de la viande crue, en particulier la volaille, et elle se souvint de tous les avertissements à ce sujet. Choisissant de se concentrer plutôt sur les légumes, elle sortit un couteau et un large bol, et s'attela rapidement à la tâche. Elle n'était pas certaine de bien faire, mais elle était prête à parier qu'elle marquerait au moins des points pour avoir essayé. Et puis, comment pourrait-elle mal s'y prendre ?

Elle éminça et, à un moment donné, se rendit compte qu'elle avait coupé les champignons trop petits et le chou-fleur trop gros. Elle espérait que ça irait… Peut-être que c'était simplement une histoire de durée de cuisson. Dans ce cas, elle aurait dû s'y mettre plus tôt… ça avait plus de sens ainsi, même si elle ignorait à quoi correspondait ce « plus tôt ». La dernière chose qu'elle souhaitait, c'étaient des légumes mous et trop cuits. Quand elle entendit Mack entrer, elle était en train de regarder les blancs de poulet, se demandant comment éviter de les toucher.

Mack pénétra dans la cuisine et salua Mugs qui était absolument enchanté de le voir. Il jeta un coup d'œil au visage de Doreen et s'enquit d'elle :

— C'est quoi cette tête ?

Elle plissa de nouveau le nez et répondit :

— Le poulet.

— Oh, voyez-vous ça, la railla-t-il avec intérêt en s'approchant, avant de hocher la tête devant le bol de légumes en guise d'approbation. Ça me paraît bien.

— Oui, mais je dois m'occuper de ça…, dit-elle en désignant la viande crue avec dédain.

— Et ce n'est pas un problème.

— C'est seulement répugnant à observer.

— Ce n'est pas important, rétorqua fermement Mack. Si vous n'avez pas envie de le toucher, prenez-le avec une serviette en papier, comme ça. (Il enveloppa l'extrémité du filet dans une serviette en papier et le posa sur la planche à découper.) Vous découpez à partir de ce bout-là.

— Oh, ça facilite la chose !

S'affairant maladroitement, étroitement surveillée par-dessus son épaule, elle parvint à couper des tranches fines.

— Vous voyez ? Vous vous en êtes très bien tirée, déclara-t-il fièrement.

Elle le fixa des yeux.

— J'ai très mal fait, marmonna-t-elle.

Il se mit à rire.

— Allez, ne soyez pas trop dure envers vous-même. Je trouve que vous avez réalisé un chouette boulot. Souvenez-vous, c'est la première fois que vous vous chargez de tout vous-même.

Elle haussa les épaules et dit :

— Vous êtes le meneur idéal.

— C'est important de rester positif dans la vie. Il arrive un tas de vilains événements dont on ne peut pas se relever immédiatement, car ils nous frappent sans cesse. Alors, assurez-vous de vous jeter des fleurs après avoir essayé. Et dans le cas présent, célébrez votre succès !

— J'ai oublié de faire ça, admit-elle calmement. J'ai l'impression d'avoir toujours à supporter quelqu'un qui rira de moi ou que je me moque moi-même de moi.

— Et ce n'est pas forcément une mauvaise chose. Allez, tout dépend si le rire est méchant ou pas. Si vous vous moquez de vous, ce n'est pas terrible, mais si vous mettez l'accent sur une action que vous avez tentée et à laquelle vous avez échoué, c'est une tout autre histoire.

— Mais comment pouvez-vous faire la différence ? Mon ex se moquait de l'endroit où j'habitais, de la manière dont je vivais.

— Ça vous intéresse, ce qu'il pense ?

— Non, bien sûr que non, dit-elle en fronçant les sourcils. Pourquoi poser cette question ?

— Si vous vous fichez de lui, pourquoi prendre en compte son opinion ?

La mâchoire de Doreen en tomba avant de se refermer tout doucement.

— Je ne devrais pas y prêter attention, n'est-ce pas ? Mais quelque part, c'est difficile, surtout quand j'entends toutes les rengaines de mon passé tourner en boucle dans ma tête.

— Ces rengaines où il se moquait de vous parce que vous étiez ce que vous étiez ? Ce n'est pas bon non plus… Souvenez-vous simplement que vous n'avez pas à accepter son avis. Il n'est personne pour vous.

Elle gloussa.

— J'aime bien la façon dont ça sonne. Mais quelque part, je ne crois pas qu'il apprécierait.

— Et là encore, on se fiche de ce qu'il pense, de ce qu'il veut ou de ce qu'il aime, car ce ne sont pas ses affaires. C'est votre vie, et il n'a pas sa place dans votre monde.

— Non, grommela-t-elle, c'est bien vrai. (Elle leva les yeux sur Mack.) Avez-vous eu des nouvelles de Nick ?

Mack haussa les épaules.

— J'aurais pensé que vous en auriez en premier.

— Je n'en ai pas eu. C'est simplement que… eh bien, ce silence, c'est trop bizarre.

— J'ignore s'il a même déjà rédigé un contrat de divorce, l'a-t-il fait ?

— Je n'en ai vu aucun…

— Alors, dans ce cas, je présume qu'il n'en a pas encore terminé un afin de vous le montrer.

— C'est prévu ?

— Bien sûr, mais il doit comprendre les capitaux que votre mari essaie de dissimuler, comme ça il peut s'assurer que vous en obtiendrez une part équitable. Car votre mari ne sera certainement pas d'accord pour vous laisser la moitié de ce qui n'est pas listé. Et si vous recensez certaines choses et pas d'autres, vous n'obtiendrez pas de pleine compensation.

— Ah, alors, tout est une question de devoir de vigilance pour trouver ce qu'il possède et ne possède pas.

— Quelque chose de ce genre, mais c'est également difficile, car vous ne voulez pas que ça dure et que ça lui accorde du temps pour dissimuler certains éléments, mais vous ne souhaitez pas non plus aller trop vite au cas où vous passeriez à côté d'une information qui vous flouerait vous-même.

— D'accord, acquiesça-t-elle en finissant de trancher le poulet et de le mettre dans le saladier. J'ai oublié ce que vous aviez fait ensuite…

— C'est là que vous allez devoir choisir. Tout dépend de ce que vous avez pour assaisonner. On pourrait ajouter de la sauce soja. Ou mettre du citron et du gingembre, ou même de l'orange. On peut réaliser un tas de trucs. Ça dépend simplement du goût que vous préférez.

— J'aime tout jusqu'à présent, indiqua-t-elle prudemment. Mais je n'ai pas de citron, de gingembre ni d'orange.

— Dans ce cas, ça veut dire que nous sommes limités à ce qu'il reste, d'accord ? (Il jeta un œil dans ses placards et suggéra :) Et de l'ail ? Ça vous tente ?

— Oui !

Il sortit le wok électrique, y versa un filet d'huile et le brancha. Puis il se saisit de l'ail frais, et ils en écrasèrent tous les deux, s'affairant ensemble sur les gousses. Enfin, Mack annonça :

— Maintenant, on va ajouter un petit peu d'épices.

Il sortit les récipients d'épices du placard. Elle en ouvrit un et, suivant les instructions de Mack, saupoudra des condiments partout sur l'huile du wok.

— Il n'y en a pas trop ?

— Si, mais parfois, ça convient. Il faut surveiller l'équilibre, mais toutes ces épices sont complémentaires. Elles sont utilisées dans la plupart des recettes asiatiques.

— OK. Je suis prête à essayer n'importe quoi.

Les odeurs arrivèrent dans la poêle tandis qu'ils faisaient sauter les condiments. Elle renifla l'air et s'exclama :

— Ouah, c'est très puissant !

— Mais est-ce que c'est puissant dans le mauvais sens du terme ? demanda Mack.

Doreen secoua la tête.

— Non, ça semble délicieux.

— Bien alors, continuons comme ça dans ce cas.

Ensuite, ils jetèrent les morceaux d'ail puis les oignons et enfin la viande. Quand celle-ci fut cuite, Mack lui donna ses instructions sur la façon de cuire les légumes.

— Maintenant, regardez les dés que vous avez ici. Ceux-là sont épais et mettront plus de temps. Le chou-fleur cuit toujours plus lentement que le brocoli. Même chose pour les carottes, tout dépend comment vous les avez coupées. Celles-ci sont très fines, mais le chou-fleur est un peu gros, donc faisons les choses dans l'ordre.

Et une fois encore, elle suivit strictement ses conseils. Quand ils eurent fini, elle avait les yeux écarquillés devant une grosse quantité d'odeurs divines.

— Cela pourrait charmer n'importe quel restaurant cinq étoiles partout dans le monde ! s'exclama-t-elle, ravie. Ça sent terriblement bon !

— Parfois, ça n'a pas toujours bonne allure, tout dépend

des couleurs des épices ou des sauces qu'on a utilisées. Vous voyez ces divers légumes ? S'il y a trop de vert ou de marron, ou si on met une tonne de chou ou autre, ça n'aura jamais la même apparence. Mais c'est l'odeur qui compte pour moi, tout est une question de goût et d'arôme. L'arôme stimule les papilles gustatives, fait une promesse à votre estomac qu'on veut vraiment respecter. Autrement, votre ventre aura l'impression que vous l'avez berné.

Avec son aide, elle divisa le dîner en deux grandes assiettes et se rendit compte qu'elle avait suffisamment cuisiné pour avoir des restes. Elle regarda Mack.

— Vous voulez les mêmes nouilles ?

— Ça dépend si vous avez faim. Nous n'avons pas cuit de riz, alors vous pourriez désirer quelque chose de plus consistant avec ça.

— Bien. Nous avons encore les nouilles, donc on peut reproduire ce plat.

— Ça me convient, acquiesça-t-il en souriant.

Ils sortirent les pâtes et répétèrent leur précédente réalisation. Ils emportèrent leurs assiettes et leur boisson dehors sur la terrasse, et s'assirent à la table, sur les chaises de récupération.

— J'aime vraiment beaucoup, s'extasia-t-elle au bout de plusieurs bouchées. Les saveurs sont fameuses.

— Vous vous souviendrez de ce que vous y avez mis ?

Elle se mit à rire.

— Non, sûrement pas. J'aimerais, mais je ne pense pas.

Au tour de Mack de s'esclaffer.

— Peut-être que vous n'aurez pas à le cuisiner.

— Oh ! je crois que si, mais je vous appellerai le moment venu.

— Et vous partez du principe que je me rappellerai tout

simplement ce que nous y avons incorporé, la railla-t-il en riant. Ce que vous devriez faire, juste après manger, c'est le noter.

— Oh, bien vu ! Je n'y avais même pas songé.

— Exact, et c'est le meilleur moyen.

Et elle continua son repas. Quand elle eut terminé, il en était encore à sa deuxième platée. Alors, elle se saisit d'un calepin et, après en avoir discuté, elle écrivit la recette. Satisfaite et parfaitement heureuse, elle lâcha :

— C'est la meilleure chose qui soit arrivée aujourd'hui !

Il la regarda, haussa un sourcil et demanda :

— Que se passe-t-il ?

Elle haussa les épaules.

— C'est simplement un peu perturbant de lire les journaux d'Hinja.

— Dites-m'en plus.

Doreen poursuivit et expliqua tout ce qu'elle avait trouvé.

— Elle n'a pas appelé la police ?

Doreen souleva de nouveau les épaules.

— Nan a précisé qu'elle l'avait fait plus tard, mais je ne peux pas vous le garantir. Rien dans le dossier des forces de l'ordre n'indique qu'Hinja a effectué de quelconque démarche, et, n'ayant pas raconté ce qu'elle savait, les autorités n'avaient aucun moyen de vraiment entreprendre quoi que ce soit à propos de la disparition de sa nièce.

— À cause de quoi, selon vous ?

— J'imagine que c'était la peur. Je pense qu'au fond d'elle, elle était au courant et, quand il s'en est allé, elle a pris à cœur sa menace. Si elle avait vu ces photos de l'enveloppe, il aurait bien pu la tuer. Et si elle l'avait dénoncé, il serait revenu aussi. Il lui a laissé l'option de rester en vie, et elle l'a prise.

— Et ce que ça a coûté à sa nièce alors ? souleva Mack, incrédule.

— La vraie question est : est-ce que se présenter à la police avec cette information aurait sauvé sa nièce, ou était-il déjà trop tard ?

— Et ces femmes qui sont venues après ? demanda Mack avant de secouer la tête et d'essayer de taire la sévérité de son ton. On l'a vu des tas et des tas de fois, et c'est difficile parce qu'on en vient, comme avec une victime de viol qui refuse de vivre le supplice de se rendre au poste de police, à accuser quelqu'un et à aller jusqu'au procès. Mais ce qui finit par arriver, c'est que le criminel reste libre, et souvent, il continue de mal agir, donc le nombre de victimes ne cesse d'augmenter.

— Vous et moi sommes capables d'appréhender ces deux aspects. Je ne suis pas sûre de vouloir vivre une enquête de police ainsi qu'un procès sur un sujet pareil non plus. Je trouve cela suffisamment difficile d'avoir à faire à mon ex alors qu'il ne m'a jamais frappée. (Mack lui lança un regard noir.) OK, mais pas de façon continue, par conséquent, je savais au moins qu'il n'était pas dangereux *à ce point*.

Mack eut un ricanement proche du grognement.

— Et pourtant, il vous a fait kidnapper par son sbire, Rex. Mathew est dangereux, d'accord ? Vous êtes encore sous son emprise, en tout cas mentalement, pas encore complètement sortie de son influence. Et cela pourrait vous faire très mal, car vous sortez dîner avec ce gars qui, pour ce que vous en savez, a commis un meurtre lui-même ou par le biais de son sous-fifre.

Doreen remua, mal à l'aise. Il n'avait pas tort, mais c'était dur à admettre.

— Alors, arrêtez de parler de lui, de lui envoyer des messages, d'ouvrir quand il vient. Gardez vos portes verrouillées. Enclenchez l'alarme. Appelez Nick ou moi si quelque chose arrive. (Tandis qu'elle demeurait immobile, il continua :) Doreen, vous m'avez entendu ?

— Oui, répondit-elle en hochant la tête.

— Je suis sérieux, Doreen. Vos actes ont de mauvaises conséquences parfois, et je déteste vraiment vous faire peur, mais je préfère ça plutôt que de découvrir l'identité de quelqu'un que je connais à la morgue, déclara-t-il, la voix adoucie. Et je comprends que ça puisse être difficile de dire ce que l'on pense, mais c'est très frustrant pour nous quand on voit qu'un criminel comme ce Bob Small est innocenté, sous prétexte que les gens ne témoigneraient pas contre lui. Et les tueurs reviennent répéter leurs crimes encore et encore. Ici, on ne parle pas uniquement de cette unique victime pour qui nous n'avons aucune piste, mais de plusieurs, ainsi que leurs familles. Toutes se demandent pourquoi nous n'avons rien fait pour l'arrêter.

— Et je suppose que c'est l'exemple typique de l'impasse. Les témoins n'ont pas envie d'être trop impliqués, et les victimes ne souhaitent pas revivre l'horreur de ce qu'elles ont déjà traversé.

— Exactement. Ce n'est facile pour personne.

— Mais en même temps, c'est de toute évidence ce sur quoi je dois travailler. Car c'est quelque chose qu'on doit changer. Si les femmes se sentaient mieux protégées, peut-être qu'elles iraient à la police, mais parfois, elles ont l'impression d'être violées encore et encore pendant la procédure.

Mack hocha la tête.

— J'ai saisi. Je comprends vraiment ça, et c'est dur. Mais

comme vous le savez trop bien, vous vous êtes retrouvée au sein d'un mariage abusif et manipulateur. Peut-être que vous pourriez prêter main-forte à d'autres femmes qui vivent le même scénario… (Il abaissa la tête pour mieux regarder Doreen.) Mais… aidez-vous d'abord.

Chapitre 12

D ANS UN EFFORT pour détendre l'atmosphère, car aucun des deux ne pouvait faire grand-chose pour résoudre les maux du monde pour le moment, Doreen lâcha :

— Alors, dites-moi tout de votre enquête *Enlevé dans les Capucines*.

— Il n'y a pas d'*Enlevé dans les Capucines*, répliqua-t-il instantanément, même si le tic de sa bouche dissimulait autre chose.

Doreen creusa davantage.

— Allez… Je vous ai préparé à manger, et c'était une bonne poêlée, non ?

Il acquiesça avec enthousiasme.

— C'était une super poêlée. Merveilleuse.

— Dans ce cas, vous pouvez certainement m'en révéler un peu sur l'affaire des capucines.

— Le jardinier se trouvait dans le parterre des capucines. Mais ce n'est pas une raison pour appeler cette affaire ainsi.

— Oh ! je ne sais pas… Ça me paraissait être un bon titre. Était-il jardinier en chef ?

— Non, un simple employé, et il travaillait pour la ville,

assigné à cette parcelle en particulier depuis un assez long moment. Sept ans, pour être précis.

— Oh, où était-il avant ça ?

Il lui lança un rapide coup d'œil, un sourcil haussé.

— Pourquoi ?

— Je demande simplement…, se défendit-elle en riant. Vous ne voulez rien partager, hein ? l'accusa-t-elle gentiment.

— Je ne peux pas tout dévoiler, lui rappela-t-il.

Elle hocha la tête, s'adossa à sa chaise puis regarda son terrain, de son point de vue sur sa nouvelle terrasse, et déclara :

— Vous avez vraiment fait un chouette boulot dans ce jardin, les gars.

— En effet, confirma Mack.

Mais il était en train de la dévisager comme s'il attendait la question suivante.

Elle haussa les épaules.

— Un tas de vilaines choses se passent. J'essaie seulement de comprendre ce que fabriquent Nick et Mathew et quel impact ça aura sur moi. Puis j'ai commencé à m'intéresser au cas de Bob Small pour me sortir l'esprit de tout ça. Et aujourd'hui, je suis au fond du gouffre, admit-elle.

— Pas nécessairement. Il pourrait être bénéfique, ce gouffre.

— C'est dur à imaginer. Je veux dire, c'est facile de juger Hinja parce qu'elle n'est pas allée voir les autorités, et, même si Nan a affirmé qu'elle s'y était rendue plus tard, je n'ai pas réussi à trouver quoi que ce soit dans le dossier de la police. Alors, j'ignore quand ça a pu se produire.

— Qui sait ? Peut-être qu'ils n'ont pas trouvé ça crédible à ce moment-là, marmonna-t-il.

— C'est possible.

— Est-ce qu'Hinja a mentionné quelqu'un d'autre dans sa vie à ce moment ? Est-ce que ça aurait pu être une autre personne associée à Bob ?

— C'est possible, mais selon elle, Bob était un solitaire, et c'est elle qui avait mentionné les cheveux bouclés.

— Ce qui est déjà un indice, souligna-t-il. De plus, est-ce qu'Hinja a précisé qu'il s'agissait de Bob Small ou l'appelait-elle simplement Bob tout le temps ?

— Oui, bon… Mais il avait ces photos !

— Qu'elle n'avait pas en sa possession, n'est-ce pas ?

— Non, en effet, et je ne sais absolument pas où se trouve Bob Small à ce stade.

— Je ne suis même pas sûr qu'il soit en vie. J'ai cru entendre, à un moment donné, qu'il était en prison pour un autre motif.

— Cela pourrait expliquer pourquoi les tueries ont cessé…

— Les tueries peuvent cesser pour toute sorte de raisons. L'incarcération en est une, mais ce pourrait aussi être parce qu'il en a eu assez. Parfois, les tueurs en série arrêtent d'un jour à l'autre. Parfois, ils ont répondu à cette compulsion qui les poussait à agir et ils se sont tout simplement interrompus.

— Sans doute… mais comme vous avez dit, ça me semble léger.

Mack se mit à rire.

— Peut-être, oui, mais en même temps, rien de tout ça ne suffit à entamer des poursuites. Même quand tout est mis bout à bout.

— Et c'est probablement pourquoi Hinja avait cette impression. Tout ce qu'elle avait, c'étaient ses mauvaises pensées et quelques discussions… (Doreen marqua une pause.) Ainsi que les photos. Et le fer à friser manquant. Et le fait d'avoir précisé que sa nièce avait les cheveux bouclés.

— Exactement. Maintenant, si vous trouvez d'autres infos ou des affaires personnelles appartenant à Bob que vous seriez en mesure de nous transmettre pour une mise en examen, ce serait une tout autre histoire.

— Mais vous avez tous toujours cru que Bob Small jouait un rôle dans nombre de ces affaires…

— Oui, mais nous n'avions pas de preuves.

— Et pourquoi pas ces techniques de généalogie et d'ADN ?

— Ce serait possible, si nous avions de quoi les financer.

— Tout se réduit à une question de budget, hein ? dit-elle en le regardant fixement, sans surprise, mais avec presque une profonde résignation.

— Comme vous. Vous, vous voulez remanger du saumon, mais c'est cher, et vous avez conscience que vous pouvez avoir vingt boîtes de thon pour le même prix qu'un beau filet de saumon.

— Et vingt boîtes de thon représentent vingt repas contre un, peut-être deux, avec du saumon, acquiesça-t-elle. Je comprends. La capacité financière, la main-d'œuvre, les heures, tout doit se focaliser sur les crimes en cours plutôt que de pister quelqu'un qui n'est peut-être plus en vie.

— Ou s'il est en prison et qu'il ne représente pas un danger de là où il est, ça fait aussi une différence. Mais un nombre important d'affaires pourraient potentiellement être liées à lui. Toutefois, j'ignore si beaucoup d'ADN a été prélevé sur plusieurs victimes, car nous avons peu de corps, répliqua-t-il.

— D'accord, alors, ce qu'il faut vraiment que vous trouviez, c'est où il a jeté les corps.

Mack hocha la tête.

— Est-ce qu'elle a mentionné un truc dans le genre ?

— Pas dans ce que j'ai vu, concéda Doreen, soucieuse. Et je ne suis pas sûre qu'il y ait autre chose dans les lettres que les coups de gueule d'une femme trahie.

— Auquel cas, vous devez vraiment prendre ça avec des pincettes.

— Oui, confirma Doreen. Mais peut-être que je les relirai. Il y avait visiblement un endroit préféré dans lequel ils avaient l'habitude de se rendre.

— Ce qui serait le dernier lieu qu'il utiliserait pour jeter les corps. Il y a une adresse ou quelque chose ? Une localisation de là où il vivait ? Quoi que ce soit ?

— Vous savez quoi ? Je ne suis pas bien sûre… Je ne songeais pas à des informations de ce style à ce moment-là, donc je vérifierai le tout.

Et il fallait qu'elle fouille de nouveau les dossiers de Solomon, pour voir ce qu'il y avait mentionné.

— Faites ça, et si vous découvrez une localisation, nous serons plus que ravis d'enquêter sur les lieux. Trouver un site où il aurait disposé les corps constituerait une énorme piste pour relier les éléments entre eux, en ce qui concerne toutes les affaires susceptibles d'impliquer Bob Small.

— Oui, parce que les corps sont la source première et majeure de preuve scientifique, c'est ça ?

— S'il y en a, oui. Pensez-y. La cause de la mort, l'emploi éventuel de drogues, des arbres, des fibres, des cheveux, de l'ADN, tout ça peut être trouvé sur un cadavre.

— Je lirai de nouveau ces lettres et ce journal ce soir, promit Doreen.

— Vous n'avez pas à vous presser, minimisa-t-il en la regardant de travers. Souvenez-vous, vous êtes censée vous déstresser, décompresser et vous détendre. Cette dernière affaire vous en a demandé beaucoup.

— Je crois que, pour la majeure partie, c'était le fait de connaître personnellement les individus en cause, murmura-t-elle. Savoir que c'étaient Mathew et Robin a fait remonter à la surface toute cette douleur et cette trahison…

— À juste titre, dit-il avant de brusquement changer de sujet, de se mettre debout et de prendre les assiettes. Vous avez cuisiné, alors je laverai la vaisselle.

Elle l'observa, étonnée, tandis qu'il portait le tout à l'intérieur et commençait à remplir l'évier d'eau chaude savonneuse. Ce n'était pas non plus la première fois qu'il se levait et s'en allait pendant qu'ils discutaient du cas de Mathew… Peut-être que ça le mettait mal à l'aise. Ou qu'il essayait simplement de détourner la conversation pour empêcher Doreen de se focaliser dessus. Elle se leva à son tour, ramassa leurs gobelets et rentra.

— Vous voudrez une tasse de café quand vous aurez fini ?

Il la regarda, lui sourit et répondit :

— Non, pas ce soir, merci. Je vais retourner au poste.

— Vraiment ? Vous faites beaucoup d'heures supplémentaires.

— En effet, mais en ce moment, nous sommes pas mal submergés par nos affaires.

Il remua les sourcils à l'intention de Doreen, qui afficha un rictus.

— Je suppose que je devrais ralentir, n'est-ce pas ?

— Pas en ce qui nous concerne. Nous nous employons pour les victimes et les familles. Si vous découvrez quelque chose, faites-le-moi savoir. (Il retira le bouchon de la bonde, se sécha les mains et déclara :) Vous avez bien bossé avec le dîner ce soir. Ne doutez jamais de vous.

Ensuite, il se pencha, porta Goliath et le gratifia d'un énorme câlin pendant que ce dernier se comportait comme un sac de farine dans ses bras. Mais le lourd moteur Diesel du chat finit par démarrer, ce qui les poussa à rire tous les deux, tandis que le ronronnement se faisait entendre pour de bon. Mack se pencha pour caresser Mugs pendant un moment puis marcha ensuite vers la table et Thaddeus, et cajola doucement du doigt la joue et le dos de l'oiseau.

— Passe une bonne soirée, Thaddeus.

Celui-ci se leva, battit des ailes et répondit : « Mack, Mack, Mack. »

Ce dernier se mit à s'esclaffer.

— Oui, c'est moi ! Je suis là, mais je m'en vais, maintenant.

« Au revoir, Mack. Au revoir, Mack. Au revoir, Mack. »

Doreen s'approcha en secouant la tête.

— Il apprend la moindre chose.

— Oui, mais il a été d'un énorme secours dans bien des occasions, alors, on lui pardonne.

— C'est bien vrai, confirma Doreen en riant.

Tous les animaux marchèrent en groupe jusqu'à la porte d'entrée pendant qu'elle regardait Mack s'installer sur le siège conducteur de son pick-up et s'en aller. Se sentant un peu perdue et abandonnée, elle retourna à la cuisine, mit en route la bouilloire et se saisit du dernier journal et de son calepin avant d'aller dehors. Elle commença par le début, mais lut cette fois plus attentivement, à la recherche d'informations plus spécifiques et de détails. Elle trouva quelques bribes, telles que cette note :

Il a téléphoné d'Abbotsford.

Et puis une autre où il avait de nouveau appelé depuis cette localité. Elle aurait aimé qu'il existe une chronologie de ses voyages dans un carnet de bord, montrant où et quand il quittait un endroit pour un autre. Abbotsford semblait être un thème assez concordant. Elle prit son portable et demanda à Nan :

— Ces notes et ces trucs n'indiquent pas d'adresse ni quoi que ce soit. Où vivait ton amie ?

— Langley, un peu en retrait de la zone d'Abbotsford, mais pas si loin.

— Donc elle était à quoi, peut-être vingt minutes ou une demi-heure d'Abbotsford ?

— Oh, je n'en ai aucune idée !

— Je constate seulement une grande quantité de coups de fil de son ami routier, passés depuis Abbotsford.

— Uniquement si tu peux t'y fier… N'oublie pas, il aurait pu prétendre qu'il appelait d'Abbotsford, mais ça ne veut pas dire qu'il y était. Il aurait pu se trouver dans un hôtel ou au restaurant, juste au coin de sa rue.

Doreen grimaça à cette pensée.

— Ce n'est vraiment pas une idée à laquelle j'ai envie de songer. C'est plutôt louche.

— Les hommes qui souhaitent décevoir trouveront n'importe quel moyen d'y parvenir. Tu travailles encore sur cette affaire, mais je ne suis pas sûre qu'elle soit suffisamment saine pour toi…

— Non, mais quand il y a autant de victimes, ça t'incite à te poser des questions.

— Je le conçois, et j'ai conscience que je ne peux absolument rien dire qui parvienne à te détourner de cette histoire à ce stade.

— Non, tu as raison, en effet, confirma-t-elle.

Et elles mirent vite fin à l'appel.

Après avoir discuté avec Nan et s'être rendu compte que tout cela commençait à devenir un peu trop sombre, Doreen laissa tout de côté, verrouilla sa maison, enclencha l'alarme et monta à l'étage où elle se blottit avec les animaux autour d'elle sur son lit pour visionner une vieille comédie. Elle était toujours en train de rire quand son téléphone vibra avec l'arrivée d'un e-mail. Elle jeta un œil pour découvrir le message d'une personne qu'elle ne connaissait pas, qui requérait l'aide de Doreen. Elle l'ouvrit instantanément.

Mon oncle a été kidnappé à Kelowna. Je sais qu'il a un passé plutôt chargé et dangereux, mais je ne veux pas que cela influence la façon dont la police s'intéressera à lui. J'espérais que vous pourriez vous occuper de cette affaire.

Doreen fixa du regard le texte pendant un long moment puis répondit rapidement. *Comment avez-vous trouvé mon adresse e-mail ?*

L'explication vint immédiatement.

Vous avez été mise en avant dans plusieurs articles récemment. J'ai simplement tenté la première lettre de votre prénom et votre nom de famille complet avec Gmail. C'est une méthode assez commune qu'emploient les gens pour créer leurs adresses électroniques de nos jours.

Doreen grimaça, car c'était exactement le cas. *Mais que voulez-vous que je fasse au juste ?* Elle avait écrit rapidement et attendit que la réponse arrive.

Enquêter. Votre taux de réussite est phénoménal, et je détesterais que mon oncle Dicky soit mal considéré simplement à cause de qui il est.

Il va falloir me donner plus d'informations, comme qui est votre oncle et ce que vous pensez qu'il ait pu se passer. Honnêtement, vous feriez mieux d'appeler, ce serait plus rapide et efficace. Puis elle ajouta son numéro de téléphone. Ce dernier sonna presque immédiatement. Quand elle décrocha, une jeune femme se trouvait à l'autre bout du fil.

— Bonjour, je suis Denise. C'est moi qui vous ai envoyé l'e-mail au sujet de mon oncle.

— Salut, Denise. Je ne suis pas sûre de savoir comment vous aider…

— Je sais. Je suis désespérée pourtant… Il a un casier judiciaire, et ça a été très difficile pour lui de décrocher ce boulot à Kelowna au départ. Mais depuis qu'il y est, il s'en sort vraiment très bien.

— Plus d'activités criminelles ?

— Non, en vérité, il y est depuis sept ans. Avant ça, il a passé dix ans en prison à Abbotsford.

Les oreilles de Doreen se dressèrent.

— Une prison à Abbotsford ?

— Oui, elle est là-bas depuis quelques années.

— Hmmm… intéressant. Pourquoi votre oncle y a-t-il été incarcéré ?

— Il a falsifié des documents pour quelqu'un et s'est fait prendre.

— Genre un comptable ?

— Quelque chose comme ça, bien que je ne connaisse pas tous les détails. Il n'en parle pas, et honnêtement, une fois que j'ai vu à quel point ça l'agaçait, j'ai cessé de l'évoquer.

— Alors, comment savez-vous qu'il n'a pas été impliqué dans une affaire similaire depuis ?

— Je n'en suis pas sûre, mais il m'a promis qu'il se re-mettrait dans le droit chemin et qu'il s'était enfoncé dans le crime à ce point uniquement parce qu'il n'avait pas vraiment réfléchi à ses actes. Il essayait de réussir sa vie et, une fois qu'il s'est rendu compte qu'il baignait trop là où il ne fallait pas, il a compris qu'il avait des problèmes et qu'il n'avait aucun moyen de s'en sortir.

— Il travaillait pour qui à cette époque ?

— Je l'ignore… C'est important ?

— S'il s'associe à diverses personnes, conserve des sauvegardes de leur comptabilité et que certaines d'entre elles sont plutôt compromettantes, n'aurait-ce pas du sens qu'elles pourraient être responsables de sa disparition ?

— Mais pourquoi feraient-elles ça ? Il est resté en prison pendant des années. Elles auraient pu l'attraper au sein du système carcéral.

— Oui, mais parfois, les choses prennent du temps. Ou peut-être qu'elles ne savaient pas qu'il possédait un truc qu'elles voulaient. Peut-être s'est-il caché à sa sortie et qu'elles ne l'ont recherché vraiment que depuis ces sept dernières années.

Denise parut plus que dubitative quand elle dit :

— Je suppose qu'il faut considérer tous les aspects…

— En imaginant que ce ne soit rien de tout ça, que croyez-vous qu'il se passe en réalité ?

— Je n'en ai aucune idée. J'ai pensé qu'il était au mauvais endroit au mauvais moment ou un truc du genre. Vous savez, comme se faire tirer dessus depuis une voiture ou autre.

— Mais quel serait le but en enlevant le corps ? Le fait qu'il n'y a aucun cadavre rend la situation très curieuse.

Denise hoqueta.

— J'espère qu'il est en vie, qu'il va bien et que quelqu'un demandera une rançon, mais pour l'instant, ça ne s'est pas produit.

— Parfois, ça peut prendre du temps, car ils attendent de

s'assurer que la famille est vraiment dans tous ses états et en train de perdre espoir, et alors, quand l'appel pour la rançon survient, les proches désemparés sautent sur l'occasion pour permettre à l'être cher de revenir auprès d'eux.

— Mais il n'y a pratiquement que moi pour l'instant, répondit calmement Denise. Tous les autres sont partis. Nous avions une grande famille, mais ils sont retournés dans l'est quand il a été incarcéré, effrayés à l'idée d'être mis dans le même panier. Par conséquent, il n'y a plus que lui et moi aujourd'hui. Mon père est mort il y a plus de quinze ans maintenant, et oncle Dicky est ma seule famille désormais.

— Et vous êtes restée en contact avec lui ?

— Absolument, nous nous sommes parlé tous les jours. Il était vraiment content avec son travail, il adorait tout ce qui se trouve ici. Il appréciait beaucoup sa vie. Il était en train d'apprendre à cuisiner davantage, ça a toujours été son truc. C'est plutôt un gourmet, ajouta-t-elle dans un murmure confidentiel comme si c'était un secret.

— S'il se trouvait dans le jardin de capucines destiné à la cuisine, alors c'est sensé… Et son patron ? Des problèmes avec lui ?

— Pas que je sache. Oncle Dicky continuait de me dire à quel point son travail était merveilleux et combien il affectionnait l'air frais tout comme le fait de se sentir libre.

— Même après toutes ces années ?

— Je crois que, au fur et à mesure, au lieu d'être blasé, il paraissait plus reconnaissant du temps qui s'écoulait. Je sais qu'il avait l'impression de devoir accomplir quelque chose pour les autres de son monde, mais il se sentait handicapé à cause de son casier judiciaire.

— Quand vous dites *les autres de son monde,* vous parlez de ses camarades condamnés ?

— Oui. Nombre d'entre eux traînaient ensemble les premières années, et par « traînaient ensemble », je n'entends pas physiquement, sinon ça n'aurait pas été bon signe, mais je veux dire qu'ils restaient en contact.

— Alors, avez-vous le moindre nom à me communiquer afin que je sois en mesure de les contacter et de voir s'ils ont une idée de qui aurait pu faire ça ?

— Oh ! mince, laissez-moi y réfléchir… Peut-être deux noms que j'ai saisis quand je l'écoutais parler…

— Vous avez la moindre info pour les joindre ?

— Non, dit-elle, hésitante. Rien de tout ça.

— Vous pouvez accéder à ses e-mails ? Ou connaissez-vous son numéro de téléphone, n'importe quoi ?

— J'ai quelques renseignements de ce genre… Je vous les enverrai par e-mail.

— Ce serait bien, autrement, je pourrais les perdre.

— Je comprends, les échanges téléphoniques sont durs à mémoriser de nos jours. Dès qu'on passe à autre chose, c'est la pagaille pour se souvenir de ce qu'on était censé faire, dit-elle en riant. Ne vous inquiétez pas, je suis en train d'écrire le message tout en discutant.

— Bien, et pendant que vous y êtes, indiquez tout ce que vous savez sur quiconque aurait été susceptible de l'importuner ces dernières années. Quiconque en prison aurait pu l'effrayer ou, dans sa vie d'avant, durant ses activités frauduleuses, aurait pu ne pas souhaiter qu'il mène une belle vie.

— Ouah… C'est bien plus d'informations que ce que je pense détenir…

— Donnez-moi ce que vous avez. Il faut commencer quelque part.

Comme Denise exprimait abondamment sa gratitude,

Doreen ajouta :

— Et souvenez-vous, je ne peux rien vous promettre.

— Non, je comprends. Je suis simplement ravie que vous vous en occupiez. Honnêtement, j'ai peur que les forces de l'ordre ne lui accordent pas sa chance.

— Je pense que vous faites fausse route, je connais plusieurs policiers du coin et ils n'exercent pas de discrimination.

— J'espère que vous avez raison, lança Denise, sceptique. Mais ce n'est pas ce que j'ai vu pour l'instant.

— En avez-vous déjà parlé à quelqu'un ?

— Non, ils ne me fourniraient aucun renseignement.

— Êtes-vous la seule parente vivante ?

— C'est ce que je vous ai dit…

— Oui, en effet, mais je vous pose la question, car si vous êtes la seule en vie ou même la plus proche, ils viendront régulièrement vous parler, afin de vous poser des questions.

— J'ai bien eu un message d'un prénommé Mack, mais je n'y ai pas encore répondu. Je l'ai reçu il y a un petit moment…

— Je connais bien Mack, déclara Doreen avec le sourire. Et il donnera une chance à votre oncle.

— Peut-être, mais pourquoi ne m'a-t-il pas appelée dès que c'est arrivé ?

— Sans doute ignorait-il tout de vous. Quand avez-vous contacté quelqu'un pour annoncer que vous étiez à sa recherche ? Comment étaient-ils censés savoir que vous étiez dans le coin ? Ce n'est pas comme s'il y avait un répertoire à disposition pour ce genre d'informations…

— Vous avez raison, admit-elle, surprise. Je n'avais même pas songé à ça… Je ne suis probablement pas listée dans ses personnes à contacter.

— Exactement.

Puis les deux femmes raccrochèrent.

Doreen se dit que cela prendrait plus que quelques minutes pour que Denise tape son e-mail et le lui envoie, mais c'était dur de faire autre chose en attendant tellement elle était surexcitée.

— Rien que pour ça, je devrais aussi effectuer des recherches sur Abbotsford et le centre pénitentiaire pendant que je patiente.

Doreen trouva un tas de renseignements, mais ça ressemblait à un rapport du gouvernement : il a été créé X années auparavant, il abritait X prisonniers, X membres du personnel y travaillaient, toutes les précautions de sécurité étaient prises, et blablabla. Rien de particulièrement utile ni aucune donnée tangible, comme une liste des prisonniers présents sept ans plus tôt. Mais le fait que ça concernait de nouveau Abbotsford attira l'attention de Doreen. Ça ne signifiait pas que c'était lié ou qu'il y avait un lien avec Bob Small, mais cela la poussait à réfléchir aux éventualités, ce qu'elle était toujours en train de faire lorsqu'elle finit par s'effondrer et s'endormir.

Chapitre 13

Mardi matin...

QUAND DOREEN SE réveilla le lendemain, elle ressentait une étrange inquiétude. Elle étudia la chambre où elle se trouvait. C'était le matin. Il faisait jour. Le soleil brillait, et elle avait de toute évidence dormi jusqu'à tard. Puis elle fut assaillie par les souvenirs. Elle avait fait d'horribles cauchemars d'une fosse commune remplie de cadavres et de tueurs en série. Elle secoua la tête, regarda Mugs et lui marmonna :

— On devrait peut-être changer de passe-temps.

Il aboya et exprima des *wouf* plusieurs fois. Elle l'observa, sourit et le sermonna :

— Pitié, ne me dis pas que tu dois aller aux toilettes...

Il jappa encore et sauta sur le matelas pour lui lécher le visage, puis bondit hors du lit et aboya de nouveau.

— Ce cri, c'est la garantie que tu as besoin de sortir, interpréta-t-elle.

Elle s'assit lentement, se frotta les yeux pour les débarrasser du sommeil et repoussa les cheveux de son visage avant de se ruer hors des draps et de se rendre dans la salle de bain. Elle grimaça en se voyant dans le miroir.

— Tu sais quoi ? Seule une mère pourrait aimer ce visage.

Elle examina attentivement les cercles sombres sous ses yeux et la fatigue dans ses yeux qu'elle n'avait pas remarquée depuis un moment.

En s'habillant, elle s'offrit des paroles d'encouragement.

— Tu devrais peut-être trouver quelque chose de marrant à effectuer. Quelque chose d'intéressant, comme un sport, un travail manuel, ou autre.

Elle se rendit compte que, ces derniers jours, elle n'avait pas fait beaucoup de longues promenades. Elles lui remontaient toujours le moral. Leur dernière balade datait de la fois où elle avait rencontré Nick à l'Écocentre.

— Vous savez quoi, les gars ? Après le petit-déjeuner, je crois que nous allons sortir quelques heures.

Les animaux l'ignorèrent tandis qu'elle ouvrait la porte arrière, et ils se précipitèrent tous à l'extérieur comme s'ils avaient été enfermés pendant des jours et des jours.

— Vous pourriez dire *merci* ! s'exclama-t-elle.

Elle se retourna, mit en route le café, prépara des toasts et emporta le tout dehors pour s'installer sur sa jolie petite terrasse. Chaque fois qu'elle la voyait, elle avait le sourire. Et en pensant au nombre de gens qui avaient été là et n'avaient pas reçu la même aide en retour, cela la rendit triste.

— Je devrais peut-être me porter volontaire quelque part. Si je ne trouve pas de boulot, je peux au moins être bénévole.

Puis elle grimaça ; elle avait encore besoin d'une rentrée d'argent. La vente des antiquités constituerait une bonne ressource. Il fallait qu'elle reparle à Scott, mais elle n'aimait pas passer pour une casse-pieds. Elle serait susceptible de bénéficier d'un plan, légal et financier, de la part de Mathew, mais qui savait combien de temps ça prendrait ou quel montant elle obtiendrait finalement ?

Et que se passait-il avec l'héritage de Robin ? Était-il conséquent ? Mack avait dressé toute une liste d'éléments, mais ça ne semblait pas concret, car Robin n'avait rien donné directement à Doreen. Pour ce qu'elle en savait, ça finirait dans la poche de Mathew. Il créerait probablement un nouveau testament, qui annulerait celui que Robin avait écrit. Et même s'ils avaient eu des témoins pour ce testament, est-ce que ça faisait une différence ? Elle l'ignorait totalement…

Installée dehors, elle vérifia son ordinateur et découvrit que, au petit matin, Denise avait envoyé par e-mail les informations dont elles avaient discuté au téléphone. Avant que Doreen ne commence vraiment, un nom apparaissant en haut de la page lui sauta aux yeux et la stupéfia : Bob Small était un ami de cet homme qui avait été kidnappé. Elle secoua la tête. C'était une bien trop grande coïncidence. Elle envoya un message de réponse.

Que savez-vous à propos de Bob Small ?

Et elle le laissa tel quel. Elle cogita avec le reste des éléments qu'elle lui avait transmis. Et il y en avait beaucoup ! Un nombre surprenant de détails.

Dicky avait essentiellement été célibataire, ne s'était jamais marié, mais avait eu plusieurs relations, au point de presque épouser quelqu'un qui avait été fasciné par son incarcération. C'était quelque chose qui avait forcé Doreen à demeurer assise et à s'interroger sur un monde où les femmes couraient après des criminels condamnés par le système judiciaire. Peut-être pensaient-elles pouvoir les changer ? Elle l'ignorait, mais ça lui paraissait bien trop bizarre. Elle avait cependant lu quelque part qu'un tas de femmes étaient attirées par ce concept.

Comme elle continuait de lire, elle vérifia l'entreprise dans laquelle avait travaillé Dicky en tant que comptable, avant d'aller en prison. C'était une compagnie d'import-export dans le textile à l'échelle mondiale.

Elle se mit à rire.

— Oh, mince ! Ça pourrait tout vouloir dire, entre les biens volés et les belles antiquités.

Et elle se questionna à ce sujet. Peut-être une personne de son cercle en saurait-elle davantage sur cette société… Elle envoya un rapide e-mail à Scott, avec l'intention de prendre des nouvelles de ses antiquités tout en lui demandant s'il avait quoi que ce soit sur cette entreprise. Et personne ne fut plus surpris qu'elle quand elle reçut une réponse presque immédiatement, indiquant que la compagnie avait fait faillite après qu'on avait découvert qu'il s'agissait d'une couverture pour du blanchiment d'argent.

Restez loin des gens concernés. Et il poursuivit : *De bonnes nouvelles pour vous arrivent bientôt, je l'espère.*

Elle se focalisa sur la dernière phrase.

— Tout le monde évoque tout le temps *bientôt*, marmonna-t-elle. Mais qu'est-ce que ça signifie, *bientôt* ? Et c'est quand, bon sang ?

Elle poussa simplement un gros soupir quand elle reçut un autre e-mail, celui-là de la part de Wendy du magasin de dépôt-vente.

Il est un peu tôt, mais j'ai conscience que tu en as besoin, alors, je t'ai fait ton premier chèque de plus de 600 dollars. Tu viens quand tu veux le récupérer, tu es la bienvenue.

Doreen relut le message, ravie.

— Maintenant, je sais exactement où nous allons aller pour notre première promenade de la journée ! s'extasia-t-elle en interpellant les animaux.

Mugs, sentant son excitation, dansait de joie autour d'elle. Il se fichait de la raison, tant qu'il en faisait partie.

Thaddeus sauta sur la table.

« Thaddeus aime Nan. Thaddeus aime Nan. »

— Tu devrais plutôt dire « Thaddeus aime Doreen » ! le corrigea-t-elle. En particulier si tu souhaites plus de graines.

Avec ce troublant sixième sens qui lui indiquait quand changer de tactique, il croassa : « Thaddeus aime Doreen. Thaddeus aime Doreen. »

Elle éclata de rire.

— Bon, c'est bien. Car Doreen aime Thaddeus aussi.

Goliath, jamais en reste, bondit du sol jusqu'à ses genoux, plaça ses pattes avant sur ses épaules et frotta gentiment sa tête contre la sienne.

Elle tendit le bras et caressa doucement sa grosse et épaisse crinière.

— Comme tu es beau, déclara-t-elle doucement. Tu veux aussi aller te balader ?

Mugs commença à aboyer et à aboyer encore comme un chien fou. Elle se leva, versa du café dans son mug de voyage puis regarda sa montre et réalisa que, quand elle arriverait sur place, Wendy aurait probablement ouvert le magasin. En tout cas, elle serait présente et en mesure de lui tendre le chèque. Ensuite, Doreen pourrait se rendre à la banque et encaisser l'argent. Et peut-être en avoir suffisamment pour faire des courses. Elle avait également quelques factures empilées qu'elle avait trop peur d'ouvrir. Elle avait conscience qu'elle était censée les payer tous les mois, mais sans un salaire mensuel, elle ne savait pas comment ils pouvaient s'attendre à ce qu'elle s'en acquitte.

— Oh oui, c'est vrai ! se dit-elle à elle-même, tout le monde a un métier, tu vois.

Elle secoua la tête, car elle n'avait trouvé aucune offre d'emploi. Elle avait régulièrement été candidate à dix postes par jour, même à ceux dans de drôles d'endroits où elle n'avait aucun espoir, mais au moins, elle avait l'impression de tenter sa chance.

— Évidemment, il y a le revers de la médaille, gromme-la-t-elle en mettant la laisse à Goliath et à Mugs, et en regardant Goliath se jeter immédiatement au sol puis la considérer avec dédain.

La conséquence, c'était qu'en postulant tous les jours, elle avait l'impression de chercher sérieusement un travail rémunéré. Mais comme elle n'obtenait aucune réponse, cela la déprimait encore plus.

— D'abord, je dois découvrir ce qui est arrivé au testament de Robin. Ensuite, je dois savoir ce qu'il se passera avec Scott.

En plus des antiquités de Nan qui devaient être vendues aux enchères chez Christie's, Doreen avait encore les vieux livres et les peintures de sa grand-mère qui, comme elle s'en souvenait, seraient écoulés ailleurs. Il y avait tant de choses à vendre et qui étaient susceptibles – un jour – d'être converties en argent pour elle.

Si tout finissait par se réaliser – en ajoutant le règlement de son divorce et le testament de Robin à la liste précédente –, Doreen deviendrait millionnaire. Elle s'immobilisa et s'extasia à cette pensée, en se demandant si c'était même possible. Et ce n'était pas comme si elle reprendrait un de train de vie similaire à celui d'autrefois non plus ; les jours où elle portait un sac Gucci à 1 700 dollars étaient révolus. Avec son entourage à poils et à plumes près d'elle, elle verrouilla la porte arrière, se dirigea vers celle de l'entrée puis sur le perron. Richard sortit en même temps, une tasse de café à la main, et étudia les lieux. Elle scruta autour d'elle, mais ne vit rien.

— Tout va bien, Richard ?

Il observa Doreen puis ses animaux et demanda :

— Vous partez ?

Elle haussa les épaules.

— Seulement quelques heures.

Il hocha la tête.

— Bien. Maintenant, ça devient une meilleure journée.

Elle lui lança un regard noir.

— Vous dites que c'est une meilleure journée mainte-nant parce que je m'en vais ?

Il lui adressa un large sourire et répondit :

— Absolument !

Il leva une main puis se tourna pour rentrer chez lui.

Dédaigneusement, elle pivota à son tour et s'en alla.

Chapitre 14

DOREEN SE RENDIT vers la ville, dans une matinée lumineuse et fraîche. Malgré quelques nuages, c'était assez plaisant. Elle n'avait pas emporté de pull, se disant que ça allait se réchauffer. Pas la température extérieure, mais en faisant de l'exercice. Elle mit peu de temps à marcher à bon rythme et afficha un grand rictus. Plusieurs personnes lui adressèrent un signe à son passage. Elle le leur rendit, pas bien sûre de les connaître, mais pas vraiment curieuse.

Doreen trouvait que les animaux déliaient souvent les langues et rendaient les gens bien plus amicaux. Et comme la nouvelle de qui ils étaient et de ce qu'ils avaient accompli pour la sauver s'était répandue, en plus de toutes les affaires classées dont elle s'était occupée et qu'elle avait résolues, les animaux étaient les bienvenus partout. Elle les regarda et leur sourit. Le perroquet marchait sur le trottoir à leur côté pour le moment. Il serait vite fatigué, mais pour l'instant, il se dandinait, plutôt ravi.

— Tu passes une bonne journée, Thaddeus ?

Il pencha la tête, leva ses yeux vers elle et répondit : « Thaddeus est là. »

— Il est là, en effet, dit-elle avec un rictus plein

d'affection.

Ils continuèrent d'avancer jusqu'à ce qu'elle aperçoive devant eux le magasin de Wendy. Elle fronça les sourcils.

— Je suppose que vous n'êtes pas autorisés à entrer dans toutes ces boutiques…

Elle n'était pas certaine de savoir quoi faire à ce sujet, mais puisqu'elle avait toujours contourné le bâtiment pour passer par-derrière auparavant, lorsqu'elle avait des affaires à revendre, elle supposa qu'elle devait agir de la même manière. En bifurquant au coin, elle vit Wendy dehors, en train de décharger des objets de son véhicule. Doreen s'écria et la salua joyeusement.

Wendy sursauta puis se tourna et la regarda avant de se mettre à sourire.

— Hé ! J'ai un chèque pour toi. Je l'ai tiré hier soir.

Doreen ne savait pas bien pourquoi Wendy aurait tiré sur son chèque, mais elle espérait qu'elle ne l'avait pas endommagé… Elle opina du chef comme si elle savait exactement de quoi elle parlait.

— C'est super. Je peux l'avoir du coup ?

— Bien sûr ! Laisse-moi simplement sortir tout ça. Il faut encore que j'ouvre le magasin pour la journée.

— Je suis sortie pour faire un peu d'exercice matinal.

Elle n'osait pas lui avouer qu'elle était là pour le chèque. Mack l'avait de nouveau rémunérée pour le jardinage chez sa mère, mais elle n'irait pas loin avec ça. Surtout si tous les deux continuaient de boire autant de café, ce qui l'incitait à envisager d'y fixer des limites. Mais comment le pourrait-elle, alors que c'était l'une des rares sources de joie dans sa vie ?

Elle proposa son aide, mais Wendy refusa d'un geste de la main et en secouant la tête.

— J'en ai seulement pour une minute.

Et elle disparut à l'intérieur de la boutique avec un énorme paquet qui semblait contenir des vêtements. Doreen s'interrogea sur tout ce que Wendy était susceptible de vendre dans le magasin. Elle était allée à l'intérieur plusieurs fois, mais n'avait jamais vraiment prêté attention à la marchandise. Elle avait été plus intéressée par le concept visant à obtenir de l'argent en revendant les habits de Nan plutôt que d'en perdre en en achetant encore plus.

Et la vérité, c'était qu'elle n'en avait pas besoin, car elle en possédait encore plein. Certains provenaient de son styliste, et elle aurait probablement dû s'en débarrasser ou même les revendre. Cela lui rappela son sac Gucci. Elle ne l'avait pas avec elle et se demanda si c'était un objet que Wendy pouvait écouler. Il suffisait de cibler la bonne clientèle pour payer le bon prix.

Doreen devait encore se rendre à ce second magasin d'occasion, celui que Mack avait conseillé, où ils proposaient des articles de luxe. Quand Wendy réapparut, Doreen lui demanda :

— Tu vends des affaires haut de gamme ici ?

Wendy haussa les sourcils.

— Tu m'as ramené un tas de choses qui étaient haut de gamme selon moi.

— Non, je ne veux pas dire de ce genre, mais tu vois, par exemple des petits sacs très chers. Gucci par exemple.

— Ah ! Non, répondit Wendy en secouant la tête. Ils ne partent pas très bien ici.

— OK…, prononça nonchalamment Doreen.

— Tu as d'autres choses à vendre ? questionna Wendy en la regardant. Je pensais que tu t'étais débarrassée de toutes les affaires de ta grand-mère.

— De la plupart, oui. Mais j'ai oublié que j'avais

quelques effets de ma vie d'avant, précisa-t-elle en roulant des yeux.

Wendy opina du chef.

— Si tu crois que c'est quelque chose que je peux écouler ici ou si tu n'en es pas certaine, n'hésite pas à m'en apporter quelques-uns et je saurai. Mais je peux t'annoncer tout de suite que les sacs de luxe Gucci sont des objets dont je ne peux pas tirer beaucoup d'argent… Je veux dire, je suis en mesure de les vendre, bien sûr, mais tu n'apprécierais pas le prix… J'ignore combien d'articles haut de gamme tu possèdes, mais pense à m'en ramener quelques-uns, et nous verrons.

Quand Wendy revint la troisième fois, elle affichait un air un peu plus inquiet.

— Est-ce que tout va bien ? s'enquit Doreen. Quelqu'un t'embête dans le magasin ?

— Non, pas du tout. Je suis seulement fatiguée. J'ai quelques problèmes personnels à régler, mais c'est tout.

Doreen n'était pas certaine de devoir la croire, mais elle acquiesça comme si c'était le cas.

Wendy ne prononça rien d'autre et déchargea rapidement plus de choses de l'avant de la voiture, mais Doreen se sentait légèrement soucieuse.

— Wendy, est-ce que tu vas bien ?

— Je vais bien, répéta-t-elle, un tremblement notable dans la voix.

— Tu sais que tu peux tout me dire, hein ?

Wendy secoua simplement la tête et lui tendit une enveloppe.

— Voici ton chèque pour le premier mois.

— Merci, souffla Doreen avec un sourire lumineux et chaleureux. (Elle ouvrit l'enveloppe pour y trouver un chèque de 607,63 dollars.) Ça me permettra de faire de belles courses. J'apprécie vraiment.

— Aucun problème. Je ne suis pas en mesure d'exister sans vendre de vêtements, alors, si tu en as que tu penses pouvoir écouler, n'hésite pas à me les déposer ici.

Puis, de façon péremptoire, elle claqua la porte au visage de Doreen.

Comprenant l'allusion, Doreen s'éloigna et se dirigea vers la banque. Elle étudia attentivement le chèque ; elle ne comprenait pas trop pourquoi ni comment on aurait pu tirer dessus, mais Wendy avait très clairement dit qu'elle l'avait *tiré*. Elle avait vraiment envie de poser la question à Mack, mais se convainquit de ne pas l'interrompre. Quand elle s'introduisit dans la banque et qu'elle marcha jusqu'au guichetier, elle provoqua un sacré chahut.

L'agent de sécurité s'approcha d'elle immédiatement et lui lança :

— M'dame, vous ne pouvez pas entrer ici avec des animaux.

Elle s'arrêta et observa l'homme, puis ses compagnons. Troublée, elle lui répondit :

— Oh, je suis vraiment désolée ! Je suis tellement habituée à les avoir avec moi qu'il ne m'est pas venu à l'esprit que la banque n'était pas l'amie des bêtes.

— Ce n'est pas tant que la banque n'est pas l'amie des bêtes, mais il y a un règlement stipulant que les animaux n'y sont pas autorisés.

Elle afficha un air soucieux.

— Cela ne signifie-t-il pas que vous n'êtes pas l'ami des bêtes ?

Il posa un regard fixe sur elle avec un petit air inquiet comme si elle pouvait être *ce genre* de clients. Elle soupira.

— J'espérais simplement pouvoir déposer un chèque. J'ai vraiment besoin d'argent. Et désormais, puisqu'il a été tiré, j'ignore combien de temps il sera valable.

Là, la confusion du garde augmenta davantage. Le directeur arriva calmement et demanda, d'une voix discrète :

— Il y a un problème ?

L'agent de sécurité désigna les bestioles.

— Elle n'est pas autorisée à entrer ici avec des animaux.

Il l'observa avec ses compagnons et grimaça.

— Il a raison. Nous avons un règlement.

Elle acquiesça.

— Elle souhaitait encaisser un chèque, poursuivit le garde de sécurité qui n'en dit pas plus.

Le directeur considéra Doreen, et son visage s'illumina.

— Pourquoi ne pas le déposer au distributeur automatique ?

Doreen le regarda, surprise.

— On peut faire ça ?

— Oh, absolument ! Venez par ici, je vais vous montrer.

Il la guida vers une zone séparée du reste, qui comportait une rangée de machines. Elle scruta chacune d'entre elles et devint soucieuse.

— Je ne sais même pas comment fonctionnent ces choses, déplora-t-elle en les étudiant.

— C'est inhabituel… Les distributeurs automatiques sont là depuis longtemps…

Elle hocha lentement la tête.

— Je suppose que je n'ai jamais eu de raison de m'en servir avant.

— Eh bien maintenant, en voici une. Vous avez votre carte de crédit ? (Puis il la guida pendant le processus en expliquant :) Vous voyez cette enveloppe, là ? Glissez-y le chèque et faites simplement passer votre enveloppe à travers ces rouleaux.

Elle mit le chèque dans l'enveloppe après y avoir jeté un dernier coup d'œil.

— Vous voulez le prendre en photo ? lui demanda-t-il. Vous semblez l'analyser.

Elle afficha un sourire lumineux à cette suggestion.

— Oui ! s'exclama-t-elle en sortant son téléphone pour rapidement réaliser un cliché des deux côtés, avant de remettre le chèque dans l'enveloppe et d'hésiter ensuite en voyant les roues. Et s'ils abîmaient le chèque ? demanda-t-elle en le regardant, inquiète. Et s'il se perdait ? Et si on passait à côté et que vous ne le créditiez pas sur mon compte ?

— C'est pourquoi nous avons effectué tout ça auparavant, quand vous avez indiqué quel montant figurait dessus, de sorte que, quand il atterrira de l'autre côté, il pourra être comparé à cette donnée.

Doreen fronça les sourcils, et elle se tâtait réellement désormais.

Alors qu'elle se tenait là, Ritchie, de Rosemoor, entra, l'aperçut et lui lança :

— Oh, regarde-toi, en train de te servir de ces machines dernier cri ! Je n'y pige rien, j'ai toujours peur que quelqu'un me vole mes sous. (Doreen hoqueta, et Ritchie opina du chef en la dévisageant d'un air avisé.) C'est pourquoi je garde mon argent sous mon matelas.

Elle se tourna pour regarder le directeur, et il secoua immédiatement la tête.

— Non, non, non. Je vous en prie, ne gardez pas votre argent sous votre matelas. Et si votre maison prenait feu ?

Cette question était sensée pour Doreen. Cependant, elle s'accrochait à son enveloppe, alors il la lui prit gentiment et lui dit :

— Je vous promets que ça ne risque rien.

— Et vous me promettez que, en cas de souci, vous me rendrez mes 600 dollars ? 607,93 en réalité.

— Je le ferai. Vous avez ma parole, confirma-t-il en opinant du chef.

Se sentant légèrement mieux, mais ayant conscience qu'elle n'avait pas d'engagement écrit, elle le laissa introduire l'enveloppe dans la machine. Puis elle resta là, à se dandiner sur place.

— Ça prendra combien de temps ? demanda-t-elle.

Il la fixa, surpris.

— Que voulez-vous dire ?

— Combien de temps avant que je puisse retirer de l'argent ?

— Oh ! eh bien, ça devrait prendre deux jours.

Les yeux de Doreen s'agrandirent.

— Vraiment ? Alors que, si j'étais allée au guichet, j'aurais pu avoir mon argent tout de suite !

— Vous en avez sur votre compte en banque ?

— Je n'en suis pas sûre… je crois.

— Si votre compte comporte de l'argent, vous pouvez en retirer. Dans tous les cas, il faudra seulement quelques jours pour que ce chèque soit encaissé, sauf s'il y a un problème avec.

Le cœur de Doreen se pétrifia.

— Qu'entendez-vous par *un problème* ?

— S'il s'avère qu'il n'y a pas de fonds suffisants.

Voilà, elle commençait à se tordre les mains.

— Alors, ce chèque ne serait pas bon ?

— Je suis sûr qu'il l'est. Il vient du magasin de dépôt-vente, donc il représente sûrement les sommes dues à la suite de la vente de vos objets.

— Oui, dit-elle en acquiesçant. C'est exactement ça.

Il entreprit alors de lui expliquer la façon dont cela fonctionnait dans le sens où, si le compte émetteur n'avait pas un solde suffisant pour couvrir le montant du chèque, elle n'obtiendrait pas son argent. À la fin, Doreen était supposée être calme, avoir tout compris, mais au lieu de ça, elle était quasiment dans une panique totale. Tandis qu'elle se tenait là, se demandant quoi répondre, elle entendit une voix familière derrière elle. Ritchie était parti depuis longtemps, et elle avait de toute évidence attiré l'attention, avec les efforts fournis par le directeur pour lui fournir des éclaircissements, qui devenaient de plus en plus confus au fil des minutes.

Mack avança de quelques pas derrière elle et plaça une main sur son épaule valide.

— Je prends le relais dès maintenant.

Chapitre 15

Mardi, milieu de matinée…

LE DIRECTEUR DE la banque considéra Mack avec soulagement et s'excusa rapidement. Doreen leva les yeux sur son ami et murmura, d'une voix enrouée :

— Et s'il n'était pas valable ?

— C'est quoi ? demanda-t-il en se penchant en avant.

Elle sortit son téléphone et lui montra les photos.

— Quel est le problème alors ? Vous avez déjà déposé le chèque de quelqu'un avant, non ?

— Mais je ne comprenais pas comment ça fonctionnait. Le directeur a expliqué que, si Wendy n'avait pas l'argent, je ne serais pas payée.

— Mais elle vous a fait un chèque avec la certitude de *posséder* cet argent afin qu'elle soit en mesure de vous payer, argua-t-il en plissant le front. C'est une transaction commerciale typique.

Doreen observa les gens autour d'elle, puis s'inclina vers l'avant.

— Mais elle m'a dit qu'elle avait tiré sur le chèque.

Il la dévisagea, vit le grand sérieux dans ses yeux, et ses lèvres se tordirent. Elle le fixa, rétrécit son regard et lâcha :

— N'osez pas vous moquer de moi !

— Pas du tout, se défendit-il immédiatement en se-couant la tête. Je ne rirai jamais *de* vous, alors commencez à rire vous aussi.

Elle le considéra d'un air furieux. Il sortit la carte de Doreen de la machine, la lui donna et la poussa vers la sortie de la banque.

— Vous essayez de vous débarrasser de moi ? marmon-na-t-elle en scrutant autour d'elle et en jetant un dernier coup d'œil pour voir plusieurs personnes en train de les regarder partir. Pourquoi est-ce que je suis toujours la risée partout ? grommela-t-elle. (Dès qu'ils furent à l'extérieur, elle se tourna vers lui.) Qu'est-ce qu'il y a de si drôle à ce qu'elle ait tiré sur mon chèque ?

— *Tirer un chèque*, c'est seulement une expression pour dire qu'elle vous a fait un chèque !

Doreen le dévisagea d'un air ahuri.

— Alors, *tirer* sous-entend qu'elle l'a *fait* ? Pourquoi uti-liser le terme *tirer* alors ? s'étonna-t-elle en levant les mains au ciel. C'est comme me menacer de me prendre mon argent !

— Mais elle ne voulait pas l'exprimer comme ça…

Doreen prit plusieurs grandes et lentes inspirations en lui lançant un œil noir et en se demandant s'il était prudent de le croire.

— Je suis honnête, déclara-t-il gentiment. Quand Wen-dy a annoncé qu'elle vous avait *tiré un chèque*, tout ce qu'elle voulait dire, c'était qu'elle avait pris le temps de se pencher sur sa comptabilité afin de pouvoir vous faire un chèque.

Les épaules de Doreen s'affaissèrent lentement, et elle hocha la tête.

— Bon, si c'était une question stupide, je suppose que la

prochaine ne sera pas bien différente…

— Souvenez-vous, il n'existe pas de question stupide. Et je ris avec vous, pas de vous.

— Sauf que je ne suis pas en train de rire.

— Vous devriez. Écoutez, il y avait un trou dans votre éducation à la vie quotidienne, et je pensais que nous l'avions déjà comblé, mais apparemment ce n'est pas le cas.

Elle le fixa d'un air mauvais.

— Et ce qui n'est pas le cas, c'est que cette machine ne met pas l'argent sur mon compte tout de suite, pourquoi ?

— Il faut le contrôler d'abord, vous vous rappelez ? Ils mettent l'argent sur votre compte après avoir vérifié que l'autre compte – celui de Wendy – possède les fonds pour couvrir votre chèque. C'est seulement là que la banque se sert sur le compte du magasin de dépôt-vente de Wendy pour le créditer sur votre compte personnel. C'est le processus, et, puisque vous l'avez déposé dans le distributeur, ça va prendre un peu plus longtemps.

— Mais j'en ai besoin maintenant, gémit-elle, et ils refusaient de me laisser aller au guichet.

— Pourquoi ?

— À cause des animaux, marmonna-t-elle d'une voix un peu plus basse.

Il scruta autour de lui et commença à rire.

— Voilà, vous recommencez, cracha-t-elle en le regardant furieusement.

— Et vous recommencez vous aussi, la taquina-t-il en lui tapotant gentiment la joue. La plupart des banques n'autorisent pas un seul animal, encore moins trois.

— Quelle différence ça fait, le nombre qu'on a ?

— C'est pour ne pas déranger les autres. Une banque est un lieu d'affaires où ils essaient de maintenir un certain rang.

S'il y a des soucis ou que les animaux en deviennent un d'une quelconque manière, ça ralentit leur business. Et il y a la problématique de l'hygiène.

— Mes animaux sont propres ! s'insurgea-t-elle, stupéfaite.

— Bien sûr, mais si on vous autorise à amener vos animaux, alors la personne suivante aussi. Mais si les siens ne sont pas tous propres ?

Elle lui lança un regard noir.

— Vous ne pouvez pas me faire porter le chapeau pour quelqu'un d'autre.

Mack grogna.

— OK, ça dérape. Vous avez déposé le chèque et vous avez encore de l'argent sur votre compte, n'est-ce pas ?

— Il y en a. Mais je ne sais pas combien.

— Vous n'avez pas vérifié le solde ?

Doreen secoua la tête.

— Non, et je n'ai plus de sous sur moi pour faire les courses.

Il la ramena à l'intérieur dans la zone des distributeurs automatiques, pas tous occupés à cette heure, et en utilisa de nouveau un avec sa carte.

— Voilà votre solde, annonça Mack en pointant le doigt sur l'écran de la machine. Vous voyez ? Vous en avez encore beaucoup.

Elle fixa le montant.

— Donc ça inclut le montant du chèque ou pas ?

— Oui, mais vous voyez là où c'est écrit « en attente » ? Ça signifie que ça n'a pas encore été vérifié.

Elle fronça les sourcils, mais elle commençait à avoir une idée de la façon dont tout ça fonctionnait.

— Donc je peux sortir de l'argent tant que je ne touche

pas à la somme qu'ils n'ont pas encore contrôlée…

— Voilà ! Alors, combien voulez-vous retirer ?

Elle y réfléchit et répondit :

— Il faut que je fasse pas mal de courses…

— Vous voulez quoi, cent, deux cents ?

— Il est hors de question que je me balade parmi les gens avec 200 dollars… Donc cent peut-être, même si deux cents, ça me paraît bien aussi…

— Coupons la poire en deux.

Elle appuya ensuite sur les chiffres sous la parole rassurante de Mack puis observa, fascinée, la machine cracher des billets à son intention. Quand elle s'en saisit, elle gloussa.

— Est-ce que ça arrive qu'il y ait des erreurs ? Ouah, c'est un moyen sympa d'avoir de l'argent !

— Mais il ne se sert que sur votre compte, et vous avez besoin de votre carte et de votre code. Alors, c'est si sympa que ça ?

— Ah, donc je ne peux pas m'en servir pour aller sur votre compte, demanda-t-elle en levant les yeux vers lui.

Il secoua immédiatement la tête.

— Non, m'dame, car j'ai ma propre carte et mon propre code à chiffres.

— Alors, comment s'y prennent certains pour casser et voler ces trucs-là ?

À cette question, il afficha rapidement un rictus.

— Nous avons eu des cas où ils étaient venus avec un chariot élévateur pour enfoncer la porte d'entrée et embarquer la machine entière.

Elle hoqueta et le dévisagea d'un air choqué, ses yeux s'ouvrant davantage en y songeant.

— Et que font-ils ensuite ? Ils descendent bêtement l'autoroute avec cette chose devant eux ?

— Je pense qu'ils ont essayé de le fourrer dans un camion, mais le distributeur était trop lourd et a causé de sacrés dommages.

— Oh là là… (Elle se mit à rire.) C'est assez drôle !

— Je trouvais aussi, mais je ne crois pas que quiconque à la banque y ait vraiment perçu l'humour.

— Ils auraient dû. C'est hilarant. Ça me fait vraiment du bien d'entendre ça.

— Pourquoi cela ?

— Parce que je souris face à l'ingéniosité de certaines personnes.

— L'ingéniosité était clairement en jeu. J'aimerais seulement que les gens s'en servent pour effectuer leur travail et gagner de l'argent par eux-mêmes au lieu de le voler.

— Oui, mais vous savez comment ils sont. Ils s'assurent tous de ne pas avoir grand-chose à accomplir pour obtenir ce qu'ils veulent.

— C'est bien vrai.

— Et en plus, on ne peut pas vraiment les juger pour ça, marmonna-t-elle, car je n'ai pas de boulot moi-même…

— Vous avez pris un petit-déjeuner ce matin ?

Elle secoua la tête.

— Pas encore. J'aurais dû emporter quelque chose avec moi.

Il passa son bras sous le sien et lui annonça :

— Allez. Je vais vous emmener manger un morceau.

Elle porta son regard sur lui et lui sourit.

— Est-ce que vous essayez de vous montrer gentil ?

Il leva les yeux au ciel.

— Ne cherchons pas à tout analyser… Je souhaite vous emmener grignoter, c'est un crime ?

— Non. Ça me paraît être une idée géniale.

Et ensemble, ils allèrent vers le centre commercial.

— Il y a quelques restaurants là-bas dans lesquels on peut aller, si vous le désirez.

— Oui. J'adorerais essayer quelque chose de différent.

— Vous n'avez pas testé beaucoup de restaurants dans la ville, si ?

Elle secoua la tête.

— Non, et chaque fois que je sors et me promène, je vois quelque chose qui me semble intéressant, mais ensuite, je…

Elle se contenta de hausser les épaules et s'abstint de développer ce qu'il savait déjà. Il acquiesça.

— Il y en a deux là-bas. L'un sert des soupes et des sandwichs, des trucs comme ça.

Elle plissa le nez.

— Je peux avoir un petit-déjeuner ?

Il s'arrêta et la regarda dans les yeux.

— Vous n'avez vraiment rien mangé encore ?

— Je pensais au chèque…

— Ah. Ce chèque qui se trouve maintenant dans cette machine.

Elle se retourna et observa la banque derrière eux.

— Oui, ce chèque, rétorqua-t-elle sèchement. J'ai l'impression que le directeur m'a bien roulée en m'incitant à le déposer dans ce distributeur.

— C'est son boulot d'essayer de convaincre les gens de se servir des automates et de diminuer les horaires du guichetier. Ça permet de couper dans le budget.

— Encore une chose qui n'a pas de sens, grommela-t-elle. On ne coupe pas dans un budget. On coupe un morceau de viande ou on coupe le gazon. Mais pas dans un budget !

— Bien sûr que si. S'il est trop gros et coûte trop cher, il faut le réduire. Tout comme on taille dans le lard.

Elle réfléchit à ça et ajouta ensuite :

— Oh… Ce n'est pas le langage de mon ex.

— Tâchons de garder cette journée agréable et de ne pas le mentionner, encore. Ça vous dit ?

— Et c'est à ce moment-là que j'allais vous demander si vous aviez de ses nouvelles.

— Une raison pour laquelle je devrais ?

— Non, sans doute pas, rétorqua-t-elle pensivement. C'est simplement que je ne sais pas vraiment ce qu'il mijote.

— Pas un truc bien, j'en ai peur.

— C'est fort probable, et je n'ai pas eu de nouvelles de Nick non plus.

— Ce n'est pas nécessairement une mauvaise chose, n'oubliez pas.

— Tant que vous en avez de votre côté, acquiesça-t-elle en levant les yeux vers lui, légèrement soucieuse.

Il plissa le front.

— Vous êtes inquiète, car vous n'avez pas de nouvelles de Nick et que vous craignez qu'il ne fasse rien pour vous aider, ou parce que vous avez peur que quelque chose lui soit arrivé ?

— Vous ne pouvez pas vous fier à mon ex, et nous savons que les gens dans son sillage sont assez effrayants. Je veux donc seulement être sûre que rien ne soit arrivé à Nick.

— Ça m'aide à me sentir mieux…

— Vous ne pensiez pas vraiment que j'étais angoissée à l'idée que Nick me berne, si ? En plus, ce n'est pas comme si je le rémunérais… Cependant, je lui ai donné de la monnaie de mon sac à main.

Il poussa un grognement.

— Oubliez la monnaie. Allez, on va essayer celui-là par

ici. Il y a une terrasse, donc on devrait avoir le droit d'emmener nos animaux ou on peut au moins essayer.

Elle vérifia d'un coup d'œil.

— Oh, c'est indien !

— Oui, c'est assez récent, je ne l'ai pas encore essayé.

— Je suis plus que ravie de le tester, surtout si vous payez.

— C'est ce que je voulais dire en vous invitant à déjeuner.

— Alors, c'est une sorte de rencard ?

Il s'arrêta, la regarda et la questionna :

— Ça a de l'importance ?

Elle plissa le front et secoua la tête.

— Eh bien, non, je suppose… Je réfléchissais simplement.

— Et je présume que je suis en train de me demander si ça compte, ajouta-t-il pensivement.

Elle lui offrit un sourire.

— Seulement si je peux annoncer à Nan que j'ai eu un rencard avec vous.

— Vous lui racontez des choses de ce genre ? l'interrogea-t-il, curieux.

— Ça l'aiderait à me ficher la paix, marmonna-t-elle.

Mack se mit à rire.

— Alors, elle est pour ou contre le fait que nous avons un rencard ?

— Pour, définitivement pour. Elle dit que j'aurais dû vous bousculer un peu depuis longtemps. (Elle branla du chef, les paumes levées.) Je lui ai expliqué au moins une centaine de fois que je n'étais pas prête, et elle m'a répondu que je me cherchais simplement des excuses.

Ils continuèrent de marcher jusqu'à atteindre la terrasse.

Comme ils y entraient, Mack lui demanda :

— Et c'est le cas ?

— Quel cas ? demanda-t-elle, étant déjà passée à autre chose.

— Vous vous cherchez des excuses ?

Elle fronça les sourcils.

— Je ne pense pas. Voir mon ex a seulement ravivé des souvenirs désagréables que je n'ai vraiment pas envie de revivre.

— Mais ça n'arrivera pas. C'est une toute nouvelle partie.

— Je suppose, admit-elle en pensant que quelque chose avait de toute évidence changé. (Elle sourit.) Parce que vous m'emmenez déjeuner. (Et là, elle se tourna et adressa un rictus à la serveuse qui s'approchait d'eux.) C'est chouette ici ! Vous n'avez rien contre les animaux ?

— Pas du tout !

Chapitre 16

L A SERVEUSE DÉPOSA les menus et repartit.

— Elle semble plutôt distraite, nota Mack.

— Je me demande s'il y a quelque chose dans l'air, car Wendy m'a paru assez contrariée aussi.

— Wendy ?

— Oui, Wendy, qui m'a donné le chèque.

— Hmmm, a-t-elle mentionné pourquoi ?

— Non, mais chaque fois qu'elle rentrait et sortait de son magasin, elle avait l'air encore plus perturbée.

Il cessa de bouger et regarda Doreen.

— Ça n'a pas de sens. Redites-moi ce que vous avez vu depuis le début. (Elle s'exécuta, et il se montra soucieux.) Tant qu'elle va bien et que personne n'était à l'intérieur…

— Elle sortait chaque fois, de bon gré.

— Je m'y arrêterai peut-être cet après-midi… Oh ! et puis non, on va tuer ça dans l'œuf tout de suite.

Elle fronça les sourcils.

— Je suppose que j'aurais dû lui poser plus de questions…

— Vous aviez autre chose en tête.

Il sortit son téléphone et passa un appel, mais laissa le

haut-parleur afin que Doreen puisse entendre la voix de Wendy à l'autre bout. Elle semblait aller bien et répondit à son interrogatoire sans hésiter.

— Je vérifiais simplement que tout allait bien, se justifia-t-il en souriant à Doreen. Doreen s'inquiétait pour vous.

Après s'en être assuré plusieurs fois, il mit fin à la conversation.

— Oh, bon sang… Suis-je une mauvaise personne ?

Il la considéra puis lui adressa un rictus et lui prit la main.

— Non, vous n'êtes pas une mauvaise personne.

Il l'avait déclaré d'une façon si convaincante qu'elle se détendit légèrement.

— Je veux dire, c'était évident qu'elle était contrariée, mais je serais incapable de vraiment expliquer pourquoi, marmonna-t-elle dans sa barbe en essayant de s'en souvenir. Quand elle est sortie avec le chèque et qu'elle me l'a tendu, c'est là qu'elle m'a le plus paru contrariée. Vous savez quoi ? Ça ne m'est pas venu à l'esprit, mais peut-être qu'elle ne possède pas l'argent qu'elle m'a donné. (Là, son regard se voila.) Et peut-être que ce chèque sera rejeté… Vous saisissez ? Elle n'aurait pas dû le tirer si tel est le cas !

— C'est de bon conseil. Mais vous ignorez ce qu'il se passe, donc ne tirez pas de conclusions hâtives.

C'était toutefois difficile de s'en abstenir. Mais le coup de fil l'avait convaincue de lâcher du lest et de se détendre à ce sujet. Elle haussa les épaules et s'affaissa sur sa chaise, puis Mugs se mit à aboyer. Elle essaya immédiatement de le faire taire, mais il refusait absolument d'obéir. Elle regarda autour d'eux afin de déterminer le problème, et elle vit un autre gros chien venir vers eux à toute vitesse.

— Oh là là, exprima-t-elle alors qu'il n'y avait qu'un

petit garde-corps entre elle et le canidé qui approchait.

Mack se leva immédiatement et chercha des yeux le propriétaire du gros chien. Ce dernier courait toujours vers Mugs qui, au lieu d'être agressif, était maintenant sous la chaise de Doreen, entre ses jambes. Elle tendit immédiatement la main et lui souffla :

— Oui, reste là.

Comme le gros molosse sautait contre la rambarde, Goliath grimpa sur la table puis s'élança et donna un coup de patte au visage du canidé. Presque immédiatement, celui-ci se tourna, hurla et s'en alla. Mack regarda Doreen puis Goliath, et enfin Mugs qui se cachait sous la table.

— Ouah…

— Bon, dit-elle en allongeant un bras pour caresser Goliath. Merci d'avoir défendu Mugs.

Mais au lieu de paraître apprécier sa gratitude, Goliath se vautra sur la table en renversant presque les verres d'eau.

Elle observa ses animaux et grogna.

— Juste au moment où je pensais les avoir compris, ils font quelque chose qui bouscule mes certitudes.

— Ce n'était pas du tout difficile à interpréter, contredit Mack en prenant son siège.

— Mais à qui peut bien appartenir ce chien ?

— Un animal qui a échappé à son maître pendant quelques minutes, suggéra Mack en haussant les épaules. Je ne m'inquiéterais pas pour ça.

— Non, mais je n'aime pas du tout que des chiens essaient d'attaquer Mugs. Je déteste ça.

— Une autre raison de rester proche de chez soi. Plus on s'éloigne, plus on a des occasions d'avoir des ennuis.

Elle lui lança un regard mauvais.

— Je peux avoir des ennuis n'importe où, rétorqua-t-elle.

Il la fixa et se mit à rire.

— Aucune phrase plus juste ne fut prononcée avant aujourd'hui !

Puis elle saisit ce qu'il avait sous-entendu et elle afficha un rictus.

— Vous voyez ? C'est ça que j'aime chez vous. Vous parvenez à me déstabiliser.

— C'est une bonne chose de vous déstabiliser ? demanda-t-il, curieux.

— Je crois, oui. Nan dirait que ça m'aide à rester sur mes gardes.

— Et ça, c'est bien parce que ça garde votre esprit alerte ?

— Oui. Sauf que mon esprit a besoin de ralentir. Entre ce truc avec Bob Small, le jardinier qui a été kidnappé et tous ces liens avec Abbotsford, c'est vraiment préoccupant. Et puis bien sûr, il y a Denise.

Mack la dévisagea fixement.

— De qui parlez-vous ? (Comme elle grimaça, il se pencha en avant.) Doreen ?

Elle s'adossa, sidérée. Qu'était-elle censée lui raconter désormais ?

— Elle m'a contactée. Ce n'est pas ma faute, marmonna-t-elle.

— Contactée comment ?

— Par e-mail. Au sujet du jardinier disparu.

— D'accord. Bien sûr qu'elle l'a fait…, déplora-t-il en se pinçant l'arête du nez. Et qu'avait-elle à partager ?

Doreen expliqua tout ce que Denise avait dit et ajouta :

— Vraiment, elle ne sait pas grand-chose.

— Non, mais suffisamment, et, bien évidemment, nous

localiserons toutes ces personnes.

— C'est logique. J'ignore pourquoi vous ne l'avez pas encore fait…

— Vous nous avez transmis la liste ?

— Hmmm, non, et j'aurais dû. Ça m'est complètement sorti de la tête.

— Oh… C'est la meilleure source de renseignements que nous ayons.

— Vous pouvez l'appeler.

— Accordez-moi une minute… Et Doreen, arrêtez donc d'accueillir tous ces inconnus qui vous demandent de l'aide. Le moins que vous puissiez consentir, c'est me filer les tuyaux, comme ça je serais en mesure de vérifier leurs antécédents.

— Pourquoi ? Vous n'avez jamais partagé cette info avec moi, et vous auriez peut-être dû.

— Et peut-être que vous devriez cesser de laisser les gens entrer dans votre maison, pour qu'ils vous attaquent ensuite. (Il se leva, sur le point de s'éloigner, mais avant ça, il se pencha et ajouta :) Commandez-moi un burger avec tous les accompagnements.

Et il disparut derrière un coin.

Elle restait à le regarder, en se demandant quel était l'intérêt de venir dans un nouveau restaurant indien et de commander un burger. Ce fut à cet instant que revint la serveuse. Doreen lut le menu, jeta un coup d'œil à la femme déjà prête à noter sa commande, puis observa Mack et haussa les épaules.

— Nous prendrons tous les deux la spécialité.

La serveuse récupéra les menus et disparut. Quand Mack revint, il annonça :

— J'ai pu contacter Denise, et elle est clairement à bout

de nerfs avec toute cette histoire.

— C'est son oncle. Évidemment qu'elle est à bout de nerfs.

— Mais sans bonnes pistes, ce n'est pas d'une grande aide.

— Mais ça pourrait l'être. Il faut simplement qu'on en découvre plus, comme si l'une de ces personnes avait une idée de ce qu'il se passe. Et vous devez aussi déterminer s'ils étaient tous les deux dans la même prison au même moment.

Mack fixa Doreen.

— Qui ça, *ils* ? Qui étaient dans la même prison ? demanda-t-il en secouant la tête.

— Bob Small… et le jardinier.

Mack s'immobilisa et la dévisagea encore.

— Venez-vous d'affirmer que Bob Small est dans ce centre de détention ?

— Il l'était. Apparemment, selon Denise, son oncle et Bob Small étaient amis.

— Doux Jésus… Comment êtes-vous parvenue à apprendre ce détail aussi confus ?

— Moi ? Je n'ai rien eu de confus !

— Si vous le dites, grommela-t-il en secouant la tête. Nous n'avions absolument aucune raison de ramener le sujet Bob Small dans cette affaire.

— Maintenant, oui, répondit-elle, triomphante. Alors, désormais, vous avez une piste.

— Ce n'est pas une piste. C'est un sac de nœuds.

— Et des nœuds qui doivent être démêlés, surenchérit-elle succinctement. Je comprends que ce soit compliqué et que ce soit un vrai bazar, mais nous devons encore faire le tri.

— Ah bon ? s'étonna-t-il en l'observant comme s'il était fasciné. Comment on s'y prend ? On n'a pas beaucoup d'informations…

— Je suis au courant. Je parcours toutes les lettres d'Hinja en ce moment. Et en dehors de ce que je vous ai raconté, je n'ai rien trouvé de neuf. Mais quelques trucs continuent de sortir du côté d'Abbotsford…

— Alors, Bob Small était à Abbotsford. La belle affaire.

— Peut-être qu'ils étaient incarcérés en même temps.

— Cette information est publique.

— OK, donc ce n'est pas comme si j'allais avoir des ennuis en vérifiant…

— Non, pas cette fois. Mais pour autant, ce n'est pas le renseignement le plus facile à trouver.

— Non, ça veut simplement dire que, quand vous retournerez au bureau cet après-midi, vous aurez du boulot.

— J'ai toujours du boulot quand vous êtes dans les parages, répliqua-t-il en grognant.

Juste à cet instant, la serveuse revint, plaça leurs assiettes pleines devant eux et les laissa rapidement de nouveau seuls.

Doreen regarda son plat avec ravissement.

— Oh, ça a l'air délicieux !

Mack fixa son assiette puis celle de Doreen.

— Qu'est-il arrivé à mon burger ?

Elle grimaça.

— J'ai pensé que vous n'aviez absolument aucune raison de venir dans un endroit comme celui-là pour commander un burger. Je ne suis même pas certaine que ce soit au menu. Vraiment, si vous allez dans un restaurant indien, vous devez commander un plat indien.

Il l'observa puis haussa les épaules.

— Vous marquez un point.

Et il s'attaqua à son plat.

Chapitre 17

QUAND DOREEN ET ses animaux furent revenus à la maison, elle se sentait fatiguée et lessivée. Mack lui avait proposé de la raccompagner en voiture, mais elle avait décliné, sachant que du boulot l'attendait.

— Notre promenade a fini par prendre plus de temps que nous le pensions, hein, les amis ? dit-elle tout en grimpant les marches du perron. (En entrant dans le salon, elle se rendit compte qu'elle n'avait pas mis l'alarme.) Oh oh, on faiblit sur ce point malgré tout le danger autour de nous ! On s'en sort vraiment bien, mais désormais, chaque fois qu'on part, on a tendance à oublier, marmonna-t-elle en se sentant pis encore.

Mais elle avança, vérifia la maison et constata que tout semblait complètement normal. Tellement dommage que Mack ait dû retourner au poste… Mais il avait énormément de travail, et elle devait s'occuper de cette affaire. En entrant dans la cuisine, elle crut entendre quelque chose et jeta un œil vers le jardin arrière, juste à temps pour apercevoir quelqu'un qui descendait précipitamment le sentier près de sa maison. Elle fronça les sourcils, regarda Mugs puis ouvrit la porte. Il sortit, mais semblait avoir manqué de distinguer l'homme.

— Le problème, c'est qu'on est tellement suspicieux par nature désormais que nous ne savons pas si c'était quelqu'un qui se baladait simplement innocemment ou pas.

Ce n'était pas comme s'ils ne pouvaient pas marcher le long de la rivière comme elle, et un tas d'autres gens le faisaient. Elle n'était simplement pas habituée à voir beaucoup de monde sur sa propriété. Et bien sûr, à cause de toutes les nouvelles affaires sur lesquelles elle enquêtait, elle était quelque peu méfiante.

Elle se rendit également compte qu'elle scrutait chaque recoin à cause de Mathew et de tous les drames qui l'entouraient, ainsi que Robin et Rex. Elle sortit son portable et, déterminée à prendre son courage à deux mains, envoya un SMS à Nick pour lui demander s'il avait la moindre information. Au lieu de lui répondre par message, il lui téléphona.

— J'ai rédigé un document. Il va falloir que je vienne pour vous le faire signer.

— Quel est-il ?

— Des papiers de divorce afin de valider ce dernier.

— Ce serait chouette… Est-ce que… euh, hésita-t-elle avant de se taire.

— Est-ce que quoi ?

— Est-ce que ça va l'énerver ?

— Possiblement.

Nick patienta, et Doreen grimaça.

— Je ne suis pas vraiment fan des batailles de longue haleine.

— Une fois que vous aurez signé, je mènerai le combat pour vous.

— Sauf si Mathew débarque ici en colère, marmonna-t-elle, et constate que je suis seule.

— Êtes-vous physiquement effrayée par lui ?

— Non, répondit-elle lentement, et pourtant…

— Vous n'avez pas envie de l'affronter ou de le voir se mettre en rogne.

— Voilà.

— Et si je venais tout de suite ? On signe ça et on met en route le processus.

— Après vous avoir tout juste précisé que je ne voulais pas braver quoi que ce soit susceptible de dégénérer ? lui demanda-t-elle, incrédule, avant de pousser un gros soupir. D'accord.

— Préparez donc votre café si divin, et je serai là dans environ vingt minutes.

Il raccrocha, et elle regarda fixement le téléphone.

— Si *divin* ?

Personne avant lui n'avait ainsi qualifié son café. Ragaillardie par ces propos et souriant encore à propos du déjeuner qu'elle avait partagé avec Mack, elle se rendit à sa cuisine et mit en route la cafetière. Quand le café eut fini de couler, Nan appela.

— Comment était ton déjeuner ? questionna-t-elle.

Doreen leva les yeux au ciel.

— Lequel de tes espions a mouchardé ? questionna Doreen en riant.

— Est-ce que c'est important ? Tu as conscience que rien n'arrive dans cette ville sans que je sois au courant.

Comme cela s'était avéré, peu de choses survenaient en ville sans que Nan en soit informée, mais Doreen n'allait pas éclater la bulle de sa grand-mère à ce sujet.

— Je suis ravie que tu t'amuses autant.

— Mais la vraie question est : est-ce que *toi* tu t'amuses ?

rebondit Nan.

— C'était agréable. C'était un restaurant dans lequel je n'étais jamais allée, et je ne sors pas souvent pour apprécier de sympathiques déjeuners comme ça.

— Ah, alors, c'était un rencard, n'est-ce pas ?

— C'était un rencard, confirma-t-elle.

Nan explosa, croassant de plaisir encore et encore à travers le combiné

— Calme-toi, lui intima Doreen. Ça ne signifie rien. Mack et moi avons partagé un tas de repas ensemble…

— Mais évidemment que ça signifie quelque chose ! Tu le laisses finalement entrer dans ta vie, et il s'y est faufilé sans hésiter. Brave homme, ce Mack.

Doreen grogna.

— Ne nous presse pas, Nan. Je ne serais pas contente si tu t'y risquais.

— Oh, jamais ! marmonna-t-elle joyeusement. C'est bien plus drôle comme ça.

Et sur cette déclaration, elle raccrocha.

Doreen n'avait pas eu l'opportunité de poser la moindre question à sa grand-mère. Mais Nick étant en chemin, elle se dit que c'était probablement tout aussi bien. Et comme prévu, juste quand elle se retourna, elle entendit un véhicule remonter l'allée. Elle sortit sur le porche de devant, où elle patienta sur la première marche le temps qu'il descende de sa voiture et qu'il approche d'elle. Il lui sourit.

— Vous m'attendiez, hein ?

Elle haussa les épaules.

— J'ai entendu votre voiture.

— Bien, dit-il, un paquet de papiers dans une main et une enveloppe dans l'autre.

— J'aimerais voir le bout du tunnel très bientôt, grommela-t-elle en fixant avec inquiétude l'enveloppe.

— Moi aussi.

Elle grimaça.

— Je ne vous suis pas très reconnaissante, hein ? J'apprécie vraiment ce que vous faites.

— Et j'en suis ravi, car je ne veux pas que vous renonciez à la dernière minute et que vous gaspilliez tous mes efforts.

— Non, ce ne serait pas très gentil, n'est-ce pas ? OK, grogna-t-elle. Entrons et jetons-y un œil.

Ils pénétrèrent dans la maison puis dans la cuisine, et il scruta autour de lui.

— Vous pourriez vraiment dépenser un peu d'argent pour rénover cet endroit, non ?

— Je pourrais dépenser de l'argent pour manger, rétorqua-t-elle sans ménagement.

Il la regarda et la questionna :

— Ça va si mal ?

Elle haussa les épaules.

— Ça dépend de la machine, si elle avale mon chèque ou pas.

Nick la regarda fixement en silence.

Elle se mit à rire.

— Apparemment, c'est normal, mais je n'en ai aucune idée, commença-t-elle par dire avant de lui expliquer l'histoire du chèque qui avait été *tiré* pour elle aujourd'hui, ce qui fit rire Nick. Mack a eu une réaction similaire. Comment étais-je censée savoir que *tirer* ne voulait pas dire *tirer* ?

— Le jargon professionnel est toujours amusant à apprendre. Mais vous avez été bonne joueuse là-dessus, alors continuez de garder votre sens de l'humour.

— J'essaie.

Elle versa deux tasses de café et, comme il lui tenait la porte, ils sortirent et se rendirent à la petite table de la terrasse et ses quatre chaises.

— Mack m'a raconté qu'il avait mis la main sur l'ensemble de patio pour vous.

— N'est-ce pas merveilleux ?

— Pourtant, il n'y avait qu'un seul fauteuil à bascule, c'est ça ?

— Oui, il en a acheté un deuxième, marmonna-t-elle. Et j'adorerais avoir un canapé et peut-être une table d'appoint en plus.

— Je vois. Alors, que diriez-vous si nous faisions en sorte de vous obtenir un peu de cet argent ? proposa-t-il en lui tendant les papiers.

Elle le considéra et grimaça.

— J'ai comme l'impression que je dois tous les lire à cause de ce qui est arrivé la dernière fois, mais je trouve le jargon juridique vraiment très difficile, et ça fait resurgir toute sorte de mauvais souvenirs.

— Pourquoi ne pas procéder page par page ?

Et donc, fidèle à sa parole, il la guida à travers ce qui semblait être un document assez simple. Quand elle arriva à la partie qui comptait vraiment, elle s'étonna :

— La moitié ? Vraiment ?

— Vous avez été mariés pendant quatorze ans. Il n'avait aucune affaire avant votre mariage, et vous l'avez aidé à la développer par la suite.

— Mathew avait de l'argent avant, alors, je ne suis pas sûre que ce soit juste.

— Je demande simplement cinquante pour cent du temps où vous étiez mariés.

— D'accord, donc dans ce cas, je suppose que c'est juste,

même s'il pensera le contraire.

— Laissez-moi m'occuper de ça.

Elle acquiesça lentement et, avec le crayon qu'il lui avait donné, elle signa. Même ainsi, l'acte lui paraissait historique.

— Combien de temps avant d'avoir un retour ?

— Probablement assez vite, principalement parce qu'il n'aimera pas ça.

— Évidemment, et qu'arrivera-t-il si on ne parvient pas à un arrangement comme on le souhaite ?

— Alors, nous irons au tribunal, répondit Nick avec entrain. Et le juge aidera à diviser les biens. Et vous pouvez être sûre que votre ex en sera informé.

— Comment le juge divise-t-il ?

— Dans le cas présent, je soupçonne fortement un 50/50, comme ce que nous avons là.

Elle secoua la tête.

— C'est ce qui est décidé en général ?

— Oui, absolument. C'est très commun.

— Si vous le dites… Je ne veux pas prendre plus que ce qui est dans mon droit.

— J'en suis conscient. C'est l'une des raisons pour laquelle je vous assiste.

Elle n'était pas bien certaine de ce que cela signifiait, mais elle était heureuse de lâcher prise.

Quand il eut fini son café et remballé ses papiers, elle se sentit mal et regarda Nick presque avec dégoût.

— Vous pensez qu'il me contactera ?

— S'il s'y risque, dites-lui simplement d'appeler votre avocat et raccrochez, expliqua-t-il avec aisance. C'est tout ce que vous aurez à faire.

— Et s'il refuse ?

— Il a un avocat avec qui je traiterai. Par conséquent,

dès que ce sera en place, le problème sera très différent.

— Si vous le dites, grommela-t-elle.

Ensuite, elle le raccompagna et attendit à la porte d'entrée qu'il s'en aille en voiture. Puis elle se tourna et observa ses animaux.

— On va bientôt s'amuser, les amis !

Mugs aboya juste avant qu'un autre véhicule n'arrive dans son allée, et elle poussa un grognement.

— Nous n'aurons vraiment pas droit à la paix ni au calme aujourd'hui, si ?

Une femme sortit, considéra Doreen et lui demanda :

— Vous avez des nouvelles de mon oncle ?

Doreen grimaça.

— Non, je n'en ai pas. Je cherche, mais je n'ai rien pour l'instant.

Denise hocha la tête.

— C'est l'une des raisons pour lesquelles je suis venue. Voici l'autre, c'est un courrier arrivé aujourd'hui, annonça-t-elle en tenant une enveloppe.

— Vous l'avez montré à la police ?

— Pas encore, je voulais d'abord vous en faire part.

Doreen regarda la femme et lui dit :

— Si ça concerne le kidnapping de votre oncle, il faut qu'on en parle aux autorités.

— C'est prévu, dès que vous aurez vu ça.

Elles l'ouvrirent, et Doreen grimaça en lisant.

Vous devez rendre ce que vous avez volé, mais je prendrai 100 000 dollars à la place.

Doreen prit rapidement le texte en photo et déclara :

— Il faut qu'on apporte ça aux flics.

Elle composa immédiatement le numéro de Mack. Quand il répondit, elle expliqua rapidement, et il commença à jurer.

— J'arrive.

— OK. J'en ai aussi pris une photo, alors, je vais vous l'envoyer immédiatement. (Elle jeta un coup d'œil à Denise.) Les flics arrivent.

— Bien, souffla-t-elle en se frottant les bras. Je n'aurais même pas dû ouvrir ce courrier.

— Ce n'est pas comme s'il était adressé à quelqu'un en particulier, simplement à quiconque pourrait être concerné, vous voyez ? argua Doreen en désignant rapidement l'enveloppe de Denise.

— Mais pourquoi la déposer dans cette boîte aux lettres ? Je suppose que ça vient des kidnappeurs… Mais n'ont-ils pas déjà oncle Dicky ? Ils auraient pu lui dire directement.

— Car ils savaient que la boîte aux lettres serait surveillée par la police, répondit calmement Doreen. C'est comme ça que ça marche. Les autorités pistent tous les courriers et e-mails de Dicky, et, si possible, elles vont même vérifier ses appels téléphoniques et ses comptes bancaires.

Denise hocha la tête.

— Je suppose… C'est simplement que toute cette histoire est tellement horrible.

— Je suis désolée. Vous avez raison, ce sont de dures nouvelles là. Vous a-t-il déjà parlé de Bob ? Bob Small ?

Elle acquiesça de la tête.

— Il était un bon ami d'un gars appelé Bob. Je pense que ce pourrait être son nom de famille… Ne faisait-il pas partie des gars listés sur l'e-mail que je vous ai envoyé ? Je n'en suis pas sûre… Ils étaient de bons amis en prison. Je sais que mon oncle croyait que les flics ignoraient tout de ce dont était coupable Bob.

— Y était-il pour meurtre ?

Denise la dévisagea avec surprise.

— Oh, Seigneur, non ! Non, pas du tout ! Il me semble qu'il a refusé de payer bon nombre de tickets de parking ou un truc de ce genre, et qu'ils ont fini par l'incarcérer, car il refusait de rembourser.

Doreen commença à rire.

— Sérieusement ?

— Oui, sérieusement !

Chapitre 18

C'ÉTAIT PRESQUE TROP ironique. Suffisamment pour que Doreen se demande si Denise avait la moindre idée de ce que son oncle avait vraiment commis…

— Il conduisait un énorme camion, expliqua Denise, mais je ne peux imaginer combien de PV il a accumulés pour que ça les agace suffisamment au point de l'inculper.

— Je ne sais pas, concéda Doreen en se tournant pour scruter autour d'elle.

— Dans combien de temps la police sera là ?

— Dans pas trop longtemps, je l'espère. Mack a dit qu'il arrivait tout de suite. Avez-vous une idée de ce que votre oncle a supposément volé ? En particulier si ça vaut 100 000 dollars.

— Je l'ignore, admit-elle en regardant la lettre avant de frissonner. Il a juré qu'il était sur le droit chemin depuis, mais apparemment, quelqu'un n'est pas de cet avis.

— Ou pense qu'il a dérobé quelque chose à l'époque et le possède encore ou l'a déjà vendu.

— Peut-être. Je ne parviens pas à imaginer ce sur quoi il œuvrait.

— Il aurait pu détourner de l'argent de plusieurs

comptes auxquels il avait accès, vous voyez, avant d'être attrapé…

— Si c'est le cas, je suis sûre de ne l'avoir jamais remarqué. Il a toujours vécu très sobrement. En réalité, je sais qu'il a besoin de son boulot de jardinier.

— J'en suis sûre, mais ça ne signifie pas qu'il n'avait pas une réserve financière à laquelle il avait encore trop peur de toucher.

Denise regarda Doreen, horrifiée.

— Je crois que vous ne réalisez pas comment était mon oncle.

— Non, je n'en ai aucune idée. Pour autant que je sache, je ne l'ai jamais rencontré.

— C'est un homme bon, et il est très honnête.

Doreen la regarda fixement, Denise rougit.

— D'accord, bon, il a commis une erreur dans sa vie.

— Ce que vous êtes en train de prétendre, c'est que vous croyez fermement qu'il est innocent cette fois.

— Absolument, lâcha-t-elle avec une certaine ferveur.

— Alors, vous ne l'avez jamais vu montrer le moindre signe de richesse, équivalent au montant que ces mecs réclament ? Pourquoi s'attendraient-ils à ce qu'il possède 100 000 dollars ? demanda Doreen en s'émerveillant devant une pareille somme. Combien de gens en sont capables ?

— Je ne sais pas. Moi, clairement pas.

— Moi non plus, dit Doreen en secouant la tête.

— Ah bon ? s'étonna Denise en regardant autour d'elle. Vous avez votre propre maison.

— Oui, mais c'est parce que j'en ai hérité et pourtant, je n'ai pas les moyens de la rénover. Comme vous pouvez le constater, ce n'est pas tout à fait le Taj Mahal.

— Non, mais vous pourriez la vendre et alors, vous auriez plus d'argent.

Doreen grimaça.

— Je ne peux même pas l'envisager. Elle m'a été léguée par ma grand-mère, et elle est toujours en vie, elle réside au foyer des séniors, pas loin. Elle serait complètement dévastée si je cédais sa maison.

— C'est ça le truc. Des cadeaux comme ceux-là, ils viennent avec des chaînes.

— Et avez-vous été aidée par votre oncle au point de vous sentir redevable envers lui ?

— Il m'a aidée, confirma-t-elle immédiatement. Honnêtement, c'est un homme bon.

— Et c'est tant mieux. Je suis vraiment contente d'entendre ça. La question est de savoir si quelqu'un connaît quelque chose de totalement différent à son sujet qui serait susceptible d'expliquer pourquoi on s'attend à ce qu'il ait 100 000 dollars à donner à la place de ce qui a été supposément dérobé.

— Parce que de toute évidence, ils ne comprennent pas ce qui est arrivé à l'époque.

— Et ce ne serait certainement pas quelque chose que votre oncle ou ses kidnappeurs partageraient non plus, n'est-ce pas ? supposa Doreen.

— Exactement. Et quand on y pense, tout ce qu'il l'a inquiété tout ce temps, c'était de rester sur le droit chemin.

— Une possibilité qu'il ait été effrayé par quelqu'un qui l'aurait retrouvé ou dont il se cachait peut-être ?

Denise la regarda, pensive.

— Je n'aurais pas dit ça, mais il ne sortait pas et il n'avait pas vraiment d'amis. Il ne gardait presque pas le contact.

— Qui fait partie de ceux avec qui il continuait d'échanger ?

Denise haussa les épaules.

— J'ignore s'il y a une personne en particulier. Il travaillait ici, en ville, et, quand il ne bossait pas, il adorait cuisiner. Il cherchait à se former davantage auprès d'un chef, afin d'être en mesure d'officier dans des cuisines professionnelles. Mais je ne sais pas s'il serait retourné à l'école ou s'il en aurait eu le droit. Est-ce que les criminels sont autorisés à aller en cours ? demanda Denise à Doreen.

— Je n'en ai aucune idée. Mais on serait en droit d'imaginer que ce serait une bonne chose pour eux de sortir de leur vie de rebelle et de s'impliquer dans des actions honnêtes et autonomes.

— C'est ce que je pensais, mais il ne croyait pas avoir ses chances.

— Nous ne pouvons pas vraiment le savoir sans essayer.

— Eh bien, je sais qu'il s'y efforçait et qu'il postulait vraiment certains emplois. Mais ce qu'il désirait vraiment, c'était intégrer une école de cuisine.

— Une école professionnelle ?

— Je n'en suis pas certaine, mais ça aurait été un bon endroit pour lui pour débuter, non ?

— Eh bien, oui, ça l'aurait été. Je suis sûre que la police est en mesure de vérifier s'il a posé sa candidature à l'école ici. Je sais qu'ils ont un très bon programme de cuisine. J'ignore s'ils le proposent encore, mais je me souviens que Nan disait qu'ils avaient un restaurant, presque comme un petit buffet, et que l'on pouvait y aller à midi tout le temps. Même les gens qui ne fréquentaient pas cette école, et encore plus les profs et les visiteurs, aimaient s'y rendre. C'était ouvert au public, et je me rappelle ma grand-mère déclarant à quel point c'était merveilleux.

— Ça aurait été super, approuva Denise, l'air content. Je

n'en ai jamais entendu parler.

— Je crois qu'ils ont fermé ou changé de politique il y a quelques années. Ce qui est plutôt dommage puisque Kelowna ne propose pas beaucoup de buffets.

— Je n'ai jamais été du genre à aimer ce type d'établissement. Je ne suis pas une grande mangeuse donc, si je vais au restaurant, je choisis une salade.

— Mais je suis capable de me préparer une salade maison, déclara Doreen. J'en suis venue à apprendre et à aimer que sortir au restaurant puisse être quelque chose d'agréable, pour consommer des plats qu'on ne peut pas cuisiner soi-même.

— Ou pour un repas efficace, surenchérit Denise en riant. Parfois, je n'ai simplement pas le temps, alors, c'est plus facile de prendre un truc en passant.

Au loin, Doreen entendit un gros véhicule. Elle sourit et annonça :

— Voilà Mack.

Immédiatement, Denise se tourna pour regarder.

— Je ne le vois pas, dit-elle.

Mais elle n'avait même pas fini de parler que Mack roulait en trombe pour tourner dans le cul-de-sac.

— Il ne ressemble pas à un flic, remarqua-t-elle en pivotant pour observer Doreen d'un air accusateur.

— C'est un détective, expliqua-t-elle. Il est donc en civil.

— Oh ! De la Gendarmerie royale du Canada ?

— Oui. Il n'y a pas de police municipale en ville, et il m'a fallu du temps pour le comprendre. Je suppose que seules certaines banlieues dans le Lower Mainland en disposent.

— À Vancouver, oui, et je crois que c'est le cas de l'ouest de Vancouver maintenant, indiqua Denise en marmonnant.

— Vous passez beaucoup de temps là-bas ?

— Je suis allée à l'Université Simon Fraser, une aubaine pour moi. (Et elle se tourna pour jeter à Doreen un autre regard accusateur.) Mon oncle m'a aidée pour l'école.

— Qu'aviez-vous choisi ?

— La comptabilité.

Doreen hocha la tête et lui adressa un sourire lumineux.

— C'est bien ! Vous ne devriez jamais rencontrer de problème pour trouver du boulot.

— Non, je travaille dans le commerce de détail pour une compagnie qui dirige plusieurs concepteurs de mode.

— Ouah ! Ça doit être chouette.

Denise haussa les épaules.

— Ce ne sont que des nombres et des chiffres. Ce n'est pas comme si je montais sur le podium avec des vêtements de créateurs.

— Vous aimeriez ? la questionna Doreen avec curiosité.

Elle n'avait jamais compris l'attirance pour le fait de se déshabiller presque intégralement et de porter la tenue vraiment étrange qu'on leur demandait d'exhiber.

— Bien sûr, ce serait bien plus excitant que ma vie actuelle.

— Oui, peut-être, admit Doreen. Je suppose que les chiffres ne sont pas très passionnants…

— Non, ça, c'est sûr ! Ils sont ennuyeux et se ressemblent tous jour après jour.

— Ce n'est pas nécessairement une mauvaise chose, au moins on peut compter sur eux. Quelque chose d'immuable et dont vous pouvez dépendre, au lieu de se réveiller et de s'interroger sur ce qu'il va se passer, vous voyez ?

— Et c'est ennuyeux, déplora Denise avec le sourire.

Mack se gara, coupa le moteur et sortit de la voiture. Il

s'approcha, son regard jaugeant Doreen qui lui adressa un énorme rictus. Puis elle les présenta tous les deux. Il hocha la tête, regarda Denise et lui demanda :

— Pourquoi n'apportez-vous pas ça à la police ?

— Honnêtement, je me suis dit que vous étiez déjà occupés, et je voulais que Doreen le voie en premier.

Une expression tonitruante envahit son visage en se tournant pour considérer Doreen. Elle souleva ses épaules et le gronda :

— Mais je vous ai appelé !

Il opina lentement du chef.

— Et j'apprécie. (Il tendit la main, et elle lui donna la note tenue avec précaution entre ses doigts.) Vous pensez qu'il y a une chance de trouver des empreintes digitales après que vous l'avez tenue ?

— Vous avez déjà la mienne dans vos fichiers, alors vous pourrez l'écarter facilement.

Denise la fixa, choquée.

— Vous êtes une criminelle aussi ?

— Non, mais dans l'exercice de mon passe-temps d'affaires classées, mes empreintes digitales ont été relevées, simplement pour identifier toutes celles qu'on trouve sur une scène de crime.

— Ah, j'ai compris. Je me suis demandé un moment si c'était une bonne idée de vous avoir apporté le message…

— Non, répondit immédiatement Mack.

Mais la voix de Doreen fut plus forte. Quand elle avait répondu « Oui, bien sûr que oui. », Mack lui avait simplement lancé un regard noir.

— Car je comprends que je dois le donner à Mack également, se reprit-elle tout de suite.

Mack leva les yeux au ciel.

— Je vais le récupérer et voir si on peut en tirer quelque chose.

— Vous ne souhaitez pas le lire d'abord ? s'étonna Denise, anxieuse.

— Doreen m'en a envoyé une photo, je sais déjà ce que ça raconte. (Il se tourna, observa Denise et lui demanda :) Pourquoi ne venez-vous pas au poste, pour qu'on puisse vous poser des questions à ce sujet ?

Les yeux grands ouverts, Denise secoua la tête en se rapprochant de Doreen.

— Je n'ai pas de réponses à donner, prétexta-t-elle en se dandinant sur ses pieds, comme si elle était prête à prendre son envol. Je ne suis au courant de rien.

Mack fronça les sourcils à sa première phrase et jeta un œil à Doreen avant de refaire face à Denise.

— Vous n'avez pas encore entendu nos questions, alors on aimerait vous en poser quelques-unes…

Elle pivota immédiatement vers Doreen.

— Vous allez m'accompagner ?

Doreen la dévisagea, surprise.

— Euh…, prononça-t-elle avant de chercher de l'aide du regard auprès de Mack.

Il fit non de la tête.

— Doreen n'a pas besoin d'y aller. Nous ne vous accusons de rien, nous ne vous attaquons pas, nous ne vous inculpons pas de crime. Nous avons seulement besoin de vous interroger.

— Peut-être, oui, mais je me sentirais mieux si elle venait. Je ne connais vraiment personne ici.

— Bien, souffla Doreen, impulsive. Je serai ravie de venir… Ça ne peut pas faire de mal, si ? ajouta-t-elle en entendant Mack grogner.

— Non, sans doute que non, mais vous devrez rester en dehors de l'interrogatoire, l'avertit-il.

— Bien sûr, acquiesça-t-elle, un sourire lumineux aux lèvres. Bien sûr que je me tiendrai à l'écart !

— Je sais que c'est un mensonge. Vous n'êtes parvenue à rester en dehors de rien du tout encore.

— Je pourrais aujourd'hui, affirma-t-elle en regardant ses animaux.

Mack branla du chef.

— Laissez-les ici.

Elle lui lança un regard noir.

— Vous avez conscience que je n'aime pas ça !

— Vous allez vous rendre au poste, je doute fortement que vous ayez besoin de leur protection là-bas.

— Non, mais je pourrais avoir besoin de leur soutien, protesta-t-elle en lui offrant un sourire.

— Ça n'aidera en rien. Vous êtes censée *être* le soutien.

Doreen était difficilement en mesure de répondre quoi que ce soit à cela. Elle considéra Denise.

— Allez au poste, je vous suis.

Denise acquiesça d'un hochement de tête et tendit la main pour saisir celle de Doreen.

— Merci. Merci beaucoup, dit-elle avant de filer à sa voiture en bas de l'allée et de crier à Mack : Je m'y rends !

Il observa Doreen et la questionna :

— C'était quoi ça ?

— Je n'en ai aucune idée. Vraiment pas.

— Vous feriez mieux de vous rendre rapidement au poste, car j'ignore comment ça va se passer.

— Moi aussi…

Comme il s'éloignait, Doreen rentra, regarda ses animaux et leur sourit. Elle se demanda s'il était possible de les utiliser pour de la zoothérapie.

— Vous savez quoi, les amis ? Peut-être, je dis bien peut-être, que c'est un changement de carrière que nous pourrions envisager… Tous les quatre, ensemble.

Mugs aboya. Thaddeus la fixa, pencha la tête sur le côté et croassa : « Thaddeus a un travail. Thaddeus a un travail. »

Elle rit.

— Il en faut un à l'un de nous, mon grand, car moi, c'est sûr, je n'en ai pas !

Elle monta à l'étage et se changea rapidement, puis donna un peu de nourriture aux bestioles pour qu'elles se sentent bien avant de verrouiller la maison. Était-elle vraiment en mesure de soutenir cette idée de zoothérapie ? Peut-être qu'elle pourrait les emmener à l'hôpital auprès d'enfants malades ou aller au poste de police en tant que support animalier auprès des gens interrogés. Elle en parlera à Mack. Cela étant, elle n'avait pas besoin de tout lui raconter, elle était capable de faire quelque chose d'elle-même. Au moins, elle pourrait effectuer des recherches là-dessus, car elle était douée pour ça.

Tandis qu'elle verrouillait la porte d'entrée, Goliath se faufila à travers les rideaux de la fenêtre de devant, et Mugs se dressa sur ses pattes arrière, pour tenter de distinguer à l'extérieur. Elle grimaça, car elle détestait les laisser seuls à la maison. Mais elle n'osait pas les embarquer au poste pour ce motif… Mack avait raison : elle était censée se concentrer sur cette femme et l'aider. Et cela amenait un tout autre problème…

Doreen marcha jusqu'à sa voiture tout en réfléchissant, ouvrit le garage, y entra et recula afin de pouvoir refermer la porte. Puis elle fit marche arrière dans l'impasse et se rendit lentement au poste. Elle comprenait pourquoi les gens aimeraient du soutien, et sans doute était-ce parce que Denise était seule et que l'homme disparu était son unique parent en vie, que celle-ci souhaitait la présence de Doreen. Pourtant, quelque chose n'allait pas…

À la minute où Denise lui avait demandé de l'accompagner au poste, elle avait quasiment été en panique. Et possiblement pour une bonne raison… Peut-être avait-elle des souvenirs de son oncle en prison ou avait-elle elle-même subi une sorte de traumatisme. Peut-être était-elle une criminelle à part entière.

Doreen dut s'arrêter et y réfléchir. Un horrible amas d'éléments commençait à s'entrelacer. Qu'Abbotsford – la ville autant que le centre pénitentiaire –, Bob Small, le kidnapping et la rançon soient tous désormais au cœur des débats était définitivement intrigant. Mais le fait que Denise souhaitait qu'elle vienne la soutenir pendant que Mack l'interrogerait et qu'elle avait préféré lui fournir l'information plutôt qu'à la police était fascinant…

Avec un grand sourire sur le visage, Doreen pénétra sur le terrain du commissariat et s'y gara.

Chapitre 19

DOREEN ENTRA AU poste, puis fit signe à Chester qui se tenait d'un côté parmi d'autres gars qu'elle reconnut. Le capitaine était appuyé contre le montant de sa porte et parlait avec deux officiers, une tasse de café à la main. Comme elle approchait, elle lui tapota gentiment l'épaule et continua.

— Doreen ? l'interpella-t-il. Pourquoi êtes-vous ici ?

Elle se retourna pour le regarder, lui adressa rapidement un grand sourire et répondit :

— Je suis venue à la demande d'une personne qui est là pour faire une déposition.

Il acquiesça de compréhension.

— Vous vous êtes dégoté une nouvelle affaire, hein ?

— Non, répondit sèchement Mack de l'autre bout du couloir où il attendait après elle.

Le capitaine le considéra, un seul sourcil haussé.

— Vous ne le croiriez pas de toute manière, ajouta Mack, mais il faut que je vous mette au courant.

Le capitaine se sépara du groupe pour marcher vers eux, seulement quelques pas derrière Doreen et lâcha :

— OK, dites-m'en plus.

Doreen écouta pendant que Mack expliquait. Le capitaine la fixa et la questionna :

— Pourquoi est-elle venue vous voir ?

— Je ne sais vraiment pas, admit-elle d'une petite voix. C'est vraiment étrange.

— Ça l'est. J'ai conscience que vous vous êtes bâti une sacrée réputation en tant que personne qui aide les opprimés et tout ça, mais c'est un tournant intéressant.

— Et j'ignore si c'est par crainte que vous, les gars, ne vous occupiez pas du cas de son oncle parce que c'était un criminel ou autre, précisa-t-elle. Je serais en mesure de comprendre, si elle avait eu de mauvaises expériences, qu'elle ait peut-être besoin de pousser son oncle en dehors des chemins réglementaires classiques.

— Mais ce n'est pas le cas, fulmina le capitaine.

Doreen répondit d'un haussement d'épaules.

— On peut dire ça, mais de toute évidence, cette personne voit les choses différemment.

— Oui, acquiesça-t-il, c'est ce que je constate.

Mack encouragea Doreen à avancer d'un petit coup de coude.

— Allons dans la salle d'interrogatoire, lui intima-t-il en adressant un signe de tête à son capitaine.

Elle scruta autour d'elle avec intérêt puis lui murmura :

— Je ne m'y suis jamais rendue auparavant.

— Vraiment ? (Il la regarda avec intérêt tout en y songeant.) Vous y êtes allée un paquet de fois.

— Oui, mais généralement, je me trouve de l'autre côté.

— Vous pourriez cette fois aussi, la menaça-t-il d'un ton grave.

Elle s'immobilisa et secoua la tête.

— Sûrement pas, protesta-t-elle. Je n'ai rien fait de mal.

— Non, mais je ne suis pas sûr de savoir qui est cette Denise et pourquoi elle s'allie à vous.

— Et dit comme ça, cela sous-entend que quelque chose ne va pas avec moi…

— Non, la corrigea-t-il de nouveau d'un ton ferme. Quelque chose va très bien chez vous, et je crois que Denise essaie de s'y accrocher.

— Oh…

Son explication laissa Doreen momentanément sans voix, car elle ignorait totalement quoi répondre à ça. Mack la mena dans la salle, et elle découvrit Denise, assise et nerveuse. Doreen entra et offrit à cette dernière un grand sourire.

— Vous voyez ? J'ai dit que je serais là, déclara-t-elle en tirant une seconde chaise pour se laisser tomber à côté d'elle.

Immédiatement, Denise se pencha en avant, le visage empli de gratitude.

— Merci. Les postes de police, les tribunaux, tous ces trucs en rapport avec la loi, ça me fout simplement les jetons, en un sens.

— À cause de votre oncle ?

— Je ne sais pas si c'est vraiment à cause de lui. Mon père avait toujours des démêlés avec la justice, il était tout le temps viré, encore et encore, et il m'a laissé un sentiment vraiment étrange… C'est presque comme un véritable traumatisme pour moi.

— Si vous n'avez rien fait de mal, la rassura Doreen, ça ne devrait pas vous toucher.

— Facile à dire, rétorqua-t-elle en riant à moitié. Il y a de drôles de choses qui déclenchent les souvenirs, ce qui rend la vie plus compliquée.

Doreen dut se remettre en tête qu'elle avait elle-même

quelques cadavres dans le placard.

— Oui, vous avez relativement raison là-dessus, mais aujourd'hui, ce sont surtout des questions qui vous seront posées.

— Mais les interrogatoires finissent par être personnels et difficiles. J'ai toujours l'impression de passer un examen et qu'ils attendent des réponses spécifiques. J'ignore ce qu'ils ont vraiment comme idée derrière la tête.

C'était une réflexion si poussée que Doreen ne put que la fixer avec étonnement.

— On dirait que vous vous êtes déjà retrouvée de ce côté-ci auparavant…

— Oh oui ! Chaque fois que mon père avait des ennuis, marmonna-t-elle. J'ai dû expliquer où il se trouvait et pourquoi, ce qu'il avait fait, où j'étais, ce que je faisais… avec cette impression d'être moi-même suspecte également. Et ce n'est pas juste.

— Non, ça semble affreux.

Mack s'était tenu debout, à la porte, à simplement regarder les deux femmes interagir. Il entra, s'assit avec un bloc-notes et un dictaphone, et déclara :

— Honnêtement, nous ne sommes pas là pour vous terroriser. Nous essayons simplement de découvrir où se trouve votre oncle et de vous aider à le retrouver.

— Ce serait super, exprima Denise, mais ça ne semble jamais être si facile…

— Commençons par les bases. (Mack passa en revue une pile de questions auxquelles Denise répondit assez volontiers, puis il demanda :) Pourquoi êtes-vous allée voir Doreen avec le mot ?

— Franchement, parce que je ne pensais pas que vous accorderiez une chance à mon oncle.

Il la dévisagea, soucieux.

— Ce n'est qu'un homme disparu… Je ne voulais pas dire que ça n'était pas important ou que votre oncle ne l'était pas… Et, bien que son passif nous donne des pistes sur la raison pour laquelle quelqu'un aurait été susceptible de l'embarquer, ça ne fait pas de lui moins qu'une victime dans le cas présent.

— Et j'ai envie de le croire, déclara sérieusement Denise, mais ce n'est pas la chose la plus facile, quand on est à ma place.

— Je comprends, mais vous avez conscience qu'il peut y avoir des empreintes sur cette lettre et que ça aurait pu constituer une preuve.

— Je ne crois pas et je ne comprends pas pourquoi c'était adressé à *Qui de droit*. Je veux dire, si quelqu'un le connaissait, il aurait dû savoir que j'étais dans le coin.

— Mais vous ne viviez pas là, si ?

— Non, j'ai déménagé il y a quelques semaines, mais j'étais sortie tout le temps, pour visiter. Et comme mon courrier était toujours envoyé à cette adresse, c'est moi qui vérifiais systématiquement la boîte.

— Ce qui signifie que l'expéditeur était probablement au courant, mais peut-être pas que vous y habitiez, suggéra Doreen.

Mack confirma d'un signe de tête.

— Les deux hypothèses sont possibles. Et nous en tiendrons compte. Alors, vous n'avez pas vu quand elle a été déposée, exact ?

Elle branla du chef.

— Non, j'ai simplement ouvert la boîte aux lettres, et elle était là.

— Je suis sûr que vous avez remarqué qu'il n'y avait pas

de timbre dessus. Elle n'est donc pas passée par le système de distribution habituel.

Elle le regarda fixement.

— Vous savez quoi ? Je n'y avais même pas songé… Je suppose que c'est logique et qu'elle a probablement été remise en personne. (Elle fronça les sourcils.) La boîte aux lettres se situe au bord de la route, alors n'importe qui aurait pu la mettre.

— Y a-t-il des caméras dans le coin ? questionna Doreen à l'intention de Mack.

Il secoua la tête.

— Non, ce n'est pas très commun en ville…

— Je m'interroge…, marmonna-t-elle. On dirait simplement que notre ravisseur ou quelqu'un proche de Dicky aurait profité de cette opportunité pour adresser une lettre de chantage. Mais pour une rançon, « Rendez ce que vous avez volé ou je prendrai 100 000 dollars. », je ne suis pas certaine de le croire.

— Je me demande seulement quelle est la valeur de l'objet que cette personne a supposément perdu, indiqua Mack à Doreen.

— Vous voulez dire, s'immisça Denise, qu'il réclame un montant équivalent ou tellement plus qu'il serait plus facile de rendre ce qui a été dérobé ?

— Si les voleurs l'ont encore, intervint Doreen. Surtout s'il s'agit d'un truc chouré il y a une vingtaine d'années.

En entendant ce mot, Mack haussa les sourcils.

— *Chouré* ?

Doreen souleva ses épaules.

— Mais il n'a rien pris, corrigea la nièce d'une voix déterminée. Et je ne veux pas que vous pensiez le contraire !

— OK, concéda Mack en la regardant d'un air dubitatif.

Mais réfléchissez-y… Dicky était coupable autrefois, alors vous savez que c'est possible. Vous ignorez simplement pourquoi il aurait pu recommencer.

Denise s'affala sur sa chaise et hocha lentement la tête.

— Je suppose que c'est logique…

Chapitre 20

Tout au long de la conversation, Doreen continua de recevoir de mauvaises ondes de cette jeune femme, qu'elle étudiait attentivement. Elle ne parvenait pas à déterminer ce qui clochait. Elle finit par s'adosser, consciente du regard préoccupant de Mack tandis qu'il se concentrait également sur Denise. Elle haussa une épaule et demanda :

— Y a-t-il d'autres questions que vous auriez besoin de poser à Denise ?

La jeune femme la considéra avec gratitude.

— J'aimerais vraiment sortir d'ici…, déclara-t-elle en agitant la main comme un éventail. Il fait vraiment chaud, non ?

Mack la fixa.

— Non. Pas vraiment.

Elle fronça simplement les sourcils.

— Je suis sûre que tout se passera bien, prononça Doreen d'une voix douce. Y a-t-il autre chose que vous puissiez dire ?

La femme secoua immédiatement la tête.

— Non, j'ai reçu cette lettre, et c'est tout. Je ne sais même pas pourquoi je dois être ici. (Elle se mit sur ses pieds et lança :) Je peux partir ?

Doreen se leva immédiatement également.

— Oui, bien sûr, nous pouvons y aller.

Denise l'observa avec espoir.

— Sérieusement ?

— Oui, évidemment. Vous savez comment la contacter si vous avez d'autres questions à lui poser, n'est-ce pas ? demanda Doreen à Mack.

Il confirma d'un hochement de tête.

— Assurément. (Il marcha jusqu'à la porte, l'ouvrit et déclara :) Merci d'être venue. Dès que nous aurons plus d'informations, nous vous avertirons.

Denise opina du chef et sortit rapidement de la pièce sans réclamer son reste.

Comme Doreen suivait le mouvement, Mack lui saisit la main.

— C'était quoi tout ça ?

— Ça dépend de ce dont vous parlez, car je n'en ai aucune idée. J'ai seulement un drôle de pressentiment la concernant…

— Moi aussi. J'ignore vraiment ce qu'il se passe ici. J'effectuerai un peu plus de recherches sur elle.

— Ce qui explique pourquoi les gens n'aiment pas aller voir les flics, le railla Doreen avec une note d'humour. Elle est venue pour aider et maintenant, vous allez enquêter sur elle.

— C'est ce que nous faisons toujours.

— Je comprends, mais vous pouvez aussi comprendre pourquoi elle hésitait à venir.

— Si elle n'a rien à cacher, peu importe.

— Elle est liée à un criminel, marmonna-t-elle doucement. Je ne crois pas que ça pose un problème qu'elle ait un casier judiciaire, mais elle est de toute évidence inquiète de celui de son oncle. Et de son père.

— Peut-être, mais il n'y a encore eu aucun signe de Dicky.

— Une chance qu'il soit parti de son plein gré ?

— Non, on ne pense pas. Nous avons le rapport d'un témoin qui indique qu'il a été embarqué de force dans une voiture.

Doreen hocha lentement la tête.

— Qui est ce témoin ?

— Je ne suis pas vraiment en mesure d'en discuter, mais c'est fiable.

— Peut-être, mais d'une façon ou d'une autre, vous avez bien conscience que nous ne voyons pas toujours ce que nous sommes censés voir ou que nous sommes incités à voir quelque chose de différent.

— Ce qui signifie ?

— Et si c'était une mise en scène ? Et s'il essayait de fuir quelque chose ou quelqu'un, et avait simulé sa propre disparition ?

— Pourquoi aurait-il fait ça ?

— S'il a volé quelque chose d'une valeur de 100 000 dollars et dépensé l'argent après avoir vendu l'objet en se doutant qu'il serait retrouvé tôt ou tard, il a probablement organisé son évasion. Dans tous les cas, si vous y réfléchissez, ça a marché… Personne n'a la moindre idée de là où il se trouve. Il est loin, à vaquer à ses occupations, et, en dehors de sa nièce, personne ne semble s'y intéresser.

— Nous, si.

— Je suis sûre que oui, confirma-t-elle en opinant du chef, mais ce n'est pas comme s'il était entouré de parents en pleurs, si ?

— Et ?

— Je ne sais pas ! Je ne sais pas… (Elle se tourna et sortit du poste.) La prochaine fois, j'amène mes animaux ! s'exclama-t-elle.

Le capitaine beugla depuis son bureau.

— Faites donc ! J'aime beaucoup ce chien !

— C'est l'oiseau qui est incroyable ! ajouta l'un des autres détectives du couloir.

Cela incita Doreen à rire.

— Contente que vous les aimiez. Je pensais me lancer dans la zoothérapie…

— Oh, je ne sais même pas si vous pouvez faire ça ! lâcha Mack en la regardant avec surprise.

— Je ne sais pas non plus, mais c'est un boulot pour ceux qui n'en ont pas.

— Eh bien, voilà ! surenchérit Arnold, en ricanant. Mettez les animaux au travail, et vous n'aurez pas à vous y coller !

Elle dévoila un grand rictus.

— Oui, n'est-ce pas ainsi que c'est censé fonctionner ?

— C'est comme ça avec les gosses, enfin en tout cas, c'est supposé être ainsi, confirma le capitaine avec un sourire narquois. Mais ça ne marche jamais vraiment comme vous aimeriez.

— Vous savez quoi ? J'arrive à le concevoir aussi, dit Doreen, certains de ses espoirs étant en train de sombrer. Ce n'est pas comme si Mugs, Goliath et Thaddeus seraient les plus faciles à placer sous mes ordres. Ils semblent croire qu'ils peuvent agir à leur manière.

— C'est parce que c'est ce qu'ils font, la railla Arnold avec un rictus. Les résultats de vos recherches nous occupent tous pendant ce temps-là.

Doreen sourit.

— Je ne bosse pas vraiment sur une véritable affaire en ce moment, je m'ennuie pas mal… (Elle observa le capitaine avec espoir.) Vous n'avez rien auquel je puisse jeter un coup d'œil, n'est-ce pas ?

Il secoua la tête.

— On est tellement submergés avec nos enquêtes actuelles que personne n'a l'occasion de jeter un œil à nos affaires classées.

— C'est triste, non ?

Le capitaine acquiesça.

— C'est plus que triste, car nous n'avons pas envie qu'elles soient classées… Alors, de savoir qu'elles restent là, non résolues depuis tout ce temps, rend les choses encore plus difficiles. Il faut que nous trouvions un moyen d'entrer en contact avec chacun et opérer simplement des réexamens pour vérifier s'il y a quoi que ce soit, en utilisant les nouvelles technologies.

— Et c'est dans ces moments-là que j'aimerais être flic, déclara-t-elle en opinant du chef, car ce serait pile mon truc.

— Et je peux m'en rendre compte, confirma le capitaine. Vous semblez avoir la mentalité taillée pour la résolution des problèmes.

— Oh, simplement la mentalité pour créer des problèmes ! corrigea Mack en arrivant derrière elle et en se joignant au groupe, avant de poser une main sur son épaule valide. Je pensais que vous étiez partie au parking avec Denise.

— Non, répondit Doreen en levant les yeux vers lui. Je voulais seulement mettre un peu de distance entre nous.

— Une raison en particulier ? Qu'est-ce qui vous dérangeait chez elle ?

Elle secoua la tête.

— Je n'en ai aucune idée, ça me semblait simplement étrange. Quelque chose n'allait pas, mais je n'ai pas réussi à mettre le doigt dessus. Tout le temps que je me trouvais là-bas, ça m'a tracassée.

Le capitaine opina sagement du chef.

— Parfois, il faut écouter cette part de soi aussi, car l'instinct est primordial dans notre domaine, et il a sauvé un tas de vies.

— C'est bon à savoir. Je l'ai échappé belle un paquet de fois, mais j'ignore à quel point c'était dû à mon sixième sens plutôt qu'à mes animaux.

— Peu importe, éluda le capitaine, tant que c'était in extremis et que vous êtes parvenue à vous en échapper…

Elle sourit.

— Bref, je vais rentrer chez moi, les animaux me manquent déjà.

Après avoir fait signe à tout le monde, elle se tourna et s'apprêta à sortir. Arrivée à la porte, elle vit Mack courir derrière elle. Elle s'arrêta et l'attendit.

— Que voulez-vous ?

— Je me demandais seulement si vous alliez bien.

— Oui. Comme j'ai dit, quelque chose ne tourne pas rond chez cette jeune femme.

— J'en suis conscient. Je l'ai moi-même senti, mais vous savez qu'il est possible que ce ne soit rien du tout. On est toujours à la recherche du croque-mitaine, et, quand on n'en trouve aucun, parfois, il est facile de l'inventer.

— Possible… et probable que ce soit plutôt elle qui cache quelque chose et que nous ignorions quoi. Ça me tracasse cependant… Ce pourrait être n'importe quoi… Sortir sans avoir payé son déjeuner ou Dieu sait quoi d'autre, suggéra-t-elle avec un demi-sourire. Mais c'est suffisant pour être perturbant.

Chapitre 21

DOREEN RENTRA CHEZ elle pour y retrouver tous les animaux recroquevillés dans le salon. Elle parvint à se mettre sur la pointe des pieds sur le porche pour regarder par la fenêtre avant qu'ils ne l'entendent. Évidemment, ils sautèrent sur leurs pattes, tout excités, quand ils la virent. Elle déverrouilla sa porte et éteignit le système de sécurité tout en secouant la tête et en s'exclamant :

— Hé, Mugs ! (Elle tendit le bras pour lui grattouiller les oreilles.) J'ai conscience que tu sais que c'est moi, mais bon, un chien de garde un peu plus alerte, ce serait bien !

Même si elle comprenait qu'il avait également besoin de repos, les derniers mois ayant été très excitants. Peut-être avait-elle aussi besoin de sommeil supplémentaire. Elle se rendit à la cuisine et mit en route la bouilloire, pensant qu'il n'était pas l'heure pour un café. Une fois le thé infusé, elle emporta sa tasse dehors, sur la terrasse, où elle s'assit sur le fauteuil à bascule pour profiter de sa journée.

Mugs vint immédiatement à ses côtés et se frotta la tête sur sa jambe. Elle se pencha et le prit dans ses bras. Il fallait bien ses deux membres pour ça, et elle poussa un grognement quand son poids retomba sur ses genoux. Mais il se tourna et lécha tout de suite son cou pour se blottir tout contre elle. Elle le serra contre son cœur un moment, en savourant simplement le fait de le tenir dans son étreinte, si reconnaissante de sa présence dans sa vie.

— Nous avons le temps pour ça, pas vrai ?

Mugs poussa un *wouf*, et Goliath ronronna.

Son téléphone sonna à côté d'elle. Elle déplaça alors le poids de Mugs sur son autre bras, sortit son mobile et y jeta un œil.

— Bonjour, Nick.

— Avez-vous eu des nouvelles de votre ex ?

— Non, mais de toute façon, vous m'avez dit que, même s'il essayait de me contacter, je ne devais pas lui répondre.

— Bien. Vous avez reçu le message alors.

— Quel message ?

— De ne rien avoir à faire avec lui.

— Pourquoi me rappelez-vous ? lui demanda-t-elle, confuse.

— Simplement pour vérifier. Il n'a pas du tout réagi ?

— Non, rien. Le silence total. Et donc, que se passera-t-il s'il ne répond pas ?

— C'est une bonne question, mais nous avons des moyens à notre disposition, s'il refuse de négocier. Ensuite, nous irons jusqu'au juge, si besoin.

Doreen grimaça.

— Je ne peux pas affirmer que j'ai hâte de faire quelque chose susceptible de me conduire jusqu'au tribunal, marmonna-t-elle. Il est assez intimidant comme ça.

— Non, pas vous. Vous êtes la femme qui résout les affaires classées ! Vous vous battez pour tout le monde sauf pour vous-même. Et si vous preniez votre défense, rien qu'une fois ?

Elle hoqueta.

— Ce n'est pas sympa !

— Peut-être, concéda-t-il gentiment, mais c'est vrai.

Et il raccrocha.

Elle fronça les sourcils en reposant le téléphone. Était-ce vrai ? Était-elle le genre de personne à ne pas s'occuper d'elle, mais qui, à la minute où une autre serait attaquée, irait la défendre ? Elle se rendit compte qu'il y avait beaucoup de vérité dans les mots de Nick. Elle resta assise un long moment, à réfléchir à combien elle avait changé sur certains points et bien peu sur d'autres.

— Tu sais quoi, Mugs ? Voilà que je pensais que je m'en sortais super bien, mais peut-être pas autant que je l'aurais cru.

Elle était encore en train d'y réfléchir quand elle se prépara une simple salade pour le dîner, et même plus tard, quand elle rejoignit son lit. Elle avait sorti son journal pour y jeter un œil et réalisa à quel point elle avait gagné en confiance avec toutes ces affaires et à force de traiter avec les gens.

Après être restée autant de mois dans la maison de Nan, en parvenant à payer certaines factures et en survivant plus ou moins bien – même si ce n'était pas particulièrement florissant –, au moins financièrement, elle avait réussi de justesse. Elle avait donc beaucoup pris confiance en elle… Mais elle n'avait pas gagné une tonne d'amour-propre, et c'était quelque chose dont elle ne s'était même pas rendu compte. C'était un peu déconcertant d'y songer aussi. Elle regarda Mugs, soucieuse.

— Je ne suis pas sûre de ce qu'on est censé faire avec ça, marmonna-t-elle. C'est un peu une révélation de me dire que j'ai réalisé si peu de progrès dans ce domaine.

Et tout tournait autour de son mariage avec un homme violent et manipulateur. Juste quand elle allait le sortir de son esprit, elle reçut un message de son ex. Elle lut le SMS de Mathew, confuse.

Hors de question !

Elle répondit : **Hors de question de quoi ?**

Hors de question que je te donne la moitié.

Elle restait figée devant l'écran, ayant conscience qu'il était tard et qu'elle était seule chez elle ce soir. Elle communiquait avec la personne avec qui elle était censée rester muette. Pour une raison obscure, la réaction de Mathew lui parut drôle, et elle commença à glousser puis à rire. Elle fit une capture d'écran et l'envoya à Nick, avec une excuse.

Désolée, j'avais déjà oublié.

Et quand son portable se mit à sonner, elle s'attendait à ce que ce soit lui. Mais en réalité, c'était Mack.

— Oh, que faites-vous debout si tard le soir ?

— Ce que je fais si tard le soir ? répéta-t-il en s'esclaffant. Je prenais simplement de vos nouvelles, quoi d'autre ?

— Pourquoi cela ?

— C'est mal ?

— Non.

— En plus, ajouta-t-il d'une petite voix, ce n'est pas à crier sur les toits, mais nous avons trouvé un corps.

Elle hoqueta instantanément.

— Oh non ! C'est le jardinier ?

— Nous attendons le résultat d'ADN, mais je suis déjà en mesure de vous révéler qu'il n'est pas mort ces dernières heures.

— Ah, il a donc probablement été tué peu de temps après avoir été enlevé… Ce qui signifie qu'il n'a de toute évidence pas mis tout cela en scène lui-même.

— Il faut aussi qu'on étudie cette hypothèse, que je n'ai jamais prise au sérieux cela dit. C'était votre théorie.

— Oui, bon, c'était seulement une idée ! Un brainstorming, vous savez ? Alors, comment vous obtiendrez la bonne identité ?

— J'ai quelques pistes, mais l'une d'elles sera de poser la question à Denise.

— Ouille… Comment a-t-il été tué ?

— Vous allez devoir attendre pour ça. Je me suis contenté de vous avertir au cas où Denise vous contacterait.

— D'accord. Ça va être difficile de dormir désormais…

— J'aimerais simplement savoir ce qui se cache derrière tout ça et qui l'a assassiné.

— Était-ce délibéré ou accidentel ?

— Depuis quand le meurtre est accidentel ?

— La mort, je veux dire. Par exemple, s'il fréquentait quelqu'un et qu'ils ont tenté de faire passer ça pour un enlèvement. Peut-être que quelque chose s'est mal passé et qu'il a fini raide mort. C'est seulement une hypothèse…

— Nous ne sommes toujours pas certains que ce soit lui, d'abord. Commençons par le commencement.

Ils raccrochèrent très vite après ça, et elle s'endormit, accompagnée de rêves troublés.

Quand elle se réveilla le matin suivant, elle sortit du lit lentement et, en quête de nouvelles de Mack et Mathew, vérifia si son téléphone avait des messages non lus. Entre Mathew et Denise – et désormais son oncle kidnappé potentiellement assassiné –, les choses s'envenimaient. Mais ça n'avait toujours rien à voir avec les affaires classées de Bob

Small. Y avait-il des liens entre ce dernier et le jardinier kidnappé ou n'y en avait-il absolument aucun ? Uniquement ceux qu'elle cherchait à trouver ?

Le fait que Dicky, l'oncle de Denise, et Bob Small avaient passé du temps ensemble en prison était intéressant par exemple – si Denise disait la vérité, car Doreen ne pouvait le confirmer elle-même. Cependant, était-ce un rapport suffisamment fort pour le considérer comme tel ? Des centaines de prisonniers devaient s'y trouver, et n'importe quel criminel ayant intégré le système pénitentiaire avait dû être l'un des rares de Colombie-Britannique, sauf s'il avait traversé le Canada vers d'autres centres de détention. Cela la perturbait, et elle se demandait comment connecter ces affaires quand elle reçut un coup de fil de Denise.

— Bonjour, l'accueillit Doreen.

— Salut, répondit la jeune femme, qui pleurait sans honte au téléphone. Je dois aller identifier un corps. Ils pensent qu'il s'agit de mon oncle.

— Oh non ! s'exclama Doreen. Mais ils n'en sont pas sûrs, si ?

— Non. Ils veulent que je m'y rende, vous savez, pour jeter un œil.

— Ouille… Ce doit être terrible.

— Et ils ne sont même pas certains que ce soit lui !

— Vous souhaitez que je vienne ?

Une pause se fit entendre dans ses sanglots, puis sa voix pleine d'espoir questionna :

— Cela vous ennuierait ?

— Non, répliqua Doreen en se regardant dans le miroir de la salle de bain et en se demandant ce qui n'allait pas chez elle pour avoir elle-même proposé ça. J'en serais ravie.

— Oh, Seigneur, ce serait super ! Je n'ai vraiment pas

envie d'y aller toute seule.

— Non, bien sûr que non. Ce doit être affreux. (Elle émit alors une autre proposition, sans même savoir d'où ça lui venait.) Vous voulez que je passe vous prendre ? Il semble que vous n'êtes pas assez en forme pour conduire…

— Ça devrait aller. Je vous retrouve là-bas, si ça vous convient.

— C'est très bien. Quand y serez-vous ?

— Je suppose que je devrais vous laisser prendre un café au moins.

Doreen hocha frénétiquement la tête face à la glace. Elle avait clairement besoin d'un café d'abord. Denise continua :

— Mais je préférerais me débarrasser de ça au plus vite.

Doreen ferma les yeux.

— Quand, dans ce cas ?

— Pensez-vous être en mesure de me retrouver là-bas dans, disons, quinze minutes ?

Elle rouvrit les paupières et s'observa dans le miroir.

— Bien sûr, c'est possible.

Dès qu'elle raccrocha, elle resta debout sur place, la tête penchée au-dessus du lavabo pendant un moment et murmura :

— Pourquoi ? Pourquoi tu as fait ça ?

Mais elle n'avait pas le temps de comprendre ses propres actions, tandis qu'elle enfilait ses vêtements, mettait en route le système d'alarme et s'en allait en voiture. Elle n'avait même pas pris un instant pour sortir les animaux et, pour ça, elle était vraiment désolée. Arrivée à la morgue, elle bondit de son véhicule et patienta.

Quand elle aperçut une femme qui remontait à pied de l'autre côté, elle sut qu'il s'agissait de Denise. Elle marcha jusqu'à elle, les épaules voûtées. Elle paraissait ne plus pleurer, mais être plutôt sous le choc.

— Finissons-en, déclara Doreen vivement.

Denise se contenta de hocher la tête, et, ensemble, elles marchèrent jusqu'à la porte où, comme attendu, Mack se tenait dans l'ouverture. Quand il posa les yeux sur Doreen, elle haussa les épaules.

— J'ai proposé…

Il réagit en branlant partiellement du chef et l'ignora. Puis ils assistèrent à un procédé intéressant, où le corps était montré via un écran.

Denise l'examina attentivement puis secoua la tête.

— Ce n'est pas mon oncle.

Mack la considéra avec méfiance.

— Ça n'est pas lui ?

— Non, pas du tout, confirma-t-elle avant de froncer les sourcils. Ce pourrait être son ami, mais je n'en suis pas sûre.

— Quel ami ?

Elle observa Doreen.

— Je crois que c'est son ami, Bob. Celui sur qui vous avez posé des questions.

Mack fixa Doreen, et réciproquement, puis se tourna vers Denise.

— Bob Small, de la prison d'Abbotsford ?

— Oui, celui-là même. (Elle regarda de nouveau le corps puis haussa les épaules avant de répondre :) Enfin, je crois que c'est lui, mais je ne l'ai pas vu depuis des années. Quoi qu'il en soit, ce n'est pas mon oncle, alors, c'est une bonne nouvelle, non ? s'exclama-t-elle avec un grand sourire.

— C'est une bonne nouvelle que votre oncle ne soit pas décédé, acquiesça Mack, mais ce n'en est pas une que nous ne nous soyons pas plus avancés pour le retrouver.

Denise désigna le gars sur la table.

— Vérifiez son écriture avec celle du mot. Je parie que ça concorde. Je pensais qu'ils étaient bons amis, mais vous savez quoi ? Il a sûrement essayé de faire du chantage à mon oncle.

— Ont-ils bossé ensemble ? demanda Doreen.

Denise fronça d'abord les sourcils puis haussa les épaules.

— Je l'ignore. Je ne veux même pas y réfléchir.

Mack hocha la tête et dit :

— Mais ils ont une histoire commune.

Denise se mit à rire.

— En prison, oui, c'est certain, mais avant ça ? Je ne sais vraiment pas. Mon oncle ne parlait pas de ses crimes.

— Bon, ça suffit. Merci pour votre aide, même infime. Nous allons rechercher son ADN et découvrir ce qu'il en ressort.

— D'accord.

— Merci d'être venue, déclara Mack.

— C'était une expérience, souffla Denise en posant un dernier regard sur le cadavre avant de se retourner et de partir.

Mack considéra Doreen.

— Je me demande ce qu'il se passe ici…

— Je n'en suis pas certaine, indiqua-t-elle en se retournant pour voir Denise. Je ne suis pas sûre également de la croire.

— Que voulez-vous dire ? la questionna-t-il en se tournant vers le corps désormais recouvert d'un drap.

— Je n'en ai aucune idée, je n'arrive pas à lire en elle.

— Quand elle a observé le corps, elle n'a exprimé ni chagrin ni reconnaissance.

— Non, il n'y avait rien. Mais il n'y avait pas non plus de joie.

— Ce qui signifie ?

— Ce qui signifie qu'on aurait dit comme…, commença-t-elle avant de s'interrompre. Je ne parviens pas à l'expliquer. Je n'y arrive simplement pas.

— Vous ne l'aimez pas ?

— Elle ne se sent pas concernée par tout ça. Il y a seulement un manque d'authenticité que j'ai du mal à me sortir de la tête. Et pour ce que j'en sais, c'est parce qu'elle se renferme ou qu'elle se protège. Peut-être qu'elle s'est simplement repliée à cause de toute cette peur. Je l'ignore… De toute évidence, elle ne veut pas trop en dévoiler et donner l'impression qu'elle est coupable, surtout si elle ne l'est pas.

— Intéressant, marmonna Mack. Mais désormais, nous avons un corps qu'il va nous falloir identifier.

— Oui. Un moyen de vérifier si c'est vraiment lui ?

— Denise vient d'affirmer que ce n'était pas lui.

— Je suis au courant, mais vous devriez peut-être le contrôler tout de même.

Il souleva les sourcils, pencha la tête et haussa les épaules.

— Je peux faire ça. Ce serait intéressant de comprendre pourquoi Denise n'aurait pas identifié son oncle en revanche…

Doreen regarda Mack et opina du chef.

— J'aimerais bien savoir pourquoi moi aussi.

Chapitre 22

Mercredi, fin de matinée…

Dès que Doreen rentra chez elle, elle prépara du café, ayant désespérément besoin de caféine. Son esprit était en plein chaos. Finalement, avec son café dans son mug de voyage, elle tendit le bras pour attraper la laisse pour chien, et peu après, les animaux à ses côtés, elle se rendit dehors avec ce sentiment de confusion, de fouillis et de tension qui s'enroulait autour d'elle. Une bonne promenade l'aiderait. Enfin, elle l'espérait.

Elle déambula dans les rues, ne regardant pas vraiment où ses pas l'emmenaient, luttant pour trier toutes les pensées et émotions conflictuelles qui faisaient rage dans son cerveau. De toutes les affaires qu'elle avait étudiées, celle-ci était la plus déroutante. Elle pensait que c'était à cause de Denise. Ça n'avait pas de sens, rien de tout ça n'en avait. Mack avait mentionné qu'elle avait un frère… mais, comme d'habitude, il avait reçu un autre appel et avait mis fin à leur discussion.

Pour cette unique raison, Doreen tâchait de ne pas songer à Denise, mais plutôt de considérer l'enquête dans son ensemble, d'une perspective complètement différente. Alors qu'elle se baladait ici et là, elle se retrouva au bout de

Mission Creek, sur le chemin qui longeait les collines. Quand son téléphone sonna, elle fut surprise de voir qu'il s'agissait de son ex. Elle répondit.

— Je ne suis pas censée te parler, lui cracha-t-elle sans préambule.

Il ricana.

— Tu n'as jamais été très douée pour écouter.

Elle fronça les sourcils.

— Tu as une raison de m'appeler ?

— Si je t'appelle, c'est que c'est le cas, non ?

Elle détestait ce ton dans sa voix…

— Alors, parle ! rétorqua-t-elle sèchement.

— Je croyais que tu n'étais pas autorisée à communiquer avec moi ?

Elle se pinça l'arête du nez et posa un regard furieux sur son portable, car, bien sûr, elle n'était pas supposée discuter avec lui. Pour commencer, elle n'aurait pas dû décrocher et, désormais, elle se remémorait quel crétin il pouvait être. Rien qu'un petit quelque chose dans sa voix suggérait qu'il était au courant d'un truc qu'elle ignorait et qu'il aurait toujours une longueur d'avance sur elle, car elle était simplement trop stupide pour comprendre.

— Je raccroche dans trois secondes si tu ne commences pas à parler.

— Attends, lui intima-t-il avec un premier signe alarmé dans le timbre.

— Que j'attende quoi ?

— Je crois qu'il faut que tu reconsidères le document.

— Je n'ai aucun document ici devant moi, alors, de quoi tu parles ?

— Les papiers du divorce, précisa-t-il d'une voix devenue plus maussade. Hors de question que tu obtiennes autant.

— Bon, écoute. Si dans toute cette histoire, tu ne m'avais pas trompée, je n'en serais pas venue à ça.

— Hé, je ne t'ai pas trompée ! C'était ton avocate ! C'est toi l'idiote qui l'a fait entrer dans cette histoire !

— J'ai dû l'engager, car tu en avais engagé un !

— Oui, mais c'était l'avocat de la famille, argua-t-il d'un ton se voulant persuasif. Tu aurais pu laisser les choses telles quelles.

Doreen se mit à rire.

— Vraiment ? C'est ce que tu penses ? Personnellement, je crois que mon avocat n'aurait pas pu être pire. Mais ensuite, bien sûr, tu as couché avec elle afin de la rapprocher de ton côté.

— Je n'ai pas eu à coucher avec elle. Cette femme était une psychopathe.

— Je ne suis pas certaine que tu sois mieux, lâcha-t-elle gaiement.

— Tu ne le penses pas, répondit-il d'un air blessé.

Elle fronça les sourcils puis secoua la tête, s'avertissant de ne pas tomber dans le panneau. Mais considérant qu'elle avait déjà commis cette erreur, elle reprit :

— Exprime-toi, si tu en as l'intention.

— Je souhaite simplement que tu reconsidères les choses, déclara-t-il en tentant d'adopter un ton convaincant. Nous avons passé beaucoup de bon temps ensemble…

— Qu'est-ce que ça a à voir avec le divorce ? Tu m'as trompée. Tu m'as virée de la maison et tu as incité mon avocate à me berner également. Alors, dans tout ça, à quel moment ai-je un devoir de loyauté envers toi ?

La voix de Mathew s'assombrit et devint menaçante :

— Tu ferais mieux, ou tu le regretteras. Tu n'as pas fini

d'entendre parler de moi.

Et il raccrocha.

Sachant qu'elle aurait des ennuis à cause de ça, elle envoya rapidement un message à Nick, expliquant que Mathew avait appelé et lui racontant l'idée générale de la conversation.

Et pourquoi avez-vous répondu ?
La vérité ? Par habitude.

Son téléphone se mit alors à sonner, et, tandis qu'elle flânait sur le sentier, elle aperçut le tronc d'un bel arbre tombé devant elle. Elle s'y percha avant de répondre.

— J'ai conscience que je n'étais pas censée le faire et j'ai vraiment essayé de le laisser s'exprimer. Tout ce qu'il a dit, c'est qu'il voulait que je reconsidère le document et que je ne mérite pas la moitié. Mais à la fin, ça sonnait plutôt comme une menace.

— Quel genre de menace ?

— Quelque chose comme le fait que je le regretterai.

— Oui, c'est une menace, confirma Nick tout en écrivant apparemment puisqu'elle l'entendait gratter le papier.

— Vous prenez des notes ?

— Bien sûr ! C'est une information très puissante à transmettre au juge.

— Oh… Vous savez ce que je pense du tribunal et du juge…

— Peu importe ce que vous en pensez, vous avez encore tout le processus à suivre.

— Je pourrais simplement renoncer…

— Vous pourriez, et vous pourriez retourner vivre dans la rue et n'avoir rien à manger aussi. C'est vraiment comme ça que vous voulez mener votre existence ? Ce n'est pas de l'argent que vous lui volez, c'est l'argent qu'il vous vole ! Si vous voyez ça de cette perspective, ça rend les choses bien plus faciles.

— Mais il est carrément effrayant…

— Et pourtant, vous êtes allée dîner avec lui, dit-il sans rancœur ni jugement de la voix, avec uniquement de la curiosité.

— J'essayais d'aider Mack.

Il se tut puis finit par ajouter :

— Oh ! ça explique tout…

— Ça explique quoi ?

— Rien, éluda-t-il tout bas d'une voix plus enjouée.

Cela fit froncer les sourcils de Doreen.

— N'en déduisez rien de plus !

— Je m'en abstiendrai, déclara-t-il dans un gargouillis de rire.

Elle plissa davantage ses yeux.

— Pourquoi est-ce que tout le monde imagine qu'il y a plus que ce qu'il se passe vraiment ?

— Parce que c'est le cas. Vous mettez simplement du temps à vous en rendre compte.

— Je ne suis pas stupide en réalité, vous en êtes conscient ?

— Absolument, et je ne me permettrais pas de le penser. Je ne suis pas ce genre de personne, et vous avez démontré que vous étiez très intelligente. Songez à toutes ces affaires considérées comme classées sans suite que vous avez résolues !

Dès qu'ils raccrochèrent, elle quitta le tronc et se remit debout. Sentant la tension augmenter en elle, elle descendit en trottant les marches en rondins, les animaux à ses côtés. Elle retourna en courant dans la zone de l'Écocentre puis emprunta le sentier sur huit cents mètres. Là-bas, il y avait un autre escalier qu'elle grimpa. Déambulant sans but, l'esprit encore confus, elle se retrouva sur une route déserte, entourée de vergers et de maisons de campagne.

Elle sourit en savourant la vue des pommes et des poires sur les arbres qui longeaient la route.

— C'est ça qui est merveilleux à Kelowna, dit-elle à voix haute aux animaux. On a de beaux arbres fruitiers. La température est vraiment extra pour les cultiver.

Il y avait tellement de bonnes choses dans cette ville, à commencer par sa nouvelle vie. Elle resta debout, immobile, à admirer minutieusement la campagne. Elle profita de la vue derrière elle, puis s'arrêta un moment pour contempler la cité exposée devant elle. Entendant le bruit d'un véhicule, elle marcha jusqu'à la route puis s'en écarta lorsqu'il arriva soudainement.

Une voiture passa rapidement et, avec surprise, elle la reconnut de son récent voyage jusqu'à la morgue. C'était Denise ! Le front plissé, Doreen se demanda ce qu'elle fichait par ici. Elle suivit le même itinéraire que celle-ci avait emprunté, peu certaine de l'endroit où elle se situait à ce stade. Elle avait également peur de se laisser entraîner trop loin ou vers un chemin trop long pour retourner à la maison.

Mais tout à coup, elle se sentit automatiquement bien en sachant que, si elle appelait Mack à l'aide, il viendrait la récupérer. Cependant, se perdre n'était pas l'idée la plus judicieuse, et il y avait un tas d'endroits en ville qui, si on n'était pas véhiculé, se trouvaient à bonne distance…

Chapitre 23

OREEN ET SES animaux avaient déjà parcouru une bonne distance. Elle n'avait apporté ni nourriture, ni eau, ni friandises pour eux. Elle secoua la tête, car elle aurait dû s'en douter. Cependant, elle se demandait si ce serait une bonne idée de prendre une pomme de l'un des arbres derrière elle... Alors qu'elle observait, elle vit que l'une d'elles était tombée au sol. Elle la ramassa, l'examina et mordit dedans. Elle se mit à rire.

— C'est incroyable !

Elle s'interrogea sur la présence de Denise dans le coin, mais elle ne savait même pas où elle vivait ni qui étaient ses amis ou sa famille. Ça n'avait aucun sens de la croiser ici, et ce devait simplement être une drôle de coïncidence. Mais alors, elle entendit la voix de Mack à l'intérieur de son crâne, qui ricanait à son idée. « Au sein de la police, on n'aime pas les coïncidences », avait-il pour habitude de lui marmonner.

Elle haussa les épaules tout en mâchant bruyamment sa pomme, puis marcha dans la direction où avait disparu la voiture de Denise. Aucun signe de celle-ci devant elle, qui avait dû être l'unique véhicule sur cette voie depuis qu'elle y marchait. Ou peut-être était-ce une simple route de campagne avec peu de trafic. Ce n'était pas effrayant, et rien ne la rendait nerveuse, même quand l'application GPS de son téléphone ne fonctionnait pas et l'informait qu'elle ne disposait d'aucune connexion Internet dans le secteur. *Ce sont probablement les arbres qui bloquent le signal.*

Malgré tout, elle avait quelques barres de réseau. Elle pourrait donc appeler quelqu'un – Mack – au besoin.

Le soleil brillait haut dans le ciel ; celui-ci était bleu, et c'était une belle journée. Et la promenade avait vraiment eu pour effet de réduire la tension qu'elle ressentait. Comme elle continuait d'avancer, elle regarda les belles et grandes fermes, excepté celles qui ressemblaient à des domaines. De toute évidence, elles représentaient un paquet d'argent. Elles offraient de grandes superficies, et la plupart possédaient des arbres fruitiers.

Marchant davantage, elle aperçut un peu plus de maisons en ruine, de vieilles bâtisses qui, apparemment, n'avaient pas été démolies ni reconstruites, au contraire des précédentes qu'elle venait de dépasser. Elle crut distinguer la voiture de Denise devant elle, garée devant l'une de ces maisons, alors elle en prit note et se rapprocha.

Tandis qu'elle était près du véhicule, elle vit quelqu'un monter dedans et descendre rapidement l'allée, avant de prendre la route principale devant elle. C'était un homme qu'elle ne reconnut pas. Mais il paraissait énervé. Elle envoya un message à Mack, lui demandant si Denise vivait seule. Il l'appela quelques instants plus tard.

— Pourquoi ?

— Je ne suis pas certaine que ce soit elle, mais je me dirige vers le haut de la colline, derrière l'Écocentre. Je ne fais que me balader… Actuellement, je me trouve là où il y a des vergers. Je pourrais avoir besoin d'être secourue plus tard également, marmonna-t-elle, mais la raison pour laquelle je pose cette question, c'est que je pense qu'elle est passée devant moi en voiture. Je veux dire, c'était assez difficile de la distinguer, mais j'ai reconnu le véhicule.

— D'accord, et ?

— Je viens de la voir à l'instant garée par ici, devant l'une des maisons, et ensuite, elle a redescendu l'allée et est partie. C'est un gars qui conduisait, et je ne l'ai pas identifié.

— Alors maintenant, vous enquêtez sur elle ? la questionna-t-il avec humour.

— Non, mais ce mec pourrait être le frère que vous avez mentionné plus tôt, mais vous n'avez jamais montré de photo de lui. Peut-être que si vous partagiez plus avec moi, je serais plus encline à en faire de même, cracha-t-elle tout net.

Mack soupira lourdement.

— Je suis simplement dehors, en balade, pour me vider la tête. C'était difficile pour moi de rester à la maison, et je voulais seulement sortir.

— J'espère que vous avez d'abord pris un petit-déjeuner.

— Non, admit-elle. C'est pourquoi je pourrais avoir besoin qu'on me vienne en aide plus tard.

— Vous le savez bien pourtant, la réprimanda-t-il.

— Oui, mais comme j'ai expliqué, je souhaitais simplement sortir.

— Vous avez vécu des jours assez bouleversants, marmonna-t-il, donc je comprends.

— Et pourquoi ne pas dire des mois assez bouleversants ? répondit-elle en retour. En plus, mon ex a appelé, ensuite j'ai appelé Nick et alors… (Elle cessa de parler puis fit un geste de la main.) Bref, est-ce que Denise vit seule ?

— Je ne sais même pas si on lui a posé la question…

— Qui d'autre serait susceptible de la fréquenter ? Vous

avez une adresse ? Savez-vous même où elle vit ?

— Vous pensez que quelque chose cloche ?

— Ça me paraît louche, mais là encore, je n'ai pas de raisons de m'interroger là-dessus.

— Mais vous avez l'impression de ne pas pouvoir vous en empêcher ?

— Ça me paraît simplement louche, éluda-t-elle en haussant les épaules. (Elle remonta l'allée puis s'arrêta.) Vous voyez ? Je me trouve dans l'allée, mais je ne ressens même pas l'envie de passer mon chemin.

— N'osez même pas vous rendre là-bas ! l'avertit-il.

— Et pourquoi pas ? Je veux dire, je suis seulement dehors, dans le quartier, et je l'ai vue. Enfin, je crois… Pourquoi n'aurais-je pas le droit de m'arrêter et faire coucou ?

— Parce que ce n'est pas comme ça que ça marche.

— Mais ça pourrait. Sincèrement, si c'était quelqu'un d'autre, vous, Nan, votre mère ou Nick, ne pourrais-je pas le faire ?

— Bien sûr, mais ce n'est pas comme si vous connaissiez bien Denise.

— Peut-être, mais en même temps, elle m'a invitée à aller au poste de police et à la morgue avec elle… Attendez, vous savez quoi ? Le gars qui vient de passer en voiture ressemblait un peu à celui de la morgue.

— Quoi ?

Doreen hocha la tête.

— J'ai conscience que ça n'a pas de sens. Tout ce que je suis en mesure d'affirmer, c'est que c'est ce que je pense.

— Non, vous avez raison, ça n'a pas de sens. Où êtes-vous en ce moment, exactement ?

— Je n'en suis pas sûre, grommela-t-elle. Il n'y a aucun

panneau ici.

— J'ai une carte de Kelowna devant moi. Donc par où êtes-vous partie ?

Elle indiqua les bâtiments devant lesquelles elle était passée pendant sa balade.

— Mais j'ignore complètement où j'ai précisément atterri. Je sais simplement qu'il y a beaucoup d'arbres fruitiers et de grandes maisons dans le coin.

— On dirait l'est de Kelowna… Vous êtes probablement au-dessus du ravin, avec les vieux escaliers.

— J'ai en effet emprunté quelques marches, oui, marmonna-t-elle.

— Pas mal de lieux se situent en hauteur dans le sud-est de Kelowna.

— Depuis quand le sud-est est devenu l'est de Kelowna ? Est-ce que ça signifie qu'il y a la Kelowna du Nord et la Kelowna du Sud ?

— Oui, confirma-t-il sérieusement. Absolument. Si vous souhaitez vérifier comment a été réalisée la séparation, regardez sur le site immobilier de la zone, et ça vous ouvrira une carte où tout est démoli.

— Oh, je n'y avais jamais songé ! (Elle scruta autour d'elle.) Je ne vois aucun numéro de maison non plus.

— Ah bon ? Alors, vous avez besoin qu'on vous ramène ? Vous êtes assez loin de chez vous.

— Je viens de penser que je pourrais demander à Denise, déclara-t-elle en se tournant pour regarder la maison. Sauf que je crois que sa voiture vient de partir.

— Mais vous avez dit que c'était un homme qui conduisait, non ?

— Oui, même si je ne l'ai pas vraiment reconnu. Il m'a simplement paru familier. Familier comme le corps à la morgue. Écoutez, avez-vous déjà pensé que Denise et ce mec se ressemblaient un peu ?

— Oui, et c'est l'une des raisons pour lesquelles on a cru qu'il pouvait être son oncle. Mais ce n'était pas le cas, si ?

— Avez-vous eu le retour du test ADN ?

— On recherche d'abord les empreintes, car nous avons les empreintes et l'ADN de tous ceux qui ont déjà été confrontés au système pénal. C'est simplement que l'ADN peut prendre plus de temps.

— S'il est dans la base de données, s'il a un casier judiciaire, on le retrouvera assez vite alors.

— Mais tout est plus long que prévu initialement, l'avertit-il.

— Je suis au courant.

— Continuez de marcher jusque chez vous et, si vous êtes trop fatiguée, hurlez, et je viendrai vous chercher.

— Oh ! je marche très bien, je me dirige vers la voie.

Et là-dessus, elle raccrocha. Les animaux avançaient dans son sillage, parfaitement contents de se balader et de renifler le parfum des fleurs et des fruits tombés. Ils étaient tous en train de savourer leur promenade.

— On n'avait pas marché aussi longtemps depuis une éternité, marmonna-t-elle.

Elle n'était même pas certaine d'avoir déjà marché autant. Elle avait conscience, au fond d'elle, qu'ils se trouvaient bien trop loin, mais elle n'était pas sûre de savoir comment rentrer chez elle à ce stade, si elle voulait être honnête. Elle serait avisée de revenir sur ses pas, mais il y avait une chance pour qu'elle manque l'embranchement vers les escaliers. Elle se sentit comme obligée de poursuivre même si elle ignorait où ça la mènerait.

— Tu crois que ça ira, Mugs ?

Il lui répondit d'un *wouf.* Elle hocha la tête.

— Oui, moi aussi.

Et ils continuèrent d'avancer jusqu'à la maison. Elle l'étudia, car ce n'était pas l'un de ces grands et beaux manoirs où les gens y avaient passé leur temps et mis tous leurs efforts pour l'entretenir. Comme sa propre demeure, celle-ci avait besoin de réparations. Elle grimpa les marches de devant et frappa à la porte.

Quand une jeune femme l'ouvrit, elle la regarda fixement.

— Salut ! lâcha Doreen.

La personne devant elle n'était pas Denise, et ça, c'était décevant, mais aussi rassurant.

Elle hocha la tête en réponse.

— Salut, que puis-je faire pour vous ?

— En réalité, vous pourriez m'indiquer où je me trouve ? Ça fait un bon bout de temps que je marche, et j'ai réussi à me perdre.

La jeune femme sourit.

— Vous êtes sur la route du sud de Kelowna. Je ne sais pas où vous essayez d'aller, mais la plupart des gens n'aiment pas trop marcher dans le coin. Mais si vous devez continuer et que vous souhaitez retourner en ville, allez par là, expliqua-t-elle en désignant la direction tout en parlant.

— C'est de là que je viens. J'ai rencontré quelques marches en haut d'une colline, j'ai continué, et maintenant, je suis un peu perdue, lui raconta Doreen en souriant. Merci. J'avais pensé que, si quelqu'un vivait là, je serais en mesure de demander mon chemin, donc j'apprécie vraiment.

— Pas de problème, répondit chaleureusement la femme.

Doreen recula, sans trop savoir quoi ajouter. Et la porte

se referma devant elle. Sans aucun autre recours, elle suivit la voie qui revenait à la route. Quand elle y arriva, elle appela Mack.

— Apparemment, je suis sur la route du sud de Kelowna. Je viens de demander mon chemin, et elle m'a dit de retourner de là où je venais.

— Donc c'était Denise ?

— Non, répliqua pensivement Doreen. Et là encore, j'ai remarqué quelques similitudes chez cette autre femme, mais ce serait vraiment difficile à confirmer, à moins de voir les deux ensemble. Peut-être qu'elle n'est qu'une amie.

— Une comparaison que vous ne pouvez pas effectuer, lui rappela-t-il, puisque Denise n'est pas là.

— Pas à ma connaissance, admit-elle avant de hausser les épaules. Je ne sais pas. Tout ça est si bizarre. (Elle se retourna pour observer de nouveau la maison, toujours au téléphone avec Mack.) Un homme est dehors, sur le porche, il me regarde.

— Combien de fois par jour une personne marche sur une route de campagne comme celle-là avec une ménagerie et demande son chemin, car elle s'est perdue ? Kelowna n'est pas si grande.

— Elle est assez grande à pied ! marmonna-t-elle.

Juste au moment où elle considérait encore une fois la bâtisse, elle vit la femme qui lui avait ouvert la porte plus tôt sortir sur le côté comme si elle se rendait à l'avant, puis dire quelque chose à l'homme qui se trouvait maintenant dans le jardin de devant. Ce dernier se tourna ensuite immédiatement et se précipita autour de la demeure.

— Voilà qui devient intéressant, souffla Doreen.

— Oh non ! s'exclama Mack. Qu'est-ce qui est intéressant ? (Elle lui raconta alors ce à quoi elle venait d'assister.)

Une idée de qui est cet homme ?

— Non, je me trouve un peu trop loin. Mais la femme semble être la même que celle qui m'a indiqué les directions.

— Bien. Maintenant, restez loin d'eux. Ce sont des inconnus, ne l'oubliez pas.

— J'ai pigé.

Mais même en disant cela, Doreen étudia la zone autour d'elle, en se demandant si elle avait la possibilité de faire le tour pour découvrir ce qu'il se passait dans cette maison, d'un autre point de vue.

— N'oubliez pas, propriété privée ! l'avertit Mack. Nous avons des lois pour ça.

— Oui, mais s'ils ont pris part au kidnapping ?

— Qu'est-ce qui vous a amenée à avoir cette idée ? Jusqu'à présent, tout ce que vous avez raconté, c'est que vous avez remonté l'allée d'inconnus pour leur demander votre chemin. Bon sang, qu'est-ce qui vous pousse à croire qu'ils ont quoi que ce soit à voir avec le kidnapping ?

— Je ne sais pas… l'instinct ?

— Ça n'est pas suffisant dans ce cas, l'alerta-t-il encore. Je ne suis pas en mesure d'obtenir un mandat sur la base d'un tel élément…

— Je sais, tant pis. Laissez-moi y réfléchir…

— Non, vous n'avez pas besoin d'y réfléchir. Vous devriez rentrer chez vous ou au moins revenir sur vos pas afin de déterminer où vous vous trouvez. Vous êtes perdue, vous avez oublié ?

— Pas nécessairement perdue. Je me trouve à Kelowna.

Mack grogna.

— Est-ce que je vais devoir venir vous chercher ?

— Vous pouvez si vous le souhaitez. Mes pieds me font un peu mal, mais c'est ma faute, alors je vais assumer.

Elle raccrocha et continua de descendre de quelques pas. Elle se tourna pour voir que la femme à qui elle avait parlé se trouvait au milieu de l'allée et suivait sa progression. Doreen pivota et poursuivit ; au moins, elle empruntait la direction qu'on lui avait indiquée, mais quand même, c'était plutôt bizarre... Comme si cette dame s'assurait qu'elle s'en allait. Et rien que ça, c'était tout aussi étrange.

Au coin, un peu plus loin et hors de vue, Doreen se retourna de nouveau pour s'assurer qu'elle n'était pas suivie, et, quand elle se rendit compte qu'elle était libre et débarrassée d'eux, elle coupa à travers les pommiers en haut du côté de la propriété – ou de celle du voisin, possiblement. Elle n'était même pas certaine de savoir qui était le propriétaire du terrain où elle se trouvait. Les plantations d'arbres semblaient se prolonger d'un endroit à l'autre. Elle ne parvenait à distinguer aucune division de la terre, donc elle ignorait si c'était un seul et grand verger ou si quelqu'un ne s'était tout bonnement pas embêté à clôturer chaque parcelle individuellement.

Elle vit un cerf au loin et se dit que ce devait être un bonheur de vivre dans un endroit comme celui-là. Elle ne s'était encore jamais retrouvée devant une telle bête depuis qu'elle avait emménagé à Kelowna. Et ça ne l'aurait pas dérangée si elle en avait eu l'occasion, car elle aimait les animaux. Elle n'était pas certaine d'avoir l'expérience requise, car un tas de gens prétendaient que certains cerfs étaient assez agressifs. Cela lui paraissait étrange, mais elle n'en avait jamais fait l'expérience, alors, qu'en savait-elle ?

Avant de remonter parmi les arbres, en gardant toujours un œil méfiant sur ce qui l'entourait, elle vit la maison en question pile devant elle, légèrement en contrebas. Apparemment, elle avait grimpé sur une colline sans s'en rendre compte, bien que ce ne soit pas très haut. C'était juste assez pour lui permettre de prendre un peu de hauteur afin de regarder en dessous. Apercevant une zone surélevée sur le côté, elle changea de direction et monta ce qui ressemblait davantage à une butte, dotée de plus d'arbres, sur un plateau au-dessus d'elle. Elle opina du chef en signe d'approbation.

— Ils ont fait bon usage de cet espace.

C'était effectivement le cas, et c'était incroyable de constater à quel point les habitants d'origine avaient pris l'initiative de planter ces arbres. Mais elle appréciait sincèrement l'usage de toute la surface. Comme elle jetait un nouveau coup d'œil en bas vers la demeure, elle secoua la tête, car juste devant elle, elle vit plusieurs personnes en train de se disputer. Elle s'accroupit, Mugs et Goliath tout près d'elle. Le perroquet dormait depuis plusieurs minutes, blotti contre son cou, mais dès qu'elle cessa de bouger pour s'asseoir, il se redressa et s'écria : « Thaddeus est là ! Thaddeus est là ! »

Elle lui intima immédiatement de se taire.

— Nous sommes en mission ! Ne trahissons pas notre présence.

Il la regarda fixement de ses yeux grands ouverts, battit des ailes, mais demeura silencieux. En réalité, il se pelotonna de nouveau contre son cou et s'assoupit. Elle s'en inquiéta un moment, puis elle se dit que tout cet air frais avait probablement dû produire un grand effet sur elle comme sur ses compagnons. Immédiatement, Goliath s'étendit sous elle, semblant prêt pour une bonne sieste également. Elle sourit à Mugs.

— On n'avait pas fait une randonnée de ce genre depuis longtemps, n'est-ce pas ?

Il lui répondit sans bruit, puis se blottit contre elle et

s'étira pour piquer lui aussi un roupillon.

— OK, alors, je suppose que cette pause était vraiment nécessaire, grommela-t-elle.

Avec le soleil au-dessus d'eux, c'était vraiment plaisant. Effectivement, elle violait une propriété, mais elle n'allait pas s'appesantir là-dessus. Et elle n'avait aucune raison de croire que quelque chose de très mauvais se passait en contrebas. Toutefois, quand elle avait vu le gars disparaître plus tôt au coin de la maison, cela l'avait rendue immédiatement suspicieuse, mais apparemment, c'était dans sa nature.

Juste quand elle était sur le point de se détendre et de fermer les yeux pour s'accorder elle aussi un peu de repos, elle entendit un gros bruit puis quelqu'un crier. Elle observa la propriété, se disant qu'elle aurait aimé être plus proche, mais avec tous ces gens dans les parages, c'était difficile. Elle regarda l'homme qu'elle avait vu plus tôt en frapper un autre. La bagarre se poursuivit, et personne ne semblait vouloir y mettre un terme. Elle se pencha en avant, à la recherche d'un endroit où elle pourrait disposer d'un meilleur point de vue.

Lorsqu'elle en repéra un, elle se leva et, en traînant les animaux avec elle, se faufila rapidement un peu plus près. Les cris continuaient, mais désormais, c'étaient plutôt des plaintes de douleur. Elle sortit et tendit son téléphone pour essayer de prendre une vidéo, ce qui était compliqué, car ils se trouvaient encore trop loin. Elle ignorait aussi qui était impliqué et, bien sûr, elle n'avait aucun droit d'être ici… mais ça ne l'arrêterait pas.

Quelqu'un était en train de faire du mal à une autre personne, et Doreen ne savait pas si elle devait intervenir ou pas. Mack, sans doute aucun, dirait non – ou certainement quelque chose de plus convaincant –, mais elle ne l'avait jamais écouté. Bien que la voix de la raison soit en train de lui souffler que ce serait une bonne occasion de commencer. Finalement, du haut de son poste d'observation, n'ayant pas tiré profit de tout le chaos qui se déroulait au-dessous d'elle pour s'éclipser, elle étudia les protagonistes. Comme elle s'y attendait, il s'agissait de Denise, qui se tenait à côté de la bagarre, une main sur la bouche pendant qu'elle regardait. Doreen ne parvenait pas à identifier les deux hommes impliqués, mais l'un d'eux était sans aucun doute son oncle.

Celui qui était censé avoir été kidnappé.

Tandis qu'elle espionnait, tout à coup, l'un des types, semblant fatigué, fit quelques pas en arrière avant de reculer encore, comme pour prendre de la distance.

— Tu n'es pas fichu de bien faire quelque chose, rugit-il à l'autre homme. C'était pourtant simple de disparaître un moment et de veiller à ce qu'ils ne te trouvent pas. Tu sais ? Comme s'en aller et mener une nouvelle vie, ailleurs. Au lieu de ça, tu as tué ton frère et tu l'as envoyé sur une table d'autopsie de la morgue !

Le gars à terre prononça quelque chose, mais Doreen ne parvint pas à distinguer quoi que ce soit ; elle espérait seulement que c'était enregistré sur son téléphone et que Mack serait en mesure d'amplifier le son d'une manière ou d'une autre. Elle lui envoya rapidement un message pour lui expliquer ce qu'il était en train de se passer, l'informant qu'il se pourrait bien que l'oncle soit ici. Le SMS à peine parti, la conversation du dessous devint encore plus houleuse.

— Ce n'est pas moi qui l'ai tué ! rugit le supposé oncle. C'est toi !

— Je ne l'ai pas tué, répliqua celui qui l'avait tabassé. C'est toi ! Toi et ton stupide plan !

— C'était mon frère ! gémit-il.

— Super, tellement dommage que tu n'en aies rien eu à

faire de lui.

Les deux hommes se contentèrent de se dévisager avec colère, mais la session de coups de poing semblait terminée pour le moment. Doreen n'avait jamais vraiment compris comment une personne pouvait en frapper une autre au sol, et comment, tout à coup, la rixe s'interrompait. Pourquoi le mec au sol ne se levait-il pas tout simplement pour riposter ?

Peut-être qu'il prendrait de nouveaux coups puisqu'il n'était clairement pas en mesure de se défendre. Elle regarda le type qui avait entamé la bagarre rentrer comme une tornade dans la maison et claquer la porte. Denise marcha jusqu'à celui au sol et lui demanda :

— Tu es content maintenant ?

Il galéra pour se remettre debout et lui lança un regard noir.

— Ce n'est pas ma faute, riposta-t-il.

— J'ai dû aller à la morgue, dit-elle sèchement. Et j'ai prétendu que j'ignorais qui c'était !

— Super, rugit-il. Tu ne le connaissais pas. Ce n'est pas parce que c'était mon frère que tu le connaissais !

— Mais il te ressemblait suffisamment pour que je sois sûre qu'ils mettraient très peu de temps à découvrir qui il est.

— Mais je ne l'ai pas tué, répliqua-t-il.

— Non, mais lequel de tes potes l'a fait ? Il est allé en prison pour toi, tu avais une dette envers lui.

Il la considéra puis haussa les épaules.

— C'est la vie. Ça te pourrit de l'intérieur et ça te plonge dans une vie d'escroc.

— Tu n'as pas à être un escroc ! s'exclama-t-elle. Tu peux être qui tu veux !

— Pas si je me fais choper. Mon existence est totalement différente maintenant. Je ne vais pas retourner à cette vie-là.

— Jusqu'à ce que tu sois attrapé, l'avertit-elle avant de se tourner et de se diriger vers la maison, dans laquelle elle entra.

Abasourdie, Doreen ne put que rester assise là, sous le choc, tandis qu'elle essayait d'assembler les nouvelles pièces du puzzle. Quand son téléphone sonna, elle répondit rapidement pour être certaine qu'on n'entende pas la sonnerie.

— De quoi parlez-vous ? la questionna Mack. J'ai reçu ce message, mais la moitié est peu claire.

— Oui, pas étonnant. Attendez. Je vous envoie quelque chose. Enfin, je vais essayer, car la connexion Internet n'est pas stable.

La vidéo arrêtée, elle l'envoya rapidement à Mack. **Regardez ça tout de suite.**

Elle patienta quelques minutes, en se demandant si quoi que ce soit d'autre était susceptible d'arriver dans la demeure tout en souhaitant que non, quand son portable sonna de nouveau.

— Où êtes-vous ? l'interrogea-t-il, cette fois d'un ton sérieux et brusque. Et ne me mentez pas !

— Je suis à côté de la maison, mais là encore, j'ignore où je me trouve exactement. (Il jura à l'autre bout du fil, ce qui raidit le dos de Doreen.) Pas besoin d'utiliser ce langage, dit-elle sèchement.

— Ne commencez pas. Vous êtes en danger. Ils ont déjà tué quelqu'un, et voilà que vous avez dans les mains la preuve qui peut les envoyer en tôle. Et vous ne savez même pas où vous êtes ?

— Non, répondit-elle tristement. Je ne sais vraiment pas. Je n'arrive pas à faire fonctionner mon GPS par ici, avec tous les vergers.

— Vous auriez pu vérifier la carte avant de pénétrer dans

cette zone. Y avez-vous seulement pensé ? Vous ne semblez même pas réaliser à quel point votre vie est en danger, la gronda-t-il rageusement. Que se passera-t-il la prochaine fois si je ne suis pas disponible, si je ne suis pas en mesure de répondre au téléphone ?!

— Je suis cachée dans les arbres.

Juste à cet instant, elle entendit une branche se briser derrière elle. Elle s'immobilisa puis se retourna, pensant avoir aperçu quelqu'un qui marchait derrière un arbre. Elle chuchota dans le portable :

— Mack, il y a quelqu'un derrière moi, je crois… Ou avec de la chance, c'est seulement un cerf.

— Bordel ! s'écria-t-il, colérique. Restez sagement accroupie et essayez de ne pas vous montrer.

— Ça ne sera pas fort utile, précisa-t-elle en étudiant le petit espace. Si quelqu'un parvient jusqu'à cette butte, je suis plutôt bien exposée.

— Alors, pourquoi avoir choisi cet endroit en particulier ?

— Car ça me permettait de voir ce qu'il se passait en dessous.

— Vous est-il venu à l'esprit, depuis le début, que vous n'étiez peut-être pas seule ?

Elle y réfléchit et secoua la tête.

— Non, mais je suppose qu'il est possible qu'on m'ait suivie.

— Il faut vous accroupir et le rester. Je suis en chemin. Contentez-vous de rester en vie. Vous n'avez pas idée à quel point ça peut devenir dangereux.

Et il raccrocha.

Le truc, c'était qu'elle ne savait pas exactement à quel point c'était susceptible de devenir dangereux. Et une fois de plus, elle se trouvait en plein milieu.

Chapitre 24

En gardant un œil sur l'arbre – celui derrière lequel elle avait cru voir quelqu'un se glisser –, Doreen s'en alla et remonta la colline dans la direction opposée. Les animaux étaient près d'elle, et elle ne savait même pas comment ils sentaient qu'ils avaient des ennuis, si ce n'était en reconnaissant les mouvements qu'elle effectuait. Goliath ne s'éloignait jamais plus de trente centimètres d'elle, il ne s'était pas mis à détaler comme il le faisait souvent. Et Mugs, au lieu de grogner ou de sauter dans les feuilles, marchait calmement à côté d'elle, les oreilles constamment dressées tandis qu'il scrutait autour d'eux. Après avoir progressé de trois mètres, de six, de dix puis encore de dix, elle parvint à se remettre debout. Dès qu'elle fut en mesure de s'approcher du bord, elle s'accroupit au sommet et étudia l'étendue sous ses pieds.

Les arbres où elle avait cru voir quelqu'un se trouvaient légèrement sur le côté, et il était difficile de distinguer si un individu pouvait encore s'y cacher ou pas. Peut-être qu'il avait également saisi l'opportunité de disparaître, comme elle. Regardant autour d'elle, elle découvrit qu'elle était dans un verger. Ces satanés trucs semblaient n'avoir aucune fin désormais. Mais sans autre option que celle de fuir la maison et quiconque aurait réussi à la suivre, elle continua de marcher encore et encore jusqu'en haut de la colline.

Elle ignorait si Mack serait capable de pister le signal de son téléphone portable ni même si c'était quelque chose qu'elle souhaitait parce que franchement… c'était un acte plutôt intrusif ! En même temps, s'il pouvait la ramener saine et sauve chez elle, dans ce cas… elle serait totalement pour.

Arrivée au sommet et se déplaçant parmi les arbres, elle poursuivit sa route en zigzaguant tout du long pour tenter d'embrouiller toute personne qui aurait pu la suivre. Comme elle avançait de plus en plus loin sur les hectares bordés d'arbres, elle tentait de se raisonner :

— Les propriétaires ont certainement accès à ces vergers. Il doit y avoir des routes quelque part par ici…

Elle n'était pas en mesure de garantir que les chemins ne menaient pas de nouveau à la maison qu'elle essayait d'éviter. Mack avait raison sur ce point, si quelqu'un savait qu'elle avait entendu la conversation ou qu'elle possédait la copie d'un enregistrement, elle aurait des ennuis. Mais c'était le dernier de ses soucis, en tenant compte du fait que tant de choses se déroulaient en ce moment… Et la pire de toutes était qu'elle s'était bel et bien égarée.

Elle se trouvait cependant toujours parmi la civilisation, donc une solution à son problème devait exister là, quelque part. Elle devait simplement trouver la sortie. Et si cela n'arrivait pas prochainement, elle pourrait se mettre à hurler de frustration.

Mais plutôt que de s'abandonner à ce genre de pensées stressantes – ou d'informer de sa position quelqu'un qui la suivait –, elle se contenta de continuer, se concentrant pour mettre un pied devant l'autre. Ce ne pouvait qu'être la meilleure des réponses, étant donné la pagaille actuelle. Cependant, il était difficile de ne pas perdre la tête quand elle comprit à quel point tout cela semblait mauvais, lorsque tout était totalement hors de contrôle.

Sans s'arrêter, elle parlait aux animaux, tâchant de rester joyeuse et positive, et espérant reconnaître quelque chose bientôt. Le bon côté de sa situation actuelle, c'était la vue. Cela la fit se rendre compte également qu'elle grimpait de plus en plus haut. Superbe, vraiment, mais un peu déconcertant aussi. Elle savait aussi que Mack était en chemin, mais comment était-il censé la retrouver si elle continuait de s'éloigner de la maison ? Elle s'immobilisa, fronça les sourcils, puis scruta autour d'elle. Elle n'était entourée que d'arbres : des pommiers, des pommiers et encore des pommiers. Elle leva les bras, se frotta le visage et questionna :

— Hé, les amis, une idée de la direction à prendre à partir d'ici ?

Mugs se limita à un petit aboiement avant de se coucher à ses côtés. Goliath était dans le coin et ne pouvait contribuer plus que par sa simple présence. Il se tenait juste un peu plus loin, en train de la regarder fixement comme s'il lui demandait ce qui venait ensuite dans leur programme. Elle n'avait honnêtement aucune idée des paroles à lui adresser. Elle poussa un grognement.

— Je ne sais pas quoi dire, les garçons.

Ça n'aidait pas beaucoup non plus. Mais elle devait faire avec.

— Alors, allons-y. On va continuer d'avancer.

Et elle s'exécuta.

Les animaux se levèrent de bonne grâce et marchèrent avec elle. À ce stade, elle ne savait même pas s'ils pensaient qu'il s'agissait là d'une sortie amusante ou s'ils avaient compris qu'elle était quelque peu en galère. Elle se dit *quelque peu*, car il apparaissait qu'elle n'avait pas de problème dans l'immédiat. Pourtant, en même temps, elle ignorait où elle se trouvait exactement, et des gens à proximité pouvaient potentiellement lui faire du mal, surtout s'ils savaient qu'elle avait été témoin de leur querelle. Elle comprit que cette balade sans but était déroutante et n'avait aucun sens. Mais elle allait s'en contenter.

Comme elle poursuivait sa marche, elle se mit à fredonner, simplement pour se tenir compagnie. C'était une vieille astuce qu'elle avait apprise quand elle se retrouvait seule dans la maison de son ex-mari. Elle y avait souvent été isolée et avait trouvé toute sorte de petits moyens de rendre la vie moins rude et plus agréable. Ce ne fut que lorsque Mugs se mit à courir un peu devant eux et commença à grogner que Doreen se fit silencieuse avant de s'arrêter. Elle s'approcha doucement derrière lui, ses yeux scrutant parmi les arbres pour essayer de distinguer ce qui contrariait Mugs. Quand elle entendit un craquement sur la gauche derrière elle, elle pivota immédiatement et alla se cacher derrière un arbre. Elle chuchota à Mugs :

— Qu'est-ce que tu as vu ?

Elle ne pouvait rien discerner, et le fait que lui en était capable suffisait à la rendre dingue. Puis elle aperçut une jolie biche qui sortait des arbres et qui regardait autour d'elle délicatement avant de se pencher en avant pour renifler une pomme sur une branche. Elle bougea, et Doreen en remarqua une autre, plus petite. Il semblait qu'elle avait un faon avec elle. Stupéfaite et ravie, Doreen regarda avec joie les animaux se déplacer lentement devant elle.

— Je suppose que la vie pour vous est la même, hein ? commenta-t-elle tout bas. Toujours à rester prudents.

Elle s'interrogea sur l'existence qu'ils menaient, à guetter sans cesse les prédateurs.

— Je suis désolée, murmura-t-elle. Ce doit être dur…

En même temps, la biche ne semblait pas du tout s'inquiéter de Doreen. Et cela l'incita à réfléchir aux instincts et à ce qu'ils considéraient comme prédateurs ou non. Peut-être s'en sortaient-ils mieux qu'elle.

Doreen ne semblait pas faire la différence entre les amis et les ennemis, en tout cas c'était ce que prétendait Mack. Elle n'était pas certaine qu'il avait entièrement raison, mais elle pouvait comprendre sa frustration quand elle se retrouvait dans un scénario comme celui qu'elle vivait en ce moment, et que, bien sûr, elle ignorait totalement où elle était. Même à cet instant, à son poste d'observation, elle était piégée par les arbres. Se disant que la biche était bien à cet endroit, Doreen se déplaça vers l'avant et continua de marcher devant elle, mais elle se sentait un peu plus légère désormais. Le fait d'avoir vu mère Nature sous son meilleur jour lui avait apporté de la joie.

Cela pouvait aussi signifier que celle-ci, dans son plus mauvais jour, était susceptible d'être proche également, mais bon, Doreen allait faire avec, peu importait ce qui allait arriver maintenant. Et c'était un peu étrange, car tant de choses se passaient… Il semblait que quelqu'un avait fait de la prison pour l'oncle, et que c'était peut-être ce dernier qui se trouvait là. Toutefois, si son frère avait été incarcéré à sa place, comment pouvait-il être libre aujourd'hui ?

Sauf si c'était le jardinier – celui qu'on avait kidnappé –, ou que le kidnapping avait été davantage une combine, car il souhaitait simplement disparaître pendant un temps, mais pour quelle raison ? Parce que personne n'était en mesure de savoir qu'ils étaient deux ? C'était plutôt logique, mais qu'est-ce qui pousserait le frère, le premier, le criminel, à se porter volontaire ? À moins que… Elle haussa les épaules.

— C'est probablement le même motif que d'habitude : l'avidité, grommela-t-elle.

D'une façon ou d'une autre, de l'argent était en jeu, et ils avaient eu besoin que ce mec réapparaisse brièvement. Et pourquoi cela ? Et pourquoi un kidnapping ? Peut-être pour faire disparaître un des frères et permettre à l'autre de se montrer. Comme si chacun d'eux était interchangeable… Les flics n'étaient-ils cependant pas au courant dans ce cas ? Ou cela resterait-il une affaire en cours ? Se sont-ils contentés de faire du surplace si longtemps que personne ne semblait plus s'en préoccuper ? Elle réfléchit aux caprices de ses pensées biscornues, essaya de relier une des ramifications à une autre personne, et réalisa alors qu'elle requérait d'autres informations.

Bien évidemment, le maillon faible ici, c'était Denise… Bien que Doreen n'en soit pas bien certaine, car il s'avérait que tout le monde ignorait qui avait tué qui.

Cela la scotchait, car combien de fois quelqu'un était tué à cause d'une histoire de famille, comme ça, alors que personne n'avait vraiment d'idée sur l'identité du coupable ? Cela avait été très étrange de les écouter se disputer, car elle ne disposait que de quelques bribes de l'altercation, et aucune n'était suffisante. Elle contourna un grand pommier, et, tout à coup, le sol plongeait. Elle se retrouva alors sur une chaussée. Elle la regarda, soulagée, avec un large sourire.

— Ah, voyez-vous ça, croassa-t-elle à l'intention de ses animaux ! J'ai conscience que nous sommes fatigués, mais il y a une route ! (Ils levèrent les yeux vers elle, se tournèrent vers la voie et ne parurent pas du tout impressionnés.) Je remarque que vous n'êtes pas aussi enchantés que moi par celle-ci. Pourtant, sa présence signifie que Mack peut nous retrouver et que je ne suis pas perdue au milieu de ce verger.

Chapitre 25

BIEN SÛR, ÊTRE sur une route ne serait pas d'un très grand secours si Doreen ne pouvait préciser à Mack sur laquelle elle se trouvait. Cependant, elle prenait ça pour un bon signe. Tout comme les symboles l'informant qu'elle avait de nouveau Internet. Elle envoya à Mack une photo de la chaussée et écrivit : « J'ai réussi à atterrir quelque part. » Sa réponse fut un appel.

— Ça aiderait si vous saviez où est la route, marmonna-t-il.

— Je suis au courant, rétorqua-t-elle sur un ton d'excuse. Mais je me suis retrouvée là, contente de moi. Je suis désormais dans un endroit qui ne se situe pas au beau milieu d'un verger.

Mack se mit à rire.

— Vous avez toujours été quelque part… Mais qu'on n'était pas en mesure d'identifier.

— Je sais et je suis désolée. On dirait que ça représente un sacré paquet d'ennuis…

— Pas si inhabituel pour vous, grommela-t-il. J'espérais simplement qu'on atterrirait dans un lieu où vous ne seriez pas en si grand danger tout le temps.

"

— Je réfléchissais : qu'est-ce qui aurait pu motiver l'oncle à disparaître ?

— Ce pourrait être toute sorte de choses… Probablement quelqu'un en aurait-il après lui, vu son passif de criminel.

— Je me demandais s'il avait dû se cacher pour que son autre frère puisse refaire surface.

— Donc vous supposez – là encore –, sur la base de ce que vous avez entendu, que les deux frères sont impliqués et que celui qui a fait de la prison pour l'autre était le criminel ?

— Oui, c'était ce à quoi je pensais. Et ensuite, j'ai essayé de comprendre ce qui amènerait l'un des mecs à vouloir se manifester. Par exemple, pourquoi kidnapper le frère qui était là depuis sept ans ?

— Mais ça signifie que vous croyez qu'ils étaient impliqués dans le kidnapping.

— Le type en question a dit que l'autre devait tout bonnement disparaître, que c'était simple et qu'il n'aurait pas dû rendre ça compliqué.

— OK, et s'il s'est fait discret pendant un temps, alors quoi ? Il se pointe de nouveau pour expliquer que tout ça n'était qu'une erreur ?

— Je suis sûre que vous avez vu des choses de ce genre auparavant…

— Oui, mais dans ce cas, pourquoi ? Vous savez que s'il a été mis de force dans un véhicule, ce serait logique qu'il soit parvenu à s'enfuir et qu'il ne veuille pas porter plainte. On aurait tout bonnement fini par clore l'enquête. La demande de rançon rend toutefois les choses bien différentes. C'est la nièce qui l'a dévoilée, mais je ne suis pas certain qu'elle était au courant…

— Vous voulez dire que quelqu'un d'autre est dans le

coup ?

— Sérieusement, Doreen ? Que vous ai-je expliqué à propos des suppositions ?

Il y avait tant de doute dans la voix de Mack qu'elle grogna.

— J'en suis consciente, concéda-t-elle. Ma théorie est très compliquée, hein ?

— Oui, en effet. Mais vous devez vous rappeler que, dans la vie, presque tout est simple. Genre, vraiment simple.

— Je sais, je sais, je sais. C'est seulement que ça me frustre !

— Oui, j'ai vu ça, mais ça ne signifie pas qu'il n'y a pas d'explication plus simple.

— Aucune idée… Ça commençait à être vraiment compliqué.

— Mais ce n'est pas une affaire classée, rétorqua-t-il gentiment. C'est une enquête en cours, vous vous rappelez ? Et vous n'êtes pas censée vous impliquer là-dedans.

— Je suis au courant, et je n'essayais pas de m'impliquer. C'est Denise qui m'y a mêlée.

— Oui, et comment ça a pu être possible ?

— Je l'ignore, et qu'est-ce que tout ça a à voir avec Bob Small ?

— Je me dis que Denise a dû nous mettre sur une fausse piste. Surtout que c'est vous qui lui avez indiqué ce nom la première.

— Sommes-nous en train de suggérer qu'elle est suspecte ?

— N'est-ce pas ce que vous pensiez déjà ? demanda-t-il, curieux.

— Je n'ai simplement pas envie qu'elle le soit, marmonna-t-elle.

— Ce n'est pas parce que vous ne voulez pas qu'une personne soit concernée qu'elle ne l'est pas. Vous saviez dès le début qu'il y avait quelque chose d'étrange chez elle.

— Oui, mais elle n'a pas pris part à la bagarre ici…

— Mais elle ne l'a pas interrompue non plus, si ?

— C'est ça le truc, quand on est en plein milieu d'une rixe. Il y avait de bonnes chances pour que ça se retourne contre elle.

— C'est vrai, et un juge prendra sûrement ça en compte, selon sa défense, mais il y a encore un tas d'éléments dans cette histoire que nous ne pigeons pas encore. Alors, à ce stade, on ne peut vraiment rien supposer.

— Non, on ne peut rien présumer, je suis plutôt d'accord. C'est simplement bizarre.

— Peut-être pas tant que ça. Bref, j'ai une bonne idée d'où vous vous trouvez maintenant, donc patientez dans le coin, et, avec de la chance, je serai là dans quelques minutes.

Elle raccrocha et commença à descendre la rue. Peu importait de quel côté il allait arriver, il la retrouverait sur la route et la prendrait au passage, mais elle ressentait le besoin de rester en mouvement. Elle n'avait pas mentionné le fait qu'elle avait l'impression que quelqu'un était derrière elle et l'observait. Ça semblait stupide puisqu'elle n'avait pas de preuve. Et tant qu'elle et ses animaux étaient récupérés et emmenés loin d'ici bientôt, avec de la chance, ils resteraient sains et saufs. Puis, comme prévu, elle entendit un gros véhicule rouler vers elle. Elle leva les yeux, sourit et fit signe.

Mack s'arrêta sur le côté de la chaussée, sortit et l'étreignit immédiatement dans ses bras pour la tenir tout contre lui. Elle enfouit son visage, sourire aux lèvres, plus soulagée qu'elle n'aurait pensé l'admettre. Quand il finit par la relâcher, il secoua la tête.

— Vous vous mettez vraiment dans le pétrin chaque semaine !

Elle acquiesça.

— Je n'en ai jamais l'intention, argua-t-elle en levant les yeux vers lui. (Il tendit la main et lui caressa la joue.) Mais une fois encore, vous êtes venu à mon secours.

— Et c'est en train de devenir une très mauvaise habitude, dit-il en secouant la tête.

Doreen se mit à rire.

— Je sais, je sais. Ce n'est pas exactement ce que j'avais prévu non plus. Mais au moins, je suis sauvée maintenant.

Elle marcha jusqu'au pick-up, ouvrit la portière et patienta pendant que Mack passait quelques minutes à câliner Mugs. Il la regarda.

— Où est Thaddeus ?

Ce dernier sortit sa tête de sous les cheveux de Doreen et croassa : « Thaddeus est là ! Thaddeus est là ! »

— Il est resté vraiment calme tout ce temps. Pas sûre de savoir si c'est parce que le scénario ne lui plaisait guère ou s'il était seulement très fatigué.

— S'il est malin, grommela Mack, ce qu'il est, j'en suis conscient, je dirai que c'est parce que le scénario ne lui convenait pas.

— Peut-être, marmonna Doreen. Ils sont tous méfiants.

— Avez-vous vu quelqu'un vous suivre ?

Elle secoua la tête.

— Pas à ma connaissance. Je crois que, dès que j'ai quitté la zone, ils m'ont laissée tranquille. Je me suis pas mal sentie observée, mais ça venait peut-être simplement de moi.

— Difficile à dire. Nous ignorons également s'il y avait d'autres intervenants.

— Je me posais cette question… Quand on y pense, une

tout autre personne aurait été à même de déposer le mot avec la rançon.

— Mais pourquoi ?

— Cela me ramène à la question d'origine : pourquoi le mauvais frère a-t-il fini en prison en premier lieu ? Tout ça est suspect.

— Ça l'est, mais ça ne nous donne toujours pas de réponse.

— Allez-vous parler à Denise ?

— Oui. *Seul,* comme dans *sans vous.*

— Ah, souffla-t-elle en branlant du chef. N'importe quel moyen est bon pour me maintenir hors de la discussion, comme celle de cette vidéo que vous avez reçue ?

— Peut-être. Enfin, je l'espère. Je jetterai de nouveau un œil à cette vidéo et verrai si ça vous identifie.

— Je n'espère pas, dit-elle en s'inquiétant à cette idée.

— Ça dépend si les animaux sont dans le cadre, précisa-t-il en la regardant. C'est le genre de détails auxquels vous devez faire attention quand vous prenez des photos comme ça.

— Et je n'y ai absolument pas songé, reconnut-elle, horrifiée, sans le quitter des yeux. (Elle considéra ses animaux.) Vous allez bien, les amis, n'est-ce pas ?

Mugs aboya simplement et reposa la tête.

— Je crois que c'était une trop grande promenade pour eux, marmonna-t-elle. Tout le monde est fatigué.

Mack se mit à rire.

— Pourquoi le seraient-ils ? questionna-t-il en lui souriant. Vous n'avez parcouru que quelques kilomètres.

Elle opina du chef.

— Mais ce n'était pas prévu.

En peu de temps, il arriva devant la maison de Doreen,

et elle sourit en la voyant.

— C'est si bon d'être chez soi, marmonna-t-elle.

Les animaux ne cherchèrent même pas à argumenter pour sortir et rentrer. On aurait plutôt dit qu'un soulagement apparaissait sur leurs têtes. Elle sourit et se rendit à l'intérieur.

— Du café, ce serait super.

— Vous allez rester chez vous maintenant ? demanda-t-il, debout à l'encadrement de porte.

Elle acquiesça de la tête.

— Oui, je suis très fatiguée. Mes jambes sont douloureuses, et il se pourrait bien que j'aie des ampoules.

— Monter des côtes comme ça peut causer des ravages aux chevilles également.

— Allez-y, retournez à vos occupations. Je ne sais pas si j'ai fini par vous aider ou vous gêner, finalement.

— À ce stade, tout ce que vous avez fait, c'est trouver plus de pièces à un puzzle très difficile, mais nous en viendrons à bout.

— Bien, dit-elle en souriant. Foncez.

— Et vous allez rester en dehors des ennuis ? répéta-t-il.

— Je vais complètement rester en dehors des ennuis. Je vais replonger dans les histoires de Bob Small. J'aime bien les affaires classées. Tout le monde est mort et enterré, et ils ne peuvent pas en avoir après moi.

— Ce n'est pas vrai. Et les membres de la famille, les amis, les partenaires alors ? énuméra-t-il en branlant du chef. Vous devez vous souvenir que des gens en ont déjà eu après vous un tas de fois. Donc restez prudente, s'il vous plaît.

Elle le regarda partir en ressentant un soulagement d'être chez elle, mais en ayant aussi le cœur réchauffé par le fait que Mack était une fois de plus venu à sa rescousse. Ça n'aurait pas dû arriver, mais ça s'était produit, et elle lui en était reconnaissante. Dès qu'il fut loin, elle observa ses animaux et leur déclara :

— Il faut qu'on mange !

Elle leur donna quelques friandises supplémentaires et remplit leurs bols de nourriture et d'eau. Puis, pendant que tout le monde était plongé dans son assiette, elle se prépara une omelette. Elle voulait quelque chose de plus copieux, mais elle se sentait trop fatiguée pour en faire plus. Tout le monde étant assis dehors, elle s'installa, contente, dans le petit coin de sa nouvelle terrasse, jusqu'à ce que son téléphone sonne. Elle vérifia et répondit.

— Salut, Nan, comment vas-tu ?

— Je vais bien. Et toi ?

— Je vais bien, pourquoi ?

— C'est seulement que… (Sa grand-mère marqua une pause.) Je ne sais pas trop. J'ai simplement eu un horrible pressentiment aujourd'hui.

— J'ai vécu un petit moment difficile ce matin, mais Mack est venu me tirer d'affaire une nouvelle fois, alors je vais bien maintenant.

— Des détails ! réclama immédiatement Nan. Je veux des détails !

Doreen s'esclaffa.

— Tu peux en avoir quelques-uns, mais je n'en ai pas des masses.

Alors, elle lui expliqua ce qui était arrivé.

— Oh, doux Jésus ! s'exclama Nan. Je connais ces maisons là-bas, laisse-moi réfléchir… Ce n'est peut-être pas la même. Il y a un sacré paquet de vergers dans ce secteur désormais, et ils ont changé de propriétaires au cours des années. Avant, ils ne rapportaient pas beaucoup d'argent, mais ils sont rentables aujourd'hui.

Doreen continua de manger pendant que Nan réfléchissait. Doreen finit par déclarer :

— Bref, je suis assez fatiguée. Je vais simplement décompresser ici cet après-midi.

— Je t'en prie, reste chez toi et loin des ennuis !

— Je l'ai promis à Mack. Il n'était pas très content de moi.

— Évidemment que non. Tu ne saisis vraiment pas à quel point il se soucie de toi, hein ?

— Je ne vais pas m'aventurer sur ce terrain maintenant.

— Tu n'en as pas besoin. Tu dois seulement avoir conscience que ce qu'il fait, c'est parce qu'il s'inquiète de toi.

— Et je l'ai compris, ça. Oh ! Et mon ex a appelé pendant que je me promenais aussi.

Nan grogna.

— Tu dois l'envoyer balader.

— Ce serait bien, hein ? Je dois recontacter Nick.

— Et tu dois arrêter de répondre aux coups de fil de cet homme épouvantable avec qui tu t'es mariée. Il ne causera rien d'autre que des ennuis.

— Ça se pourrait. Je ne sais pas bien comment me sortir de tout ça pour le moment. J'aurais aimé que rien de tout ça ne soit arrivé.

— Ce n'est pas ça qui t'aidera, l'informa Nan avant de raccrocher peu après.

Avec une tasse de café et assise dans la sécurité de son jardin, Doreen considéra le travail qui devait être réalisé et lança :

— Il faut que je retourne chez Millicent.

Depuis qu'elle avait perdu l'habitude d'y aller chaque vendredi, ça lui semblait difficile de retourner à cette routine.

Parfois, c'était un jeudi, parfois un samedi. La dernière fois remontait probablement à deux samedis de ça, et elle détestait ce côté aléatoire qui rendait les choses encore plus étranges pour elle.

Par ailleurs, elle n'était pas en mesure d'en faire autant en une journée, a fortiori parce qu'elle avait été très fatiguée dernièrement… Elle savait que c'était une façon de se dérober, mais c'était assez difficile de ne pas se trouver d'excuses. Elle avait cependant aussi besoin d'une occupation qui l'obligerait à penser à autre chose que tout ce qui était arrivé ce jour. Alors, elle contacta Millicent.

— Millicent, je suis tellement navrée. J'aurais dû revenir la semaine dernière, avant aujourd'hui en tout cas. Veux-tu que je passe maintenant pour m'occuper de ton jardin ?

— Si ça ne te dérange pas, ce serait bien. Il y a des mauvaises herbes qui m'agacent dans la parcelle de devant.

— Bien sûr. On arrive dans quelques minutes dans ce cas !

Elle se sentit mieux en sachant qu'elle accomplirait quelque chose d'utile pour quelqu'un, tout en s'accordant une occupation. Même si elle était fatiguée, elle n'était pas éreintée, donc elle se rendit chez Millicent. Ses animaux la suivaient, tous visiblement remis sur pieds. Une fois sur place, Doreen sourit en voyant Millicent avec une théière, qui lui faisait signe.

— Je me suis dit qu'on pourrait boire une tasse de thé avant que tu ne commences.

Cela poussa Doreen à rire.

— Tu sais que je suis toujours partante pour une tasse de thé.

— Et c'est gentil à toi de passer du temps avec une vieille dame. Je dois admettre que je me sens bien seule.

— Je pense que c'est le cas de tout le monde de temps en temps.

— Peut-être. Ma vie était remplie autrefois, et d'un coup, elle l'est devenue bien peu, argua-t-elle avec un demi-sourire.

— Je ne crois pas que ce soit le problème. Parfois, ma vie est trop remplie.

— Tu aides mon fils dans ses affaires en ce moment ?

— Honnêtement, tout de suite, je suis certaine qu'il pense que je l'embête plus qu'autre chose.

Alors, elle se lança dans un bout d'explication sur Denise et le jardinier kidnappé.

— Oh là là… Je pense que Mack ne veut pas que tu aies des ennuis.

— Je ne souhaite pas en avoir non plus, mais on ignore comment, on m'en envoie quand même.

— Et y as-tu déjà réfléchi ? Pourquoi ça arrive, par exemple ?

— Elle a dit que c'était parce qu'elle avait entendu parler de mes affaires.

— Et tu sais quoi ? Ce pourrait très bien être ça. C'est intéressant, en particulier si elle se révèle coupable ou autre.

— Mais je ne sais pas si elle l'est à ce stade, protesta Doreen.

— C'est simplement que je n'ai pas envie que les gens se servent de toi pour atteindre Mack, pour que tu sèmes les graines d'événements qui tourneront mal, ou qu'ils te fassent croire que c'est ta faute.

— Je n'avais clairement pas pensé à ça, lui avoua Doreen en la regardant dans les yeux.

— Il faut que tu y songes désormais, ne serait-ce que parce que tu deviens connue.

Doreen grimaça.

— Je ne me sens pas célèbre, marmonna-t-elle. (Elle avala le reste de son thé.) OK, montre-moi où sont ces mauvaises herbes.

Elles se mirent ensuite au boulot et nettoyèrent le parterre de fleurs de Millicent. Cela fut assez rapide. Quand Doreen eut désherbé, elle sortit le coupe-bordure et s'attela à tailler un peu les bords. Millicent avait un beau jardin, et elle avait passé beaucoup de temps toutes ces années à le garder parfait. Par conséquent, il n'y avait que quelques bouts ici et là sur lesquels Doreen devait travailler pour que cela reste ainsi.

Comme elle partait, Millicent lui demanda :

— Il ne s'agissait pas de la maison avec les drôles de pignons, si ?

Doreen y réfléchit avant de répondre :

— J'ignore ce que tu entends par *drôles*.

— Un pignon en trop, ou alors un qui manque.

— De ce genre-là, oui. Avec des moulures bleues, je crois. Je n'en ai pas vraiment le souvenir.

Millicent hocha la tête.

— Tu sais quoi ? Je crois que l'un des amis de ta grand-mère a fait le revêtement de cette maison.

— Je n'en serais pas surprise… que quelqu'un dans le groupe de Nan pose des revêtements, car ce n'est pas une ville si petite que ça. Enfin, j'ai conscience que c'est une grande ville, mais je continue de la considérer petite, car c'est plus l'impression qu'elle me donne.

Millicent trouva cela drôle.

— Et pour ceux d'entre nous qui sont ici depuis toujours, c'est devenu trop grand pour notre confort.

— Je me doute, oui, dit Doreen en souriant. C'est bien

plus petit que la ville d'où je viens. Je l'ai bien remarqué…
Bref, la taille de Kelowna ne fait sûrement pas une grande
différence dans cette affaire de meurtre.

— Je crois que la réfection des revêtements est plutôt
récente.

— Je ne comprends toujours pas en quoi c'est important…

Millicent haussa les épaules.

— Je n'en suis pas sûre, mais quelque chose n'allait
pas…

— Rien n'allait, surenchérit Doreen en riant.

— Certaines choses sont ainsi, hein ?

— Oh oui ! confirma Doreen en gardant le sourire. J'ai
l'impression de tourner en rond dans cette affaire, et rien de
concret n'en sort. Je n'ai aucun dossier à étudier. Il n'y a rien.

— Je suppose que ça dépend si tu regardes du côté de
l'oncle… Mais si tu jetais un œil du côté du gars qui l'a
frappé ? Je me demande qui ça pouvait bien être…

— Je l'ignore. La famille entière est un peu bizarre.

— On trouve un tas d'histoires de famille sur Internet
aujourd'hui, cependant. Alors, si tu parviens à tomber sur
leur arbre généalogique en ligne, tu pourrais reconnaître
quelqu'un.

À cette information, Doreen la regarda, surprise, et lui
dit :

— Tu sais quoi ? C'est une bonne idée. Je n'ai pas encore fait ça. J'ai été fatiguée et déséquilibrée à cause de toutes
les autres affaires de Bob Small. Je n'ai jamais vraiment eu
l'occasion de me concentrer sur celle-là.

— Ça peut arriver à chaque moment dans la vie, déclara
Millicent en gloussant. Mais le temps est peut-être venu
d'aller dénicher une histoire familiale.

Doreen acquiesça et désigna d'un geste le jardin.

— Autre chose pour ton service ?

Millicent balaya sa question d'un geste.

— C'est tout bon. C'est magnifique, comme d'habitude. Vas-y et retourne à tes occupations.

Alors, Doreen se mit à rire.

— Dans ce cas, si ça ne te dérange pas, c'est ce que je vais faire.

Et Doreen retourna de nouveau à la maison.

Chapitre 26

À LA MINUTE où Doreen entra chez elle, elle s'assit à son ordinateur. Mugs se roula en boule à ses pieds, de toute évidence éreinté. Thaddeus se dirigea droit vers son perchoir dans le salon et s'endormit. De Goliath, aucun signe, il avait disparu. Elle scruta autour d'elle.

— Je suis désolée, les amis. Notre balade d'aujourd'hui a été un peu trop longue, je sais.

Thaddeus ouvrit un œil qu'il referma aussitôt.

— Ouille… Je prends ça pour un oui.

Elle continua de bosser sur son ordinateur, tentant de comprendre comment elle devait agir. Car apparemment, il y avait bien quelque chose qui se passait, et elle n'avait pas encore effectué toutes ses recherches basiques. Avec un crayon et du papier déjà prêts, elle lança des requêtes sur l'oncle supposément disparu. Elle découvrit dans les archives que celui-ci avait un frère, et sa lecture s'arrêta en remarquant que ce dernier était considéré comme *simple*. Pas retardé, un terme qu'ils auraient utilisé jadis, mais autiste, qui disposait cependant de ses pleines capacités. C'était intéressant, car si c'était le cas, elle se demanda comment les prisons l'avaient réintégré dans le système. Tandis qu'elle continuait sa lecture, elle vit qu'il avait passé des tests à l'école ; il y avait également des doutes sur le diagnostic. Il était mentionné plus loin qu'il était aussi dyslexique. Elle fronça les sourcils.

— C'est à peine une évaluation d'incarcération…

Elle dénicha également l'existence d'une sœur aux côtés des deux frères… dont un se trouve dans une morgue. Celle-ci a confirmé que les parents étaient partis depuis longtemps. Ainsi, à présent, Doreen devait justifier l'existence d'un autre parent, et elle s'interrogea sur ce point, car elle n'avait vu aucun signe d'une femme de cet âge dans la maison près du verger. Bien sûr, il était possible qu'elle n'habite pas là ou qu'elle ne soit plus en vie d'ailleurs… De nouvelles recherches mirent le doigt sur le fait que la sœur était retournée dans l'est et y était décédée il y avait quelque temps.

— Ça ne signifie pas qu'elle n'avait pas d'enfants cela dit, murmura Doreen.

Avant d'avoir fini de parcourir l'arbre généalogique de la famille, elle découvrit que la sœur décédée avait eu deux enfants, un fils et une fille, Denise.

— Maintenant, on arrive quelque part ! Ainsi, la mère de Denise est morte, et elle a un frère dont Mack a essayé de me parler plus tôt.

Apparemment, leur famille est restée assez proche, autrement il n'y aurait aucun lien entre l'oncle et Denise. Mais qui était l'autre étranger ? C'est celui-ci que Doreen souhaitait identifier, et elle n'avait aucun moyen d'y parvenir sans l'aide de Mack. Elle lui envoya un message pour lui demander s'il voulait bien raconter ce qui était arrivé à la mère et au père de Denise.

Il répondit par un point d'interrogation.

Je retraçais simplement l'histoire familiale. Deux

frères – Dicky et son frère décédé, à la morgue – et une sœur. La sœur est morte, mais elle a eu un fils et une fille, Denise, qui est ici. Les deux frères sont donc ses oncles. C'est le lien de parenté du mec qui a été kidnappé, mais je me demande si la mère ou les deux parents sont morts de cause naturelle. En plus, vous ne m'en avez jamais révélé davantage concernant le frère de Denise.

Elle ne reçut aucune réponse pendant un long moment, et elle finit par reposer son téléphone et retourner à sa recherche. Un seul article mentionnait quelque chose à propos de l'oncle de Denise, Dicky, inculpé de vol. Et cela ramena Doreen à la question de ce qu'il avait pu dérober… La lettre de chantage indiquait 100 000 dollars. Et si ce mot venait de quelqu'un de complètement différent ? Et si c'était le point de départ de la disparition de ce Dicky et que quiconque à sa poursuite avait tué le frère « simplet » au lieu de ce dernier ?

Elle s'adossa, et lentement, les pièces du puzzle commencèrent à avoir du sens. Elle commença à coucher ça sur papier. Deux frères : l'un est allé en prison à la place de l'autre. Le gars supposément simplet au lieu de Dicky, celui qui a volé quelque chose. La victime du larcin a découvert qu'il était libéré de prison et vivait à Kelowna. Le frère autiste résidait dans la maison de campagne de la famille pendant que l'autre, Dicky, subvenait à ses propres besoins en étant jardinier sous contrat avec la mairie et habitait quelque part en ville.

Ce dernier a appris que le type qu'il avait volé était ici, alors, il a simulé son propre kidnapping pour disparaître, mais ce mec qui en avait après lui a trouvé son frère simplet et l'a tué à la place. Désormais, les flics étaient à la recherche de Dicky, tout comme la victime du vol. Et l'homme qui avait passé son temps en prison alors qu'il était innocent était mort.

Elle hocha la tête et parla à voix haute :

— Qui est donc l'étranger de cette maison ? Qui est le mec qui a frappé Dicky ? Quel rôle Denise joue-t-elle là-dedans, et qui en a après eux ?

Après avoir couché tout cela sur papier, elle envoya à Mack un e-mail avec ses réflexions. Puis elle s'assit et lui envoya un texto. **Il faut que je sache à qui Dicky a volé quelque chose à l'époque.**

Il répondit immédiatement : **Une énorme compagnie gérant des données.**

Alors, il était leur comptable ?

Il faisait partie de l'audit de l'inventaire qui a été effectué, mais c'était un génie de l'informatique.

Il a volé des fonds ou des informations ?

Nous ne savons pas exactement.

J'ai besoin de plus de détails là-dessus.

Elle espérait qu'il comprendrait et partagerait ses renseignements avec elle, mais elle n'avait aucune garantie qu'il ait envie de l'aider à ce stade. Bien que ce simple élément lui serait d'un grand secours également. Elle sourit quand il lui adressa un autre SMS en réponse.

Il a revendu des données, des adresses électroniques, et des informations bancaires et sécurisées.

Elle opina du chef et, ne parlant à personne en particulier, dit :

— Crime en col blanc, aucune personne physiquement blessée, perte de données, pas de responsabilité, patati patata.

Par conséquent, il n'aurait pas été ému par ses méfaits, mais de toute évidence, certaines de ces données étaient tombées entre de mauvaises mains. Et qui savait ce qui avait été dérobé ? Peut-être qu'il avait trouvé quelque chose en étant là-bas aussi.

— Je pense au chantage, prononça-t-elle encore tout haut, et à ce qui a pu être volé à une personne, d'une valeur de 100 000 dollars.

S'il avait revendu des informations de cartes bancaires ou confidentielles, il pourrait s'agir de quelqu'un dont l'identité a été usurpée par la suite, et peut-être que ça lui avait coûté 100 000 dollars pour remettre sa vie sur de bons rails. Hmmm, cette idée lui plaisait. Pas trop de choix, mais le fait était que ça incluait une personne morte et le gars qui n'avait jamais purgé la peine de prison qu'il méritait à la suite de ses propres crimes… Qu'il soit coupable ou pas ne le tracassait pas, il n'empêche que son frère, qui avait été incarcéré à sa place, était maintenant décédé. Ça aurait *dû* le soucier, mais que ferait Dicky pour ça ? Il avait promis à sa nièce qu'il ne commettait plus ce genre de crimes, mais qui allait l'écouter désormais ?

Doreen fronça les sourcils en y réfléchissant, car tellement d'éléments ne collaient pas dans ce scénario qu'il était encore difficile de progresser. Et comme Millicent l'avait mentionné auparavant, qu'est-ce que ça avait à voir avec Doreen de toute manière ? Pourquoi Denise était-elle venue la chercher ? Était-ce un traquenard, comme l'a suggéré Millicent, ou se passait-il autre chose ici ? Doreen songea à la peur sur le visage de Denise quand elle avait vu les deux hommes se battre et que son oncle avait fini au sol. La crainte lui avait semblé réelle.

Elle resta assise là un long moment, à siroter son café, ses doigts tambourinant le téléphone, quand on frappa à la porte. Mugs se mit immédiatement à aboyer et, même fatigué et harassé comme il l'était, il courut jusqu'à l'entrée de façon agressive. Goliath disparut une nouvelle fois, et

Thaddeus, désormais réveillé de sa sieste, paraissait plus que légèrement contrarié. Elle marcha jusqu'à l'avant de la maison et, quand elle ouvrit la porte, elle fut surprise d'y trouver Denise.

— Salut ! s'exclama Doreen.

Denise la regarda et haussa sensiblement les épaules.

— Salut, répondit-elle, je ne savais vraiment pas où aller…

— Comment ça ?

— Aucune idée… J'étais seulement vraiment bouleversée, et je me suis dit que je pourrais peut-être vous rendre visite.

La dernière fois aujourd'hui que Doreen avait aperçu Denise, celle-ci était clairement troublée, même si elle ignorait que Doreen l'avait vue. Elle ouvrit plus grand la porte.

— Entrez. J'ai bien peur de ne pas avoir grand-chose à offrir.

— Non, je ne devrais même pas être là. (Elle leva les deux mains et ne bougea pas du porche.) J'ignore pourquoi je suis ici… C'est simplement que vous semblez être une dame si gentille.

— Je le suis, enfin, j'aime à le croire. Vous êtes sûre de ne pas vouloir entrer ? On peut prendre le thé dehors, à l'arrière.

Denise scruta tout de suite autour d'elle puis avança rapidement d'un pas à l'intérieur et ferma la porte. Doreen recula prestement, mais légèrement, et se demanda pourquoi Denise venait de faire ça.

— Vous allez bien ? Vous semblez nerveuse, comme si quelqu'un vous suivait ou…

— J'ai cette impression aussi, mais bon, si vous m'offriez

une tasse de thé, ce serait super.

— Bien sûr. Je peux préparer du thé sauf si vous préférez le café ?

Elle ouvrit la voie jusqu'à la cuisine en se tournant à moitié pour regarder derrière elle et s'assurer que la femme la suivait et n'agissait pas de manière encore plus suspecte.

— Hmmm…

Denise ne semblait pas savoir comment répondre à cela. Alors, Doreen haussa les épaules.

— Choisissez.

— D'accord, répondit-elle calmement. Du thé dans ce cas, merci.

— Vous vous comportez de façon un peu étrange, Denise. Vous vous en rendez compte, hein ?

Denise se mit à rire.

— Tout ce qui se passe dans ma vie est étrange depuis longtemps.

— Je suis désolée. Vous souhaitez m'en dire plus ?

— Non, ça, c'est impossible. Je ne peux en parler à personne.

— J'en suis navrée, car ça complique encore plus la vie, n'est-ce pas ?

— Oh, ça, oui ! admit Denise en haussant les épaules. Mais ça ne paraît pas important. Je ne peux agir que lorsque c'est possible, quand il le faut.

— Ça semble assez défaitiste.

— Je ne crois pas que *défaitiste* soit le bon terme. *Déprimant*, peut-être.

— Je suis désolée. S'il y a quoi que ce soit que je puisse faire pour aider, dites-le-moi.

Elle ne savait même pas pourquoi elle avait suggéré ça, car, bien évidemment, elle était bien impuissante pour prêter main-forte à qui que ce soit, mais cette femme semblait avoir besoin d'encouragement. Dans la cuisine, Doreen désigna la terrasse et déclara :

— Si vous voulez prendre place dehors, je vais allumer la bouilloire.

Dès que la femme passa le seuil de la porte de la cuisine et sortit sur la terrasse, Doreen envoya rapidement un message à Mack pour lui annoncer que Denise était chez elle. Elle avait conscience qu'il serait furax, mais elle n'était pas bien sûre de quelle autre position adopter. Comme attendu, Mack lui répondit immédiatement.

C'est quoi ce bordel ?

Son langage la fit grimacer. Mais elle n'était pas en mesure de lui en révéler plus pour l'instant. C'était trop important, car quelque chose était en train de se passer. Elle ignorait quoi, mais il fallait qu'elle le découvre rapidement. Et c'était un peu difficile dans l'immédiat. Elle poursuivait la discussion avec la jeune femme et essayait de déterminer ce qui la tracassait, quand Denise se tourna brutalement vers elle.

— Vous avez vu ce que vous deviez voir ?

Doreen s'arrêta et la regarda fixement.

— Pardon ?

— Vous étiez à la maison aujourd'hui. Vous avez vu ce dont vous aviez besoin ?

— Je ne suis pas certaine de ce que j'étais censée découvrir, déclara Doreen sans essayer de mentir.

— Je suis sûre que vous en avez vu assez pour faire la différence, car les choses vont vite devenir vilaines si ce n'est pas le cas.

— Que vouliez-vous que je remarque ? demanda-t-elle d'une petite voix en s'adossant à la porte de la cuisine.

— Vous êtes restée là suffisamment longtemps. Vous avez dû assister à la bagarre.

— J'ai effectivement aperçu une partie de l'altercation, c'est vrai.

Denise opina du chef, satisfaite.

— Je savais que c'était vous. J'espérais que non, car cela allait vous mettre dans une situation délicate, mais évidemment que c'était vous, déplora-t-elle en secouant la tête.

— À qui d'autre auriez-vous pu songer ?

Et elle comprit tout de suite qu'elle était impliquée dans cette histoire et qu'elle allait causer de sérieux ennuis à Mack aussi.

— J'aurais vraiment préféré que ce ne soit pas vous, car désormais, ils vont en avoir après vous.

— N'est-ce pas la raison pour laquelle vous m'avez contactée au départ ? devina-t-elle soudain.

— Oui… et non. Je ne pensais pas que vous auriez des ennuis ou que vous auriez pris autant de risques.

— Je ne suis pas très douée lorsqu'il s'agit de ne *pas* prendre de risques, admit Doreen tout bas.

— Peut-être, mais certaines de vos actions sont dangereuses.

— Seulement quelques-unes, corrigea Doreen avec une note d'humour.

La femme la considéra, et ses lèvres eurent un tic.

— Exact. Cela étant, ma propre existence est devenue ainsi récemment, et je ne sais même pas comment en sortir.

— Vous devriez peut-être en dévoiler plus sur la façon dont ça a commencé.

— Amour, trahison, avidité, les trucs habituels.

— Un petit peu plus d'explication serait d'une grande aide…

— C'est impossible. Je ne suis pas vraiment certaine de ce que vous avez fait ni de ce que vous en ferez.

— Ce que je ferai de quoi ?

— Des preuves que vous avez recueillies.

— Je n'en ai recueilli aucune.

Denise regarda Doreen droit dans les yeux.

— Ils m'ont envoyée ici. Vous le savez ça, hein ?

Chapitre 27

— JE N'ESPÈRE pas, car ça signifierait certaines choses… Premièrement, qu'ils m'ont vue. Deuxièmement, qu'ils trouvent que je suis une cible facile. Et troisièmement, que vous travaillez pour eux.

— Je ne travaille pas pour eux, rétorqua-t-elle avec empathie.

— Non, mais peut-être que vous en faites plus que ce qui était prévu, suggéra Doreen en la regardant calmement. Car peu importe ce qu'il se passe, les répercussions sont assez énormes maintenant qu'un corps se trouve à la morgue.

— Et je n'ai aucune information là-dessus.

Doreen ne dit rien, car elle en savait plus que ce qu'elle venait de prétendre. Elle en connaissait vraiment beaucoup sur le sujet, mais n'était simplement pas prête à le révéler. Appuyée contre le montant de porte, elle réfléchit.

— Êtes-vous en danger, Denise ? Est-ce un appel à l'aide ?

— Un appel à l'aide ? (Elle émit un gloussement.) Pour moi ? Les choses sont si bousillées, il n'y a aucune aide à apporter.

— Ce n'est pas vrai, contesta doucement Doreen. On

peut toujours améliorer la situation.

La femme secoua la tête.

— Non, c'est faux.

— Qu'est-il arrivé à votre mère ?

Denise parut stupéfaite.

— Vous êtes au courant pour ma mère ?

— Je sais que vos parents sont morts.

Denise grogna un rire.

— Mon père est décédé il y a longtemps, et ma mère s'est remariée.

— Et où est-elle aujourd'hui ?

Denise observa Doreen et secoua la tête.

— Vous l'ignorez, n'est-ce pas ?

— Je sais qu'elle est supposée décédée… mais décédée ne veut pas forcément dire *décédée,* tout comme *la bonne personne* est allée en prison ne signifie pas qu'il s'agit effectivement de la bonne.

Là, les yeux de Denise devinrent plus grands. Et elle siffla.

— Oh ! Ouah, vous en savez suffisamment pour être dangereuse !

Doreen se raidit.

— Pas assez pour résoudre le mystère apparemment.

— J'ai compris que vous étiez douée pour les affaires classées et j'espérais que vous pourriez peut-être me prêter main-forte pour celles qui me préoccupent. Mais je ne m'attends pas à ce que vous soyez d'une si grande aide que ça.

Et là, elle parut presque distraite par autre chose. Doreen secoua la tête.

— Je ne saisis pas bien ce que vous essayez de dire…

— Non, bien sûr que non, lâcha-t-elle en balayant l'air

d'un geste de la main. Ce serait trop simple. Et je ne peux rien vous révéler, alors, c'est comme ça ! (Elle se remit debout.) Laissez tomber le thé, je vais m'en aller.

— Voilà un choix intéressant… Vous venez ici, vous essayez de me parler de quelque chose, mais vous n'expliquez pas clairement ce que vous voulez ni même pourquoi vous êtes ici, pour commencer, énonça-t-elle en dévisageant attentivement Denise pour déterminer si elle se trouvait sous l'effet d'une sorte de médicament ou de drogue qu'elle n'avait pas détectée plus tôt. Et à la minute où j'ai mentionné votre mère, vous êtes devenue furieuse.

— Ce n'est pas que je suis furieuse, mais j'étais… (Elle marqua une pause et haussa les épaules.) Peu importe. Personne ne peut voler à mon secours.

— C'est faux. Mais si c'est une affaire classée, je ne peux aider que si j'ai les informations. Si je n'en ai pas, je ne vois pas ce que vous pensez que je sois en mesure de faire.

— Sûrement rien, j'ai rêvé.

— Ce pour quoi vous vouliez mon concours, ça n'a rien à voir avec votre oncle, si ?

Denise considéra Doreen et secoua la tête.

— Non, mon oncle est déjà en galère. Je cherchais de l'aide pour ma mère.

— Votre mère qui est décédée ?

Denise feignit l'ignorance.

— J'ignore si elle l'est ou non. Mon beau-père dit qu'elle s'est enfuie puis d'autres fois qu'elle a seulement disparu.

— Et vous le croyez ?

Elle fit immédiatement non de la tête.

— Non, mais j'ai envie de penser qu'elle est en vie.

— Depuis combien de temps est-elle partie ?

— Quinze ans, répondit-elle doucement.

— Et est-ce votre beau-père qui a frappé votre oncle ?

C'était un coup porté à l'aveuglette, mais un bon.

Denise regarda Doreen, choquée, puis opina lentement du chef.

— Vous avez remarqué ça, hein ? (Elle prit une grande inspiration.) Vous savez que vous ne pouvez raconter à personne ce que vous avez vu…

— J'en suis consciente, et il vous pétrifie également, votre beau-père, c'est pourquoi vous souhaitiez venir ici pour déterminer si j'étais en mesure de vous aider à retrouver votre mère. Mais vous deviez avoir une raison de vous déplacer jusqu'ici, sinon votre beau-père en aurait fait tout un drame. Et il ignore que vous vous intéressez au cas de votre mère, car vous soupçonnez qu'il l'a tuée.

— J'en suis même sûre ! s'écria-t-elle ardemment. Mais ensuite, un autre aspect est apparu, celui où j'avais envie de le croire et ne pas penser qu'il commettrait une telle chose. Alors, j'ai continué d'espérer qu'elle était en vie.

— Mais vous ne le pensez pas vraiment, et c'est là que repose le problème.

— Ce n'est qu'un souci parmi tant d'autres. C'est un peu la pagaille…

— Un peu ? rebondit Doreen avec le sourire.

— Oui, seulement un peu, grogna Denise. Je sais que vous ne devriez même pas me parler.

— Probablement pas, non, répondit gaiement Doreen. Mais je ne suis pas très douée pour agir comme je suis supposée le faire.

— Je suis au courant. C'est l'autre raison pour laquelle j'ai pensé venir à vous, car vous êtes tellement peu orthodoxe et vous vous attirez un tas d'ennuis…

Doreen grimaça.

— Oh, alors, vous m'avez sollicitée parce que je suis généralement dans le pétrin ?

— Je le suis aussi, donc je me suis dit qu'on pourrait peut-être s'entraider.

— Vous aider à vous sortir de cette pagaille ? Du faux kidnapping ?

Les yeux de Denise s'ouvrirent de nouveau en grand.

— Ne les laissez pas découvrir que vous êtes au courant de ça, l'avertit Denise.

— Vous allez le répéter à votre beau-père ? demanda Doreen, curieuse, sachant que Mack serait en train de lui hurler dessus s'il entendait cette conversation.

— Je ne vois pas quoi lui dire.

Il y avait suffisamment d'honnêteté dans la voix de Denise pour que Doreen accepte de la croire. Mais là encore, cette femme l'avait déroutée depuis le début. Il y avait définitivement quelque chose qui clochait chez elle en cet instant. Doreen n'avait pas confiance en elle, et ça l'expliquait en grande partie.

— Je trouve difficile de me fier à vous, encore maintenant, lui déclara Doreen.

— Et vous ne devriez pas. J'ai passé ma vie à tenter de survivre, et ça ne veut pas dire qu'on est toujours de bonnes personnes quand on fait ça.

— Ça ne signifie pas que vous êtes obligés de continuer à être de mauvaises personnes non plus, murmura Doreen.

La femme se mit à rire.

— Non, mais parfois, ça vient naturellement.

— Là encore, c'est un choix et vous pouvez agir pour vous rendre meilleure.

Doreen détestait le fait que, même dans cette situation, elle était anxieuse à l'idée d'aider Denise, alors que de toute évidence, elle ne désirait aucune assistance. Et comme c'était frustrant ! Car cette fille pouvait encore tellement faire quelque chose de sa vie, si elle le souhaitait. Mais Doreen était loin d'être une meneuse.

— Et je suis navrée de le dire, mais je ne crois pas que votre vie ait été aussi facile…

— Elle ne l'a pas été du tout ! Il frappait ma mère. Tout le temps.

— Mais à vous, il n'a jamais fait de mal ?

— Parfois, mais pas de la même façon. Il a arrêté du jour au lendemain aussi.

— Votre beau-père a probablement réalisé qu'il avait franchi la ligne quand il a tué votre mère, et maintenant, il essaie simplement de maintenir le statu quo, songea Doreen. Et votre oncle est devenu son défouloir, non ?

Denise hocha lentement la tête.

— Comment avez-vous deviné ça ?

— Parce qu'il s'est contenté d'accepter d'être frappé. Comme un tas de fois avant ça.

— Mon beau-père déteste sincèrement mon oncle. Je ne sais pas vraiment pourquoi, mais… (Elle haussa les épaules.) Il y a un paquet de rumeurs, mais je dirai simplement que mon beau-père n'a aucun respect pour lui.

— Et cela remonte sans doute à la relation que les deux hommes partageaient avec votre mère.

— Exact. Bien sûr, mon oncle n'a jamais rien dit à propos de la mort de ma mère et ne m'a jamais révélé si mon beau-père avait quelque chose à voir là-dedans. Alors, je n'ai jamais vraiment su ce qu'il avait en tête non plus.

— Vous pensez que vous devriez lui demander, murmura Doreen en regardant Denise et en se demandant combien de temps ça prendrait avant que Mack n'arrive.

— Peut-être…

— Par conséquent, tous les deux, vous marchez sur des œufs en présence de cet homme, votre beau-père, comme s'il avait commis quelque chose ?

— Bien sûr, confirma-t-elle en riant à moitié. Ne nous savons pas comment nous y prendre, donc on n'agit pas, et c'est justement le fait de ne *rien faire* qui nous paralyse. Et parce que nous ignorons quelles actions mener, nous ne tentons rien.

— Je comprends, mais en même temps, la suspicion vous tue. Avez-vous déjà carrément demandé à votre beau-père s'il l'avait assassinée ?

Denise acquiesça de la tête.

— Une fois. Et j'ai reçu le ceinturon au visage pour ça. Il m'a dit que je ne devais plus jamais penser à une chose aussi horrible et qu'il aimait ma mère.

— Aimer quelqu'un n'exclut pas le meurtre, surtout dans des situations violentes.

— Je ne crois pas que ma mère ait subi des violences.

— Vous avez déclaré qu'il la battait…

— Oui, mais il expliquait qu'elle le méritait.

En entendant ce commentaire ahurissant, Doreen la fixa, sous le choc.

Et la femme soupira.

— Vous voyez ? Vous comprenez ce que je veux dire ? Je glisse de l'avant vers l'arrière…

— Ce sont vraiment des âneries, ne vous laissez pas entraîner dans de telles réflexions.

— Ce n'est pas mon intention ! s'écria-t-elle. Que suis-je censée faire ? Je passe ma vie à avoir ce genre de pensées en tête !

Doreen ne savait pas exactement ce qu'il était en train de

se passer, mais elle ne croyait pas les mots de cette femme à cet instant. Une partie du problème était la lueur de ce qui ressemblait presque à un amusement dans ses yeux, comme si elle se payait délibérément la tête de Doreen.

— Je ne sais pas…, lança-t-elle en la dévisageant. Vous ne paraissez pas vraiment bouleversée, alors, je doute que vous souffriez. C'est plus de la curiosité désormais, non ?

Ou me tend-elle un piège pour de vrai ? Elle m'utilise… mais pour quoi ?

— Non, je ne suis plus bouleversée en ce qui concerne ma mère, et vous avez raison, c'est probablement le bon moment pour en rester là. Je suis certaine que vous ne voulez plus vous intéresser à sa mort, mais ce serait gentil…

— Et maintenant, vous parlez de *mort* alors qu'avant ça vous mentionnez une *disparition*. Je ne pige pas…

— Ça fait quinze ans. C'est plus facile pour moi de croire qu'elle est morte plutôt que de penser qu'elle ne souhaite plus rien avoir à faire avec moi.

Ce moment d'honnêteté éhontée – avec les larmes qui l'accompagnaient – frappa Doreen.

— Je serais en mesure d'y jeter un œil… Mais il me faut toute information sur elle en votre possession pour y parvenir.

— Je peux vous transmettre ce que j'ai. J'en ai rédigé à l'époque pour un détective privé, mais je n'ai jamais pu réunir l'argent, donc ça n'a débouché nulle part.

Elle se leva, brandit une clé USB et indiqua :

— J'avais envie de vous la donner la première fois que je vous ai rencontrée. Puis je me suis demandé si je devais… Quand j'ai su qu'une femme rôdait dans les vergers, mon instinct m'a soufflé que c'était vous, ajouta-t-elle avec un sourire lumineux. Alors, tenez. Ce sont les renseignements concernant ma mère, seulement au cas où je ne pourrais pas vous la donner plus tard.

— Pourquoi ne pourriez-vous pas me la donner plus tard ? demanda Doreen, inquiète, tout en acceptant la clé USB.

Denise la considéra d'un air absent.

— J'ai conscience que je suis une épave et que ma mère l'était aussi probablement. Mais ça ne signifie pas qu'elle méritait ça, comme je ne mérite pas ce qui résultera de cette pagaille.

— Pour le moment, la pagaille, c'est la présence d'un corps à la morgue, corrigea Doreen en essayant de les recentrer sur la conversation. Votre mère est partie depuis quinze ans, mais ce cadavre qui se retrouve à la morgue en ce moment ? Il est frais.

Sur ce, Denise s'en alla.

Chapitre 28

DOREEN COURUT JUSQU'À la porte d'entrée, juste à temps pour voir Denise monter dans son véhicule et filer. Elle était à peine partie que Mack arriva au volant. Doreen lui tint la porte.

— Elle vient de s'en aller, mais toute la conversation était absolument confuse ! Je crois qu'elle essayait de jouer avec moi.

— Elle joue clairement avec vous.

— Elle avait pourtant un tas d'informations à offrir. (Elle partagea alors ce que Denise lui avait raconté avant d'ajouter :) En plus, elle m'a donné ça, au sujet de la mort de sa mère.

— Bon sang de bois, lâcha Mack en secouant la tête. La dernière chose dont vous aviez besoin, c'est d'une nouvelle affaire.

— Non, vous vous rappelez ? Je vous ai dit que les affaires classées me convenaient mieux.

— Bien sûr, car vous estimez que le danger se trouve suffisamment loin.

Elle confirma d'un signe de tête.

— Et pourtant, en même temps, il ne paraît pas très

éloigné aujourd'hui. Est-ce que le moindre élément de la vidéo a été utile ?

— Oui. On réalise les tests sur le corps en ce moment. Et il est probable que ce ne soit pas le bon gars qui ait fait de la prison.

— Comment une chose pareille est-elle possible ?

— Ça arrive, les erreurs. Les gens voient ce qu'ils s'attendent à voir. Il s'est présenté, il avait le physique de l'emploi, alors, il n'y avait aucune raison d'en douter.

— Et donc il est allé en prison pour son frère ?

— Ce n'est pas si étrange qu'une personne incarcérée répète encore et toujours qu'elle est innocente. En plus, les frères étaient de faux jumeaux et avaient l'air assez similaires, surtout quand ils étaient plus jeunes. Mais les années ont passé, ont vraiment fait leur œuvre et se sont affichées différemment sur chacun.

— Et selon mes recherches, il aurait aussi semblé que, murmura-t-elle, qu'il… euh… aurait pu ne pas être vraiment là, pour ainsi dire.

— Je ne sais pas grand-chose là-dessus si ce n'est qu'il n'était probablement pas aussi manipulateur que son frère. Bref, il est allé en prison pour l'autre, comme vous l'avez expliqué. Et selon les empreintes digitales dont on dispose dans le dossier, celui qui a purgé la peine est actuellement à la morgue.

— Mais ce n'est pas nécessairement celui qui a été accusé du crime, correct ? Alors, le jardinier pourrait finir en prison également ?

Mack acquiesça.

— Oui, on va donc s'occuper de ça également.

— Bien sûr, mais ça ne nous indique toujours pas qui a tué le frère.

— Non, en effet. Et je ne veux pas que vous en fassiez davantage dans cette affaire. C'est dangereux. On a déjà eu assez de morts.

— Il y en a un autre ?

Il secoua instantanément la tête.

— Un suffit. Et maintenant, vous allez vérifier ce qu'elle vient de raconter sur sa mère.

Doreen confirma.

— Je souhaite vraiment voir ce qu'il y a sur cette clé.

— Moi aussi, car ça pourrait concerner mon enquête.

— Bien. (Elle rentra alors, fit une copie de tous les dossiers présents sur la clé et tendit cette dernière à Mack.) Vous pensez qu'elle s'attend à ce que je vous la donne ?

— Je le suppose, oui. Je crois qu'ils nous ont devancés à chaque pas. Je ne suis simplement pas certain qu'ils avaient bien réfléchi à la mort d'un oncle.

— Ce qui signifie qu'il se pourrait que quelqu'un d'autre soit impliqué.

— Oui, et nous nous basons sur la théorie selon laquelle il s'agit de la personne qui était mêlée au crime d'origine, le partenaire de Dicky.

— Oh ! Et moi qui pensais qu'il était la victime…

— Ce serait une chouette hypothèse sauf que nous avons depuis déterminé que Dicky n'était pas seul dans son aventure de hors-la-loi et que l'autre gars n'a jamais été attrapé.

— Peut-être qu'il ne l'a jamais été, mais qu'il n'a pas non plus obtenu tout ce qu'il souhaitait à la suite du vol, je présume.

— C'est ce à quoi je songeais également. Et il réclame 100 000 dollars pour rester silencieux, probablement au sujet du frère qui a fait de la prison pour Dicky.

— Ça aurait du sens, oui. La ruse du kidnapping devait permettre à Dicky de disparaître, mais au lieu de ça, cette autre personne a trouvé le frère.

— Mais pourquoi Dicky irait payer une rançon si son partenaire a déjà tué son frère ?

— Peut-être que le partenaire n'avait pas prévu de l'éliminer. En plus, nous ignorons lequel est venu en premier, n'est-ce pas ?

— Exact. Alors, l'associé a sans doute mis la main sur le mauvais frère, l'a menacé, puis a réalisé qu'il n'avait pas le bon devant lui, mais a fini par le tuer – accidentellement ou pas –, et maintenant, il revient pour les autres.

Doreen sourit et opina du chef.

— Et si…

— Et si quoi ? lui demanda-t-il, attendant la suite.

— Et si on les laissait tranquilles, peut-être qu'ils s'entretueraient…

Mack éclata de rire.

— C'est fort possible. Cela dit, ce n'est pas vraiment ce genre de vérification qu'on me demande d'exercer.

— Peut-être pas, mais toute cette histoire est une vraie pagaille.

— Oui, en effet, mais il faut encore qu'on les chope.

— Ça arrivera bientôt ?

— C'est, je l'espère, en cours en ce moment. Je suis venu pour m'assurer que vous restez là, pendant l'opération.

Elle le dévisagea, et sa mâchoire en tomba.

— Sérieusement ? Je n'allais pas y aller pour semer le trouble ! (Il la regarda d'un air peu convaincu.) Sans le vouloir, ajouta-t-elle.

— Et pourtant, d'une façon ou d'une autre, *sans le vouloir*, vous finissez par vous retrouver dans les pires endroits !

Elle grogna.

— Et là encore, sans le vouloir, murmura-t-elle.

Mack sourit.

— On le sait. Votre cœur est à la bonne place, mais dans le cas présent, nous devons veiller à ce que le reste de votre corps demeure à la bonne place également.

— Vous pensez que Denise était au courant ?

— Je ne serais pas du tout surpris que ses instincts soient coriaces. Je doute fortement qu'elle retourne là-bas.

— Oh, je ne crois pas ! J'ai le sentiment qu'elle tient beaucoup du survivant.

— Tout à fait. Auquel cas, elle n'aura plus rien à voir avec eux par la suite.

— On aurait dû la pister.

Mack acquiesça.

— Nous sommes la police, vous avez oublié ? J'ai missionné quelqu'un dès son départ, pour garder un œil sur elle. Nous connaissons également son véhicule, donc nous pouvons le suivre aussi.

Elle leva les yeux au ciel.

— Vous voulez dire, la *vraie* police, contrairement à une simple amatrice comme moi ?

— Exact, répondit-il avec un large rictus.

— Et maintenant quoi ? questionna-t-elle tandis que le téléphone de Mack vibrait.

— Je m'en vais. Par conséquent, vous êtes libre de parcourir les infos qu'elle vous a transmises si vous le souhaitez. Mais je vous en prie, restez chez vous. Verrouillez les portes et, si elle revient, ne répondez pas.

Doreen prit une grande et profonde inspiration.

— OK. Ça me va.

Et après avoir hoché la tête, Mack sortit.

Chapitre 29

CE NE FUT que des heures plus tard que Doreen parvint à se réchauffer. Elle ne s'était pas rendu compte qu'elle avait froid jusqu'à ce que Mack parte. Ensuite, c'était comme si elle ne pouvait plus se réchauffer. Avec une tasse de thé chaud, elle alla au lit cette nuit-là et se réveilla le lendemain matin en se sentant toujours étrange et patraque. Décidant qu'elle devait changer son humeur, elle appela sa grand-mère.

— Salut, Nan ! Je peux venir te voir ?

— Oh, bien sûr que oui !

Par la suite, Doreen s'habilla rapidement, prit les laisses et se rendit à la crique avec ses animaux.

Dès qu'ils aperçurent Nan, ils se libérèrent et la saluèrent avec joie tandis qu'elle les câlinait tous. Nan s'assit, regarda sa petite-fille et lui dit :

— Tu avais vraiment besoin de me rendre visite, n'est-ce pas ?

Doreen haussa les épaules et acquiesça.

— En effet, je suis désolée, ces derniers jours ont été tellement confus. Je me suis sentie si fatiguée et pas encore guérie que j'ai été hors-jeu. Je crois qu'il faut simplement que je me repose pendant une semaine voire plus.

— Et j'en suis navrée, car il ne devrait pas en être ainsi. Tes affaires sont normalement claires et nettes.

— Je suppose que ce n'est pas le cas pour tout le monde, si ? plaisanta-t-elle avant de rire. En plus, c'est un peu égoïste de penser que j'ai tout résolu.

— Tu t'en es très bien tirée jusque-là. Alors, explique-moi l'histoire avec cette Denise…

— Je ne suis même pas certaine d'en être capable. C'est comme si tout ce qui sortait de sa bouche était un mensonge, et qu'elle se moquait de moi au fond d'elle.

— C'est probablement le cas. Certaines personnes sont comme ça.

— J'en suis consciente. Je veux dire, en étant au bras de mon mari quand il gérait ses affaires, j'ai vraiment été habituée à fréquenter différentes sortes de gens.

— Il ne vaut mieux pas s'appesantir sur lui et les personnes de son acabit, ma chérie. Ça va seulement te saper le moral. Laissons les avocats s'occuper de ça dorénavant.

Doreen afficha un sourire en coin.

— Ça semble être un thème récurrent, et je ne peux qu'espérer que Nick s'en sorte mieux que moi.

Songer à ça fit clairement dévier son esprit de Denise à sa propre situation, et elle ne pouvait s'empêcher de se demander ce qu'il se passait pendant les négociations du divorce, tout comme avec le testament de Robin. Se souvenir comment elle avait été dupée par Robin la rendait plus que sceptique quant à Denise et son histoire instable.

Après avoir entendu les dernières nouvelles de Rosemoor, elle était plus que prête pour une autre promenade. Elle rassembla donc les animaux, puis ils dirent au revoir à Nan et se dirigèrent vers la maison en passant par la rivière.

Respirer l'air frais aida immédiatement Doreen et, tandis qu'ils marchaient, elle commença à se détendre, à s'éclaircir les idées et à remarquer la beauté naturelle autour d'elle. Un bruit étrange la sortit de sa rêverie. Elle vérifia ses compagnons : Mugs et Goliath étaient tous deux contents devant elle et longeaient la crique, pendant que Thaddeus était juché, ravi, sur son épaule. Et le son de ce qui ressemblait à un bruit de pas sur le chemin recommença. Elle se tourna rapidement et crut apercevoir un homme – ou une partie. Ou peut-être pas.

Devenait-elle paranoïaque ? Les animaux n'avaient rien capté de fâcheux. Elle continua de marcher en augmentant la cadence. Quelques regards furtifs supplémentaires ne révélèrent rien de plus, mais elle ne parvenait pas à se débarrasser de l'impression que quelqu'un se trouvait derrière elle.

— Allez, ne sois pas bête. Qui ça pourrait être ? prononça-t-elle à voix haute, tout en se hâtant. En plus, si on te voulait du mal, on t'aurait certainement déjà sauté dessus. Pourquoi rester caché ? (*Sauf s'il avait l'intention de la suivre jusque chez elle.*) Âneries. On a seulement besoin de prendre une pause dans toutes ces histoires dramatiques, c'est tout.

Mais quand elle entendit un bruit qui ressemblait à une toux, elle abandonna toute excuse et, en criant sur les bestioles, elle augmenta la cadence jusqu'à adopter une marche très rapide, courant presque. Comme elle arrivait au dernier virage, elle reprit son souffle quand elle remarqua un homme qui se dépêchait en bas du chemin devant eux.

— Mack ! Que faites-vous ici ? Bon sang, je suis contente de vous voir, mais continuons d'avancer, lâcha-t-elle.

Les larmes menaçaient de se répandre sur ses joues, et elle saisit Mack par la manche pour le traîner avec elle tandis que Mugs, fou de joie, essayait de le saluer.

— Pas maintenant, Mugs. Poursuivons.

— Qu'est-il arrivé ? demanda Mack, constatant que Doreen était anormalement effrayée. Vous avez vu quelqu'un ?

— Oui… Non… Je n'en suis pas sûre, bredouilla-t-elle. J'ai cru entendre le bruit d'une personne derrière moi, même une toux. Il m'a semblé apercevoir sa silhouette quand il a plongé derrière un arbre plus tôt, mais ce n'était peut-être que mon imagination.

Étudiant les alentours, l'air en colère, Mack passa son bras autour d'elle.

— On va vous ramener à la maison, et ensuite, nous discuterons.

Elle était légèrement à bout de souffle et donc ravie de ce répit dans la conversation. Embarrassée d'être si secouée, elle était vraiment contente de le retrouver.

— Première chose une fois rentrés, préparer du café ! s'exclama-t-il avec le sourire.

Reconnaissante d'avoir l'occasion de courir sans ressembler à une poule mouillée, elle décolla telle une fusée, Mack sur ses talons. Après une brève bourrasque, ils se retrouvèrent tous deux à l'intérieur, et Doreen se rendit à la salle de bain pour reprendre sa respiration pendant que Mack préparait le café.

— Je suis satisfait de remarquer que l'alarme était allumée, indiqua-t-il.

— J'essaie vraiment d'être prudente, vous savez.

— Pourquoi ne pas m'avoir appelé quand vous avez eu peur ?

— Après le dernier fiasco, quand je n'étais même pas capable de vous dire où je me trouvais, c'était tout simplement trop humiliant… Je ne peux pas continuer à vous téléphoner pour me secourir. Je suis bien plus indépendante que ça… En tout cas, je veux l'être. En plus, quand je vous contacte, je vous empêche de travailler. À ce propos, pourquoi êtes-vous ici ? N'êtes-vous pas censé être au boulot ?

— Je travaille en ce moment même en réalité. Vous garder en sécurité est mon boulot aussi, vous savez ? J'étais déjà sur le chemin pour me rendre ici de toute manière.

— Et pourquoi veniez-vous ici ?

— Quand nous avons commencé à identifier nos suspects la nuit dernière, ils se sont dispersés, et nous ne les avons pas tous attrapés.

— Oh, eh bien, vous les aurez tous bien assez tôt !

— On les aura.

Et pourtant, il ne bougea pas de sa cuisine. Elle poussa un grognement.

— Alors, pourquoi êtes-vous encore là ? Ne me dites pas que vous me gardez comme une enfant ?

Il hocha la tête, croisa les bras sur sa poitrine et la regarda.

— Si, c'est ce que je fais.

— Pourquoi ? gémit-elle.

— Car on doit s'assurer que vous êtes en sécurité.

Et la première pensée qui lui vint fut de se rendre compte non seulement à quel point il s'intéressait à elle, mais aussi combien elle avait un impact sur ses heures de présence au poste de police pour la maintenir en sécurité.

— Vous devriez être là-bas, avec eux.

— Je devrais, confirma-t-il en opinant du chef. Mais à cause de la nature de notre relation, j'ai été élu pour être celui qui devait rester ici.

Elle grimaça.

— Je suis désolée, dit-elle d'une petite voix.

— Écoutez… Quelqu'un vous a suivie là-bas, et c'est ce qui m'inquiète le plus.

— Mais je ne sais même pas qui c'était. J'ai cru que c'était un homme, mais ensuite, quand j'ai vérifié encore et encore, je n'ai vu personne.

— Ça se pourrait bien, mais nous avons également reçu un appel, pour une femme qui avait besoin d'être secourue le long de la rivière, et c'est là que je vous ai trouvée. Curieusement, ils ont fourni de bien meilleures directions que vous n'auriez réussi à le faire, la railla-t-il avec un regard en coin.

— Oh, arrêtez ! le gronda-t-elle en secouant la tête et en se souvenant de l'incident près des vergers. Pour votre gouverne, il fallait forcément connaître son chemin pour indiquer les bonnes directions… Et rien n'est arrivé, donc il est peu probable que ce soit simplement une personne du coin qui l'ait remarqué et qui ait présumé que ça ne présageait rien de bon.

Il opina du chef.

— Mais en attendant, nous ignorons de qui il s'agit. Et il ne s'est pas identifié au téléphone. En plus, nous ne pouvions affirmer si c'était un homme ou une femme. Encore du temps volé à la police…

— Il y en a pas mal dans cette affaire, n'est-ce pas ?

— Eh bien, il y a eu des heures gâchées pour le faux kidnapping, s'il s'avère que c'est le cas… Mais, plus important, nous sommes encore après celui ou celle qui a tué notre homme de la morgue.

— Avez-vous vérifié l'endroit où se trouvait Denise au moment du meurtre ?

— Le médecin légiste ne nous a appris l'heure de la mort que récemment. Alors, ce sera clairement l'une des questions que nous leur poserons, annonça-t-il avant de se tourner et de la considérer. Pourquoi ?

— Parce qu'elle…, commença Doreen avant de marquer une pause et de secouer la tête. Je ne sais pas quoi dire. Mais il y a quelque chose de très différent à son sujet.

— Parfois, quand on fréquente cet univers et que quelqu'un a passé pas mal d'années autour de la drogue ou à baigner dans le crime, à n'apprendre qu'à mentir, escroquer et voler, c'est assez difficile d'en tirer la vérité. Leurs histoires évoluent en quelques secondes.

— J'ai clairement vu cela arriver avec elle, marmonna-t-elle. C'est frustrant.

Mack se mit à rire.

— Oui, ça l'est. Mais on y est habitués.

— J'ai pigé, lâcha-t-elle sans en révéler davantage, attendant que Mack soit tenu au courant par son équipe…

Et quand son téléphone vibra, elle le regarda lire le message.

— OK, ils ont chopé le dernier mec, donc vous pouvez rester ici, seule. Mais verrouillez les portes et tenez-vous loin des problèmes. Il faut que j'y aille.

Puis il pivota et marcha jusqu'à la porte d'entrée.

— Au revoir, dit Doreen, et merci.

Il leva une main, grimpa dans son véhicule et partit. Elle n'était pas certaine de savoir quoi penser de tout ça, mais de toute évidence, il était sur une nouvelle piste, sur laquelle il ne souhaitait pas la voir poser le pied. Elle le ferait si elle le pouvait… Mais ça ne semblait pas si facile que ça.

Suivant les instructions de Mack, elle se tourna et verrouilla les portes. Une fois dans la cuisine, elle scruta autour d'elle pour déterminer ce qu'il lui restait comme options pour manger et n'en remarqua pas beaucoup. Mais il fallait qu'elle trouve quelque chose, alors elle prépara un sandwich et alluma la télévision. C'était un vieux modèle, et les couleurs n'étaient pas super, mais elle la regardait pour se distraire.

Quand elle entendit un bruit dans le jardin de derrière, elle refusa de se lever pour vérifier, mais Mugs n'eut absolument aucun scrupule. Il se leva et aboya, furieusement et en continu. Grimaçant, Doreen se leva et observa à travers les rideaux. Il n'y avait rien, aussi loin qu'elle pouvait distinguer. Elle tenta immédiatement de le calmer et lui dit :

— C'est bon, mon pote, tout va bien.

Mais il ne l'écoutait pas. Apparemment, tout n'allait pas bien pour lui. Selon lui, il y avait quelque chose, là, dehors, qu'il ne souhaitait pas du tout. Elle ignorait ce qu'elle était censée faire, cependant. Elle avait tout bouclé, et le système de sécurité était allumé, donc personne n'allait ni ne pouvait entrer. Tant qu'elle resterait ici, tout devrait bien se passer. Puis elle discerna un cri.

— Doreen !

Elle grimaça en reconnaissant la voix de Denise. Elle refusait de répondre, mais alors, la femme poursuivit :

— S'il vous plaît, aidez-moi !

Doreen grogna ; comment était-elle supposée agir ? Si Denise était impliquée, cela lui apporterait des ennuis ; mais si elle souffrait, était blessée ou avait besoin d'un endroit où se cacher pour s'éloigner de son beau-père et qu'elle ne l'aidait pas, comment cela finirait ? Elle envoya immédiatement un message à Mack, lui expliquant que Denise était apparemment devant chez elle, clamant qu'elle avait besoin d'aide. Mack lui intima immédiatement de rester à l'intérieur et de ne pas la laisser entrer, sous aucun prétexte. Elle ne savait pas quoi faire à ce stade et lui renvoya un nouveau SMS, ajoutant qu'elle avait l'air d'avoir des ennuis. Son téléphone sonna immédiatement.

— Je suis en route. N'ouvrez pas la porte.

Doreen grimaça et se tourna vers son jardin.

— Je ne l'entends plus…

— Ne lui faites pas confiance. Ce n'est pas si simple.

— Elle a requis mon aide, Mack, chuchota-t-elle.

— Évidemment ! Elle sait comment parvenir jusqu'à vous.

Doreen s'immobilisa.

— Suis-je si facile à atteindre ?

— Vous avez du cœur, déclara-t-il pour clarifier. Pas facile. C'est simplement que ce genre de personne sait comment tirer avantage de vous.

— Génial… Ce n'est pas exactement comme ça que je veux être considérée dans la vie.

— Prouvez-le alors, et restez en sécurité à l'intérieur.

Il raccrocha, et elle tendit de nouveau l'oreille. Et cela recommença.

— Doreen, Doreen, pitié ! Je suis blessée.

Elle jeta un coup d'œil vers son chien.

— Qu'est-ce qu'on décide, Mugs ?

Ce dernier aboya et aboya encore pendant qu'elle comprenait ce qu'il ressentait, sans avoir l'impression qu'il lui disait d'ouvrir la porte. Quand elle voulut tester sa théorie et qu'elle se déplaça jusqu'à la porte, il se mit sur son chemin et la fit trébucher. Elle chuta lourdement contre la porte et le regarda, surprise. Puis il se mit à japper en lui sautant dessus.

— OK, bon, c'est aussi clair que du cristal, marmonna-t-elle avant de se mettre à rire.

Elle ne s'était pas blessée, mais il était de toute évidence ravi de la voir rester là.

— Désolée, mon pote. Apparemment, c'est un mauvais

plan, hein ?

Pile à cet instant, elle entendit un véhicule remonter rapidement l'allée. Elle considéra son chien.

— Et voilà notre chevalier dans son armure toute brillante !

En réponse, Mugs aboya, l'air désormais enjoué. Elle s'esclaffa et tourna la tête vers la porte d'entrée. Elle se remit debout, s'y rendit puis coupa l'alarme. Aussitôt, Mack apparut, le visage rivé sur le sien. Et soudain, il se raidit.

— Qu'est-ce qui cloche ? grogna-t-elle.

Une femme derrière lui se mit à parler.

— Entrez, les mains en l'air, lui intima Denise. Ou je vous éclate la tête à tous les deux.

<h1 style="text-align:center">Chapitre 30</h1>

D OREEN DÉVISAGEA MACK, choquée.

Il lui rendit son œillade et lui ordonna :

— Reculez.

Elle continuait de le fixer.

— Est-elle arrivée derrière vous ?

Il lui lança un regard noir, puis elle réalisa qu'il avait foncé jusqu'à la porte d'entrée, plus préoccupé par elle que par tout autre chose, et qu'il s'était mis en mauvaise posture. Elle se replia lentement pour voir Denise se tenir derrière Mack. Elle avait grimpé les marches de devant en maintenant l'arme sur lui.

— Ouah… Quand vous aviez déclaré avoir besoin d'aide, c'était vraiment le cas, la railla Doreen. Vous vous êtes dégoté un bon psy dans le coin ? Je suppose qu'il y en aura un pour vous en prison.

— Ne vous moquez pas de moi, ricana-t-elle. Les gens pathétiques comme vous me font pleurer de désolation, vu comme la société s'effondre.

— Vous voulez dire, car nous nous intéressons aux gens et que nous ne tuons pas tout le monde ? lui demanda Doreen, curieuse.

— Vous ne savez rien de tout ça, lui lança Denise. Vous vivez dans votre petite maison de riche, l'air de ne jamais avoir su ce que c'était, d'avoir des problèmes.

Mack envoya à Doreen un regard d'avertissement, pour lui intimer de ne pas entrer dans le jeu de cette dingue.

— Des problèmes comme les vôtres, non, répliqua Doreen, je n'en ai pas. Mais je comprends bien que vous en ayez certains.

— J'ai fait de la prison, que je n'avais pas à faire, que je n'aurais pas dû faire.

Doreen la considéra fixement.

— Ça n'est apparu nulle part…

— Non, car ils m'ont internée dans un hôpital psychiatrique plutôt qu'en cellule.

— Je peux le concevoir, acquiesça Doreen en hochant à peine la tête. Rien dans ce que vous avez raconté jusqu'à présent n'avait vraiment de sens.

Là, Denise enfonça le canon de l'arme dans le dos de Mack.

Consciente d'être la cible du regard noir de ce dernier, Doreen haussa les épaules.

— OK, donc vous ne voulez pas que je lui dise quoi que ce soit, mais, sérieusement, elle a été difficile à comprendre tout ce temps, argua-t-elle en s'excusant auprès de Mack.

— Oh, pour l'amour du ciel ! s'exclama Denise, ils ont insinué que j'ai tué ma mère, mais c'est faux.

— OK, ça, vous me l'avez expliqué, et vous m'avez donné des informations pour effectuer des recherches à ce sujet.

— C'est exact, et je le souhaite, car je ne l'ai pas assassinée ; c'est quelqu'un d'autre.

— Et votre beau-père vous a soutenue ?

— Il m'a aidée à sortir de ce centre, et, une fois qu'ils

m'ont considérée comme pleinement en possession de mes moyens, j'ai été libérée sous sa responsabilité. C'était il y a environ quatre ans, et je reste avec lui depuis.

— Bien, souffla Doreen, et vous avez vécu toute cette vague de crimes avec lui ?

— Non, nous avions des boulots et nous nous en sortions bien. Jusqu'à ce que quelqu'un qui en avait après mon oncle se pointe et que Dicky nous appelle à l'aide.

— D'accord. Et pourquoi être venue ici ?

Mack grimaça, n'appréciant pas que Doreen joue avec Denise, mais il écoutait attentivement leur conversation.

— C'est là que travaillait oncle Dicky et c'est aussi là que travaillait l'autre gars.

— Alors, vous savez qui en a après lui ? Celui qui a tué votre autre oncle ?

— Nous le pensons, oui. Mais nous n'en sommes pas sûrs.

— Bien. Je comprends ça, mais ce que je ne pige pas, c'est qui est cette personne.

— C'était la partenaire de crimes de Dicky.

— Ah, alors, votre oncle n'a pas partagé le magot, et maintenant, elle réclame son dû, c'est ça ?

— Il a aussi fait de la prison avec mon autre oncle, mais parce qu'ils étaient dans des centres de détention différents, il n'a jamais compris que c'était celui qui n'avait pas commis le crime qui avait été incarcéré, et que son partenaire, oncle Dicky, le coupable, s'en était sorti impunément.

— Alors, qu'est-ce que ça signifie ? Il a l'impression que de l'argent et du temps lui ont été volés à cause de toutes ces années passées derrière les barreaux, car son complice était libre et pas lui ? Par conséquent, il réclame 100 000 dollars pour continuer sa vie sans parler du reste aux autres ? En considérant le nombre d'années perdues en prison, ce n'est pas un si mauvais marché.

— Ça n'a pas d'importance, mais mon oncle Dicky n'a pas cette somme, et maintenant, ce mec a tué son frère, oncle Charlie. Lui qui n'a pas commis le crime, mais en a payé le prix, n'avait pas la moindre idée de ce dont ce gars parlait, et c'est là que le type a compris qu'il faisait face au mauvais frère. Les deux se ressemblaient, mais les années en tôle ont durement marqué l'un plus que l'autre.

— Alors, pourquoi êtes-vous ici maintenant ? questionna Doreen.

Elle haussa les épaules.

— Car mon beau-père m'a demandé de venir.

— Non, contesta Doreen. Vous continuez à blâmer les autres et à maintenir que vous êtes une victime, l'accusa-t-elle en regardant de nouveau Mack qui l'étudiait attentivement. Je ne vous crois pas. Tout ce que vous avez fait, c'est balancer de fausses pistes. Mais vous ne nous aidez pas vraiment à résoudre cette histoire.

— C'est parce que vous êtes trop bête pour ça.

— Non, c'est faux, riposta sèchement Doreen. Je suis vraiment fatiguée des gens qui me disent que je suis stupide alors que je ne le suis pas ! cracha Doreen, sa colère grandissant.

— Oh, qui raconte que vous êtes stupide ? Car ils ont sans doute raison depuis le début.

— Mon ex, déjà, et je ne le suis pas.

Elle pouvait sentir le vieux courroux l'envahir. Mugs aboyait à ses pieds comme s'il comprenait à quel point elle était contrariée. Elle se pencha, le caressa et lui souffla :

— C'est bon, mon pote, je sais. Je me mets en colère, mais je te promets que je ne le ferai plus.

— Oh, bon sang ! lâcha Denise avec sarcasme. Écoutez-la donc parler au chien comme si c'était une vraie personne !

— Mon chien est une personne, fulmina Doreen en regardant la femme. Si vous aviez une once d'empathie, vous comprendriez ça.

— Ce n'est pas le cas, alors, peu importe.

— Non, ce qui compte présentement, reprit Doreen, c'est pourquoi vous êtes ici. Car si vous n'avez pas tué votre oncle et que vous savez qui l'a fait, votre présence n'a aucun intérêt. Vous m'avez déjà transmis les infos que vous souhaitiez que je possède afin de résoudre le meurtre de votre mère, mais maintenant, vous braquez une arme sur un policier. Dans quel but ?

— Un policier ? sursauta Denise en regardant Mack sur le côté d'un air étonné.

— Un policier, confirma Doreen en hochant la tête. Ce n'est pas très malin.

— Oh non ! s'exclama la femme en reculant légèrement avant de considérer Mack. Je ne voulais pas faire ça…

— Oui, mais c'est trop tard, la railla Doreen en avançant d'un pas. Il vous a posé des questions au sujet de votre oncle Dicky, supposé disparu. Vos seules compétences, c'est mentir et tromper. Que se passe-t-il vraiment ?

Mack observa Denise et lui demanda :

— Dédoublement de la personnalité ?

— Quoi ? s'étonna Doreen en le dévisageant, puis Denise.

Elle détecta immédiatement la furie dans la voix de Denise qui changeait de nouveau.

— Je n'ai pas de dédoublement de la personnalité ! Mais quand vous faites ressortir mon mauvais caractère, je peux effectuer des trucs dingues ! admit-elle.

— Oh…, souffla Doreen, je ne m'attendais pas à ça.

— Non, personne ne s'y attend. Ce n'est pas un dédoublement de la personnalité. C'est simplement que la colère me permet d'accomplir ce dont j'ai envie, et là, maintenant, je suis vraiment furieuse contre le monde entier.

— Pourquoi cela ? Car une fois encore, vous n'avez aucune raison de vous trouver ici…

— Car quand je suis venue ici l'autre fois, j'ai planqué un truc dans votre maison. Et maintenant, je le veux.

— Et vous auriez pu le récupérer à tout moment quand il n'y avait personne… Alors, pourquoi vous êtes ici, maintenant ?

— Car je sais que c'est un flic, avoua-t-elle en riant avec la même folie que celle que Doreen était parvenue à reconnaître comme fausse. Et je souhaite cette information avant qu'elle ne soit envoyée à quiconque vous pensez la transmettre.

— Quelle information ?

— Celle que je vous ai donnée.

Doreen, perplexe, regarda Mack qui hocha la tête à son intention.

— Vous parlez de la clé USB ?

— Oui.

— Mais vous me l'avez donnée, lâcha Doreen. Pourquoi avoir envie de la reprendre maintenant ?

La femme considéra Doreen.

— Car ce n'est pas moi qui vous l'ai donnée !

Doreen secoua la tête.

— Oh, bon sang…

— Comme j'ai dit, remarqua Mack d'une voix très douce.

Et Doreen comprit que Denise avait deux personnalités :

l'une lui avait confié la clé pour la mettre en lieu sûr, car sa mère lui importait vraiment, et maintenant, l'autre était ici pour la récupérer, car elle avait tué sa mère.

— Bon, laissez-moi tirer les choses au clair… Vous avez tué votre mère, mais votre alter ego m'a fourni les renseignements afin que je sois en mesure de résoudre le crime… parce qu'elle ignorait que vous…

— Oh, elle sait tout de moi ! l'interrompit Denise, mais elle n'est pas au courant que j'ai assassiné mère.

— Et vous lui avez caché ça.

— Évidemment. Je veux dire, nous nous aimons, nous sommes sœurs.

— Alors, à quel point avez-vous été maltraitée par votre beau-père ?

— Plutôt pas mal, mais là encore, qu'en savez-vous ?

— Plus que vous ne pourriez le penser, révéla Doreen en l'étudiant attentivement. Alors, toutes ces années pendant lesquelles vous étiez malmenée par votre beau-père, votre mère l'était également, et vous avez enduré les mêmes coups qu'elle… Et c'est votre façon de gérer tout ça, pas vrai ?

Denise haussa les épaules.

— C'est ce qui vous a fait exister, n'est-ce pas ?

— Peut-être, répondit-elle avec insouciance. Mais en quoi ça vous intéresse ?

— Ça m'intéresse, et je suis vraiment désolée de ce qui vous est arrivé.

— Peu importe, répliqua Denise, la voix plus dure. Tout le monde s'en fiche de toute manière.

— Vous seriez surprise, lui rétorqua Doreen. Je comprends l'instinct de survie. Je conçois le fait de s'occuper de soi et de mettre en œuvre ce qu'il faut dans ce but. Tout comme le fait que la seconde personnalité est apparue à la suite de la maltraitance et que vous avez tué votre mère par son biais. Tout cela signifie que votre mère vous battait également.

— Elle était exactement comme lui, et c'est lui qui m'a sauvée d'elle. En tout cas, pour le pire. Ensuite, dès que je suis partie, c'est lui qui m'a aidée à me cacher. Mais aujourd'hui, mon beau-père a aussi des ennuis, et j'essaie de lui prêter main-forte.

Doreen réfléchit à ses propos, intégra l'information, essaya de déterminer si c'était bien ou mal, puis secoua la tête.

— Non, ce n'est pas le cas, contesta-t-elle, consciente du petit grognement de Mack et de son regard aiguisé. Vous êtes ici pour essayer de vous sauver vous-même. Car cet homme, le partenaire de votre oncle, n'a pas tué votre autre oncle… C'est vous qui vous en êtes chargée.

Denise regarda Doreen avec surprise.

— Pourquoi vous dites ça ?

— Car vous pensiez que c'était son frère ; vous n'arrivez pas à les distinguer, expliqua-t-elle avant de cesser de parler, un air d'empathie sur le visage. Mais je comprends… L'une d'entre vous parvient à les dissocier, mais pas l'autre !

— Je peux parfaitement les discerner, ricana-t-elle. Mais il a ri de moi et a déclaré que j'étais folle !

— Ah, donc vous avez tué Charlie et ensuite blâmé l'autre gars qui en a après votre oncle Dicky, son partenaire de crime. J'ai pigé. Ouah, c'est tellement tordu !

— Ce n'est pas tordu du tout ! répliqua-t-elle. Et vous n'êtes au courant de rien !

— Vous savez quoi ? Vous pourriez avoir raison. Dans ce cas précis, vous pourriez avoir raison, dit-elle avant de considérer Mack. Je ne sais vraiment pas ce que nous sommes supposés faire maintenant, cependant…

— Rien du tout, ricana Denise. C'est à moi d'agir.

— Bien. Et quels sont vos projets ? demanda Doreen, avant que Mack ne se raidisse, ce qui n'empêcha pas Doreen de foncer. À ce propos, je peux parler à l'autre femme ?

— Non, vous ne pouvez pas.

— Pourquoi pas ?

— Car je n'en ai pas envie.

— Oh ! je vois, vous avez peur… Désolée. La peur, ça n'est pas très agréable. À ce propos, vous avez déjà vu Thaddeus ?

La femme dévisagea Doreen, confuse.

— De quoi vous parlez ?

— Thaddeus, tu es là ? s'écria Doreen.

Le perroquet passa la tête derrière le mur entre le salon et la cuisine. « Thaddeus est là ! Thaddeus est là ! »

La femme posa les yeux sur Doreen puis sur l'oiseau.

— Seigneur, vous êtes vraiment folle, hein ?

— Je ne crois pas.

— Je veux dire, je vous menace avec une arme. J'ai un flingue pointé sur vous, il y a un flic avec vous qui va probablement se faire tirer dessus, et voilà que vous parlez de votre oiseau…

— Je parle de mon oiseau, commença Doreen avec un sourire lumineux, car ces animaux sont très importants à mes yeux, et ils sont très, très doués pour une chose…

— Laquelle ? questionna Denise, suspicieuse.

Doreen la fixa innocemment.

— Me protéger.

La femme commença à rire.

— Personne ici ne va vous protéger !

Doreen regarda Goliath franchir sans un bruit la porte d'entrée, toujours ouverte, et venir derrière la femme.

— Vous pourriez vous tromper, prévint Doreen. Pile au moment où on s'y attend le moins, les animaux accomplissent des choses par amour pour leurs maîtres.

— Personne n'aime personne, déclara amèrement la femme. J'en sais quelque chose.

— Et vous m'en voyez désolée, car, de toute évidence, vous n'avez pas eu une vie facile. Et cette autre partie de vous est là pour vous défendre.

Doreen appréhendait désormais le fait que cette version de Denise avait la main sur ce qui était en train de se dérouler. Par conséquent, elle était réellement en mesure de saisir et de protéger l'autre facette de Denise. C'était triste et ça brisait le cœur que la vie tourmentée de cette femme ait mené à cette situation, mais elle comprenait qu'une personnalité parvenait à prendre le dessus sur l'autre pour lui dicter sa conduite.

— Je suis surprise que vous n'ayez pas tué votre beau-père cependant, reprit Doreen, alors qu'en fin de compte, il faisait partie de la même équation.

— Mais ensuite, il m'a sauvée de cette maison de fous, répondit calmement Denise, donc il n'était pas envisageable de lui infliger ça.

Doreen hocha la tête.

— Et bien évidemment, il sait que vous avez tué votre mère. Et que vous avez également assassiné votre oncle, n'est-ce pas ?

— J'imagine qu'il le suspecte. Je veux dire, ni oncle Dicky ni mon beau-père ne sont des tueurs, et je suis la seule qui a déjà éliminé quelqu'un. Pourtant, si quelqu'un mourait, mon beau-père aurait plutôt l'air suspect, dit-elle en riant. Mais il n'est certain de rien.

— D'accord. Et ce gars qui est supposé avoir envoyé la

lettre de chantage et en avoir après votre oncle Dicky ?

— C'était uniquement pour mettre tout le monde sur une fausse piste. C'est mon beau-père qui s'en est chargé.

— Alors, personne d'autre n'est réellement impliqué dans cette histoire, n'est-ce pas ?

— Non, rien que nous trois.

— Vous voulez dire, rien que vous quatre, murmura Doreen en comptant Denise deux fois. Alors, votre frère n'a tué personne, mais était en quête de Dicky, d'où le fait qu'il a dû se cacher par le biais d'un faux kidnapping. Mais il est parti chercher Charlie, donc vous l'avez éliminé avant que votre frère n'ait l'occasion de lui parler. Qu'en est-il du partenaire de crime de Dicky, dans ce cas ?

Denise haussa les épaules.

— Il est parti.

— Comme les autres sont *partis* ?

— Vous voulez savoir si j'ai assassiné quelqu'un d'autre ? Non, pas encore. Mais je vais probablement remédier à ça.

— Bien… Après tout, pourquoi laisseriez-vous la vie sauve à une personne capable de vous identifier ?

— Quelque chose de ce genre… Ce n'est même pas tant à propos de l'identification que de la compréhension.

— Non… Vous voyez, je ne comprends pas pourquoi vous tueriez votre oncle…

— Parce qu'il a découvert que j'avais supprimé ma mère. Je vous ai dit qu'elle était sa sœur.

Chapitre 31

— NON, VOUS ne me l'aviez pas dit, rétorqua Doreen, confuse, bien que cela ait du sens et fournisse une motivation intéressante.

Elle l'avait découvert dans ses propres recherches, mais les mensonges de Denise étaient difficiles à démêler. Elle regarda Mack et le questionna :

— Elle vous en avait parlé ?

Mack secoua la tête.

— Non, elle a gardé cette partie-là pour elle…

— Et le kidnapping ? demanda Doreen à Denise.

— C'est parce que mon oncle Dicky avait des ennuis. Sa victime souhaitait le retrouver, mais il l'a remboursé.

— Oh, quelle pagaille ! déplora Doreen en secouant la tête et en peinant à déceler la vérité sous les mensonges, qui se multipliaient par diverses couches. Non, reprit-elle, je crois qu'il y a vraiment eu quelqu'un pour commettre les crimes avec celui qui est allé en prison. Il a été libéré et a découvert que votre oncle Dicky n'avait pas été incarcéré et que Charlie l'avait été à sa place. Mais c'était la première chose que vous avez entendue, alors, pour une raison quelconque, vous avez assassiné votre oncle Charlie.

— Je vous ai déjà dit que je l'avais tué.

— Mais vous n'avez pas expliqué pourquoi. Tentiez-vous de protéger votre beau-père ? Votre oncle Dicky ? (Comme Denise ne répondait pas, Doreen poursuivit :) Bien, qu'est-ce que cet autre gars a à voir avec vous, pour que vous ayez fait ça pour lui ?

— Je n'ai rien fait pour lui.

— Alors, qui est-ce ? (Denise se raidit, et Doreen la regarda intensément.) Une affaire de famille, n'est-ce pas ?

— Je ne vois pas ce que vous voulez dire, se défendit Denise, la peur audible dans sa voix.

— Vous essayez de le protéger afin qu'il n'ait pas d'ennui.

— Il a déjà assez souffert. Mon oncle n'avait aucune raison de l'amener dans l'affaire en premier lieu.

— Ouah, alors, qui est-ce ?

— Ce ne sont pas vos oignons.

— C'est votre frère, n'est-ce pas ?

La femme commença à secouer la tête.

— Non, non, non. Ce n'est pas mon frère.

— Si, c'est votre frère. Votre oncle Dicky l'a fait entrer dans l'affaire. Ils sont devenus partenaires, il l'a également envoyé droit dans le mur, et votre frère est allé en prison… Ensuite, il a expédié son propre frère au casse-pipe, qui a été incarcéré pour lui… Pendant que votre oncle Dicky vivait là, libre comme l'air, et prétendait qu'il avait changé son fusil d'épaule. Mais votre frère est sorti et a découvert que, pendant qu'il était derrière les barreaux, le gars responsable de ses ennuis n'avait pas passé un seul jour en prison et s'était satisfait de laisser son propre frère purger sa peine pour lui. Par conséquent, aujourd'hui, votre frère est furieux et souhaite se venger, pour lui et pour votre oncle Charlie qui a fait de la tôle sans raison. Votre frère en a après votre oncle Dicky.

— Mais je ne peux pas le laisser tuer qui que ce soit. Je dois le protéger.

— Alors, pourquoi vous n'avez pas protégé votre oncle Charlie qui a été incarcéré ? Pourquoi l'éliminer ? Il a déjà injustement souffert…

— Parce qu'il le dirait…

— Dirait quoi ? demanda Mack, frustré. Tout le monde sait déjà tout !

Denise le regarda.

— Il raconterait à propos de ma mère…

— Oh ! Donc il expliquerait tout à votre frère concernant votre mère, reprit Doreen tandis que toutes les pièces se mettaient en place. Celui-ci ignore que vous avez assassiné votre mère…

— Il sait qu'on m'accuse, mais mon beau-père a toujours prétendu que j'étais innocente.

— Et c'est la raison pour laquelle vous demeurez avec votre beau-père, mais maintenant, votre frère est sur le point de découvrir la vérité – que vous avez tué votre mère –, et vous avez peur de lui.

Denise confirma lentement d'un signe de tête.

— Oui, mais je l'aime. C'est mon frère, et il aimait vraiment notre mère.

Même pour Doreen, ceci était un cauchemar tordu et alambiqué. Elle considéra Mack.

— C'est vraiment triste. Tout ce monde, et aucun d'eux n'était prêt à dire la vérité.

— J'en suis conscient, et c'est si souvent le cas, répondit Mack d'une voix calme.

— Mais c'est mal, cracha Doreen. C'est tellement mal !

— Peu importe, éluda-t-il gentiment. Car les gens mentent, volent et trichent tout le temps.

— Je l'ai compris, et je l'ai même vu, acquiesça calmement Doreen. Je pense tout de même que c'est très triste.

— Bien sûr que ça l'est, mais écoutez-la. Nous faisons face ici à l'une des affaires les plus tordues.

Denise se mit à rire.

— Vous papotez comme si je n'étais même pas là. Comme si je n'avais rien à voir avec tout ça.

Doreen se rendit compte que c'était l'autre personnalité qui s'exprimait désormais.

— Avez-vous un quelconque lien avec tout ça ?

— Non. J'ignore même ce que je fabrique ici ! (Elle regarda l'arme dans sa main.) Est-ce que vous m'avez attaquée ?!

— Non, répondit Mack en se tournant lentement pour prendre le pistolet.

Mais alors, l'autre personnalité de Denise se mit en avant.

— Oh non, hors de question ! le menaça-t-elle en brandissant le revolver pour les viser tous les deux.

— Vous perdez le contrôle, indiqua calmement Doreen.

La femme se contenta de lui lancer un regard noir. Alors, Doreen continua :

— Et ce que vous ne pouvez pas supporter, c'est que votre autre vous, votre part la plus innocente, va découvrir tout le mal que vous avez fait.

— Ça n'arrivera pas, rétorqua-t-elle avec des larmes dans les yeux. Si tout le monde me déteste, il ne me reste plus rien.

— Non, non, non, contesta Mack, alarmé. Nous n'allons pas emprunter cette voie-là.

La femme le regarda d'un air furieux.

— Je vais seulement vous tuer tous les deux, et personne n'en saura rien. Personne ne nous suspectera jamais. Personne n'est même au courant de comment on vit, ma sœur et moi.

— C'est parce qu'elle n'est pas votre sœur, précisa Doreen. Vous deux ne faites qu'une. Différentes personnalités au sein du même individu. Une qui est là pour cacher et protéger, et l'autre qui ne sait absolument rien.

— Elle est faible, déclara l'autre personnalité. Elle est si faible.

— Et les animaux ? la questionna Doreen.

— Je les déteste. Je vais simplement les tuer.

— On n'apprécierait pas vraiment ça, gronda Doreen. (Elle observa Goliath derrière Denise, qui avançait lentement vers elle, puis considéra de nouveau Denise et lui dit :) En plus, vous allez bientôt en voir un de très près…

— Non, ils restent loin de moi, car ils ont conscience que je ne les aime pas.

— Possible…

Thaddeus bondit du sol, vola sur quelques mètres et atterrit sur l'épaule de Mack avant de croasser « Thaddeus aime Mack ! » et de frotter sa joue contre la sienne.

La femme fixa le perroquet, horrifiée.

— Ah, c'est si dégoûtant ! Beurk, beurk, beurk ! Et vous laissez ce truc vous toucher ?

Mack la regarda calmement et lui répondit :

— Oui, cet oiseau est cher à mon cœur.

— Oh, mon Dieu ! s'exclama-t-elle avec une aversion évidente dans les yeux. C'est si dégueu !

Puis Goliath se pencha en avant et laissa échapper un énorme miaulement, pile aux pieds de Denise. Cette dernière sauta tout comme Goliath qui se servit du dos de la femme pour grimper avec ses griffes. Elle s'écria en poussant un cri strident.

— Enlevez-le-moi ! Enlevez-le-moi !

Mack lui arracha l'arme des mains et l'amena gentiment vers une chaise, Goliath toujours sur son dos, tandis qu'elle hurlait à pleins poumons. Mack posa sa main sur la bouche de Denise et ordonna :

— Goliath, va-t'en.

Ce dernier l'observa avec dédain, puis bondit et se roula en boule sur un fauteuil Pot. La femme cessa de brailler puis considéra le chat, des larmes dans les yeux.

— Il ne vous fera pas de mal, la rassura Doreen. Sauf si vous essayez de me blesser.

— Il est dégoûtant.

Goliath sauta rapidement sur le dos de sa chaise et lui donna un coup de patte, obligeant Denise à se pencher en avant en criant. Pendant ce temps-là, Mack mit les menottes aux mains de Denise, devant elle.

Doreen soupira et dit :

— Goliath, tu n'as pas à la tourmenter…

Il se contenta de regarder Doreen d'un sale œil comme pour signifier « Et pourquoi pas ? ». Il bondit sur le sol et s'en alla d'un pas nonchalant. Doreen considéra tristement Denise puis se tourna vers Mack.

— Je ne sais même pas ce que vous faites dans un cas comme celui-là…

— Moi si, répliqua-t-il en piochant son téléphone dans sa poche.

Et la femme, au lieu de hurler, éclata en sanglots. Elle était assise sur la chaise et pleurait. Doreen dévisagea Mack.

— Y a-t-il quoi que ce soit que vous puissiez faire ?

Il branla du chef.

— Parfois, nous sommes impuissants. Parfois, il n'y a pas de fin heureuse.

— Tout ça est tellement triste.

Denise commença à rire sans s'arrêter.

— Bon Dieu, quels idiots ! lâcha-t-elle d'un ton monotone.

Mack et Doreen échangèrent une œillade.

— C'était de la comédie, tout ça ? demanda Doreen.

— Première de ma classe d'école de théâtre, annonça-t-elle fièrement. (Doreen fixait Mack tandis que Denise la regardait.) Vous êtes une si bonne poire…

— Oh, ouah…, souffla Doreen en se laissant lourdement tomber sur l'autre chaise. Vous êtes une sacrée actrice.

— Je le suis.

— Qu'est-ce qui était vrai dans tout ça ?

Combien de personnalités résident à l'intérieur de Denise ?

— La majorité était véridique, excepté toute cette histoire de dédoublement de la personnalité. Mais j'ai joué ce rôle pour m'en sortir après le meurtre de ma mère.

— Alors, pourquoi vous m'avez donné l'information sur ce crime ? l'interrogea vivement Doreen, pas du tout sûre d'avoir affaire à la véritable Denise en cet instant.

— Pour éloigner les soupçons de moi. Car mère me frappait, raconta-t-elle d'un air monotone, et mon frère aussi. J'ai sauvé mon frère, pour que mon oncle finisse par l'envoyer en prison.

Doreen la fixa des yeux.

— J'ignore si on peut croire quoi que ce soit qui sort de votre bouche désormais.

— Bien, concéda Denise. Vous devriez vous méfier du monde, là, dehors. Tout le monde ment, triche et vole.

— Votre beau-père était-il vraiment présent pour vous ?

— Oui. J'ai bien tué ma mère, mais j'avais une bonne raison pour ça, avec tous ces coups. Mon beau-père me protégeait contre la plupart d'entre eux, même s'il a perdu son sang-froid parfois.

— Doux Jésus, déplora Doreen, voilà bien une sacrée famille…

— Ça n'a plus du tout d'importance. Vous m'avez peut-être maintenant, mais je sortirai de prison, car je simule tellement bien la folie… Même maintenant, si vous pouviez rejouer tout ça pour les gens qui finiront par m'interroger, vous vous rendriez compte que ça ne serait pas retenu contre moi. Personne ne peut me réprimer.

— Et quoi ensuite ?

— Ensuite, aucune idée. Je suppose que j'avancerai dans ma vie et trouverai autre chose.

— Et votre frère ?

— Il sera libre de partir aussi. Je passerai deux ans dans un institut. Puis je serai libre, et on s'en ira pour mener une meilleure vie que celle qu'on a eue jusqu'à présent.

— Vous avez mis mon monde sens dessus dessous, lui indiqua Doreen.

La femme se mit à rire.

— C'est mon habitude. C'est la théorie du chaos ! Vous rendez les actes tellement confus que personne ne sait ce qui est vrai ou faux.

— Bien… Et je suppose que ça marche pour vous, car tout ça a été une course folle.

Denise s'esclaffa de nouveau.

— Oui, c'est comme ça que ça marche et la raison pour laquelle ça fonctionne.

— J'ai pigé, acquiesça calmement Doreen avant de se

tourner vers Mack.

Quand ce dernier la regarda, elle haussa les épaules et ajouta :

— Et maintenant ? Vous descendez au poste ?

— Oui, répondit-il.

Goliath observait la scène et sauta de nouveau sur la chaise.

— Je n'aime vraiment pas les chats, alors, vous devriez le déplacer avant que je ne le frappe, prévint Denise.

— Oh, je vais le prendre ! annonça Doreen.

Comme elle se penchait pour attraper le chat, la femme passa son bras autour du cou de Doreen, la fit tomber au sol et s'adressa à Mack :

— Donnez-moi l'arme ou je lui brise la nuque.

Doreen luttait dans son étreinte, mais Denise était incroyablement forte et semblait également s'y connaître en arts martiaux, ce que Mack avait complètement oublié sur le moment. Doreen regarda Thaddeus.

— Thaddeus, à l'aide !

Il se laissa immédiatement tomber sur la tête de la femme et lui asséna des coups de bec. Elle hurla et tenta de le frapper. Là, Doreen parvint à se libérer, juste à temps pour voir Mugs foncer sur Denise pour lui prendre le bras avec sa mâchoire. Mack l'éloigna.

Une fois de plus, elle éclata en larmes. Quand Mack parvint à calmer tout le monde, elle était assise et pleurait de nouveau sur sa chaise.

Doreen l'observa simplement, le cœur lourd face à cette femme brisée. Elle considéra Mack, qui leva un doigt.

— Non. Ne dites pas un mot.

Elle se pinça immédiatement les lèvres et opina du chef. Comme elle ignorait ce qui arrivait à Denise, il était préférable de ne pas parler et de laisser les choses se faire d'elles-mêmes. En quelques secondes, Arnold et Chester se montrèrent à la porte d'entrée. Ils regardèrent la femme, adressèrent un signe de tête à Mack, soupirèrent et entrèrent pour emmener Denise.

Épilogue

Plus tard, jeudi...

UNE FOIS DENISE en sécurité dans le véhicule et qu'Arnold et Chester l'eurent emmenée, Mack passa un bras autour de Doreen.

— On laissera les psys s'occuper de ça.

— C'est possible d'être fou et sain d'esprit en même temps ? demanda Doreen.

Mack se mit à rire.

— Plus que jamais. Je crois qu'elle s'est jouée de nous. Mais il est aussi probable que la personne qui semblait bien saine d'esprit et normale à la fin était vraiment un autre pan de sa psyché.

— Je n'avais jamais croisé quelqu'un affecté de la sorte, murmura-t-elle.

— Non, moi non plus. Espérons que ce ne soit plus le cas.

Elle hocha la tête.

— Je vote pour qu'on ait des cas plus simples.

— La partie vraiment comique de cette histoire, c'est que vous étiez censée effectuer des recherches au sujet des meurtres de Bob Small, déclara Mack, un sourcil levé.

— Je devais lui parler à ce sujet, confirma-t-elle en fixant des yeux la voiture qui s'éloignait. Je me demande si son oncle connaissait même Bob Small…

— Difficile à dire, mais vous n'auriez jamais pu croire tout ce qu'elle a raconté, alors, il y a une bonne chance pour qu'elle ait saisi la moindre occasion de faire le lien avec vous. Il est temps de ranger les histoires de Small. Maintenant, trouvez un domaine totalement éloigné des crimes sur lequel vous concentrer pendant un moment. Accordez-vous simplement une semaine de repos, et laissez cette affaire se tasser.

— Je me sens plutôt sale, comme si le monde allait mal désormais.

— C'est totalement le cas, donc vous devez trouver quelque chose de fun et de différent pour rendre de nouveau le monde plus brillant et meilleur.

— C'est dans mes cordes, répondit-elle avant de sourire. J'ai vu une pub pour une exposition sur les orchidées.

— Parfait, et si vous n'avez pas envie d'y aller seule, je vous y emmènerai.

Elle leva les yeux vers lui, sourit et lui dit :

— Vraiment ?

— Absolument ! Ça ne me ferait pas de mal à moi non plus.

— En effet, acquiesça-t-elle, un grand rictus grimaçant aux lèvres.

— La dernière fois que je me suis rendu à une expo d'orchidées, c'était à cause d'un meurtre.

— Ça ne devrait pas arriver cette fois, si ?

— Je ne l'espère pas, mais si vous y allez, qui sait ? la railla-t-il en levant les yeux au ciel.

Cela la fit glousser.

— Non. Je n'ai aucune intention de m'embarquer dans un cas de crime qui implique des orchidées.

— Oui, eh bien, comment comptez-vous cesser cela ? la questionna-t-il en la fixant avec intérêt.

— Avec de la chance, ce n'est pas quelque chose que j'aurai à gérer.

— Peut-être pas, dit-il avant de se mettre à rire.

— Avez-vous déjà résolu ce meurtre, d'ailleurs ?

Il secoua la tête.

— Non, malheureusement, jamais. Pourquoi ?

— Parce que… on pourrait appeler cette affaire *Supprimé dans les orchidées.*

Il lui lança un regard noir.

— Non, lança-t-il en branlant du chef. Non, non, non.

— Si c'est toujours une enquête non classée…

— Je n'ai pas dit ça, la coupa-t-il.

— Vous avez bien affirmé que vous ne l'aviez pas résolue, gronda-t-elle en pointant un doigt sur lui.

Il lui saisit ce doigt et répliqua :

— Taisez-vous. Je n'ai pas besoin d'avoir encore plus de scènes de crime maintenant.

— Mais c'est une affaire classée, et ça concerne des fleurs ! Comment cela peut-il être difficile ?

Il grogna.

— Allons à l'expo de fleurs, et ne pensons pas au meurtre. Ça vous va comme idée ?

— Ça me va, acquiesça-t-elle avec le sourire. (Cette fois, elle monta une marche, mit ses bras autour de son torse et ajouta :) Merci d'être venu à mon secours, encore.

Il plaça ses bras autour de ses épaules et la tient près de lui.

— Tout le plaisir était pour moi, chuchota-t-il.

Puis elle rejeta la tête en arrière.

— Mais je m'intéresse quand même à *Supprimé dans les orchidées.*

Il éclata de rire et répondit :

— Très bien ! Je ne crois pas que vous puissiez vous attirer plus d'ennuis que jusqu'à présent…

Là, Mugs commença à aboyer, Goliath miaula, et Thaddeus s'envola du bras de Doreen pour marcher sur son épaule, d'où il pouvait mieux voir Mack, pas tout à fait au même niveau, avant de s'écrier : « Thaddeus est là ! Thaddeus est là ! »

Et Doreen et Mack s'esclaffèrent.

C'est la fin du tome 14 de *Jolis Jardins Maudits, Fauché dans les capucines.*

Découvrez *Supprimé dans les orchidées : Jolis Jardins Maudits, tome 15*

Jolis Jardins Maudits : Supprimé dans les orchidées, tome 15

Une nouvelle saga cosy mystery de l'auteure best-seller d'USA Today, Dale Mayer. Suivez la jardinière et détective amatrice Doreen Montgomery et ses amusants (et vraiment adorables) chat, chien et perroquet, tandis qu'ils attrapent les meurtriers et résolvent des crimes dans la merveilleuse ville de Kelowna, en Colombie-Britannique.

Du luxe à la misère… C'est finalement calme… Enfin, pour le moment… Si elle a de la chance…

Ayant besoin d'une pause après tous ces meurtres et toute cette pagaille, Doreen et Mack prévoient de sortir voir l'expo locale sur les orchidées. Certaines démonstrations se trouvent au centre communautaire, mais les spécimens les plus prisés du genre nécessitent une visite chez les jardiniers, une rare opportunité peu accessible à tous.

Cette sortie – mais pas vraiment un rencard – offre à Doreen une chance d'apprécier non seulement la compagnie de Mack, mais aussi de faire connaissance avec quelques locaux hauts en couleur ! Mais quand l'un de ces locaux meurt juste après leur visite, la sombre face cachée de la culture d'orchidée est exposée et, avec elle, un vieux meurtre… sans mentionner le nouveau.

Doreen et Mack ne peuvent tout simplement pas faire une pause… Mais sont-ils capables d'attraper un tueur avant qu'il ne frappe de nouveau ?

Le tome 15 est disponible !

Pour en savoir plus, visitez le site web de Dale Mayer.

https://geni.us/DMSFROffed

Note de l'auteure

Merci d'avoir lu *Fauché dans les capucines : Jolis Jardins Maudits, tome 14* ! Si vous avez apprécié le livre, merci de prendre un moment pour laisser votre avis.

Chers lecteurs,

J'aime avoir de vos nouvelles, alors n'hésitez pas à me contacter sur mon site web : www.dalemayer.com ou sur ma page d'auteure Facebook. Pour être informés des nouvelles parutions et des offres spéciales, inscrivez-vous à ma newsletter ou suivez-moi sur BookBub. Si vous souhaitez rejoindre mon groupe de lecteurs, voici la page d'inscription sur Facebook.
http://geni.us/DaleMayerFBGroup

À bientôt,

Dale Mayer

À propos de l'auteure

Dale Mayer est une auteure de best-sellers au classement de *USA Today*, connue pour ses romances militaires sur les forces spéciales, sa série *Psychic Visions* et sa série *Jolis Jardins Maudits*, dans le genre cozy mystery. Ses romances contemporaines sont vibrantes d'émotion et de passion (série *Broken But... Mending, Hathaway House*). Ses thrillers vous laisseront à bout de souffle (séries *By Death* et *Kate Morgan*) et ses comédies romantiques vous feront rire aux éclats (*It's a Dog's Life*, une novella hors-série, et la série *Broken Protocols* avec Charming Marvin, le chat).

Elle laisse libre cours aux séries qui lui viennent... dont certaines sont carrément folles, enfreignant toutes les règles et croisant différents genres !

En plus de ses romans de fiction, elle écrit également des textes documentaires dans de nombreux domaines, dont la rédaction de CV, le jardinage de loisir et le système de crédit immobilier américain. Elle a récemment publié la série professionnelle *Career Essentials*. Tous ses livres sont disponibles aux formats papier et ebook.

Contactez Dale Mayer en ligne

Site web de Dale – www.dalemayer.com
Twitter – @DaleMayer
Facebook Page – geni.us/DaleMayerFBFanPage
Facebook Group – geni.us/DaleMayerFBGroup
BookBub – geni.us/DaleMayerBookbub
Instagram – geni.us/DaleMayerInstagram
Goodreads – geni.us/DaleMayerGoodreads
Newsletter – geni.us/DaleNews